中国原创侦探推理文学啄木鸟系列

妖之舞

阿真　作品

群众出版社
·北京·

图书在版编目（CIP）数据

妖之舞／阿真著．—北京：群众出版社，2018.7

（中国原创侦探推理文学《啄木鸟》系列）

ISBN 978－7－5014－5846－2

Ⅰ．①妖…　Ⅱ．①阿…　Ⅲ．①侦探小说—小说集—中国—当代

Ⅳ．①I247.5

中国版本图书馆CIP数据核字（2018）第147784号

妖之舞

阿真　著

出版发行：群众出版社

地　　址：北京市丰台区方庄芳星园三区15号楼

邮政编码：100078

经　　销：新华书店

印　　刷：三河市荣展印务有限公司

版　　次：2018年8月第1版

印　　次：2018年8月第1次

印　　张：8.75

开　　本：880毫米×1230毫米　1/32

字　　数：210千字

书　　号：ISBN 978－7－5014－5846－2

定　　价：35.00元

网　　址：www.qzcbs.com

电子邮箱：qzcbs@sohu.com

营销中心电话：010－83901941

读者服务部电话（门市）：010－83903257

警官读者俱乐部电话（网购、邮购）：010－83903253

啄木鸟杂志社电话：010－83901875

代序

《啄木鸟》视野下的本土侦探推理文学

杨桂峰

侦探推理小说是文学殿堂中方兴未艾且大有可为的文学类型。《啄木鸟》杂志的公安法治文学的定位决定了侦探推理作品，尤其是反映公安机关侦查破案的侦探推理作品必定是其主要版面的内容。

作为国家百强报刊、全国唯一的大型公安法治文学月刊，始终不渝地扶持、推动侦探推理小说的创作，正是《啄木鸟》三十多年发展历程中的一大特色——自1984年创刊以来，我们一直致力于公安法治文学作品的播种与培育，侦探推理小说作为公安法治文学苗圃里的一个独具魅力的品种，从创刊那天起，便受到广大作者和读者的喜爱与推崇。

三十多年来，《啄木鸟》杂志的栏目建设始终保持与时代同步。有些栏目弱化了，有些栏目更迭了，而侦探推理栏目不但保留至今，还不断得到加强和拓展。随着文学类型的细分，《啄木鸟》杂志把侦探推理作品从小说的大范畴剥离出来，于2005年第3期专设“侦探与推理”栏目，专门刊发本土原创中短篇侦探推理小说；与之相应，又设置了译介世界优秀侦探推理小说的“外国悬疑推理”栏目，为读者提供一个了解外国侦探推理小说新作的窗口，展示世界侦探推理文学的最高水平；为更好地适应互联网时代年轻读者阅读习惯的变化，适应微阅读的趋势，《啄木鸟》还创设了“啄木鸟侦探俱乐部”栏目，每期推出推理谜题与读者互动，同时，注重作品的原创性、可读性、趣味性，每期推理谜题都是一个原创侦探推理微小说。

目前，《啄木鸟》已成为国内侦探推理文学的一个重要平台，对于促进侦探推理文学的创作发挥了重要作用。

伴随着新时期市场经济的发展，当代中国侦探推理文学呈现出与之相应的内容和形式的变化与变革，这一点也从《啄木鸟》栏目和内容的发展变化中反映出来，表明中国当代侦探推理文学正在逐步走向成熟。

《啄木鸟》早期刊发的侦探推理小说已呈现出这种新的变化，类似福尔摩斯的全能型超级侦探的形象开始弱化，作品更多聚焦普通人。其中最有代表性的是李迪的《傍晚敲门的女人》，堪称改革开放初期侦探推理小说复苏后的里程碑之作，也是《啄木鸟》侦探推理文学的里程碑之作。在《啄木鸟》1984 年第 4 期发表后，引起了强烈的社会反响，不仅于第二年斩获首届金盾文学奖，还相继译介到苏联、法国、韩国等国家，开创了中国侦探推理小说走向世界之先河，为中国侦探推理小说赢得了荣誉。苏联著名汉学家谢曼诺夫及其学生把它译成俄文，由当时著名的青年近卫军出版社出版，还在各大杂志上刊发，被誉为“反映法律与道德题材的优秀作品”。在今天，这部作品仍然是一篇可圈可点的佳作。它与建国初期侦探推理文学以反特小说为主要特征，以保卫国家安全、维护新生人民政权等重大政治事件为主要题材不同，反映的是普通人的情感生活，描写了改革开放初期的种种社会世相，组成了一幅绚丽多彩的生活画卷，是改革开放初期侦探推理小说题材从政治生活、阶级斗争向关注市井世情百态、人民内部矛盾的转化。

《傍晚敲门的女人》引发了国内创作侦探推理小说的热潮，同时期不少著名作家都进行过尝试。继李迪之后，王朔的《人莫予毒》《枉然不供》等侦探推理作品，其主人公民警单立人的形象更是将人们的视线引入庸常，对以福尔摩斯为代表的贵族式的优雅侦探进行了颠覆式解构，让读者看到了警察或侦探凡夫俗子的一面。

刘勰《文心雕龙》有云：文变染乎世情，兴废系于时序。当代侦探推理小说是在法治社会或正在走向法治的社会中兴起并繁荣的一种特殊文学类型，换句话说，侦探推理小说是体现法律意识的最好文学范本，对作为公安法治文学旗舰的《啄木鸟》杂志来说尤为如此。其中，对传统法律文化、旧有法律体系的反思是改革开放初期侦探推理小说中植入的重要思想内涵之一。随着文学观念的更新，这一时期的作家在侦探推理小说的艺术形式创新方面不断尝试。如在《啄木鸟》首发、获得全国首届侦探小说佳作奖的《夕峰古刹》（作者钟源）尝试在小说中运用电影的表现手法，不仅使故事情节一波三折，而且加入了大量科技、历史和民俗知识，增加了作品的文化内涵和信息含量。另外，充分借鉴西方后现代主义、意识流等创作手法，将象征、复调等写作理论运用在原创推理小说中的作品也层出不穷。

综观《啄木鸟》历年来刊发的侦探推理文学作品，可以发现中国当代侦探推理文学从生涩转向成熟的清晰脉络，题材与时俱进，而且越来越广泛，手法越来越多样化，虽是类型文学，其涉及面也可以覆盖人们生活的方方面面，这正是侦探推理文学长盛不衰的原因之一。

近年来，《啄木鸟》吸纳了更多实力派侦探推理小说作家，如漆雕醒、阿真、韩梦泽、洛风等，这些作家在人物塑造方面更注重人性的丰富性。

漆雕醒的神话系列侦探推理小说即典型代表。《皮革马利翁的戒指》、《每个西西弗斯都知道》等作品，借用古希腊神话中神话人物的悲剧命运，揭示悲剧背后潜藏的人性弱点。这些弱点不仅出现在神话人物身上，也是现代人共有的。作者运用巧妙的情节设置，将这一主题生动地表现出来。她的小说精致，却不失大气；悬念丛生，但从不故弄玄虚；细节真实可信，对某些专业细节的处理也非常用心。尤其值得一提的是，她没有一般侦探推理小说作者的通病，即题材和表现手法的模式化，她的每一个故事都是别出心裁的。

《啄木鸟》核心作者阿真近二十年来一直为本刊撰稿，已发表的《凶手》、《潘多拉的盒子》、《小八村的秘密》、《别对警察说谎》、《迟到的真相》等作品深受读者喜爱，近几年在本刊发表的“妖系列”中篇侦探推理小说《妖猫》、《妖狐》、《妖狼》、《妖鼠》等，更是受到读者的追捧。阿真的侦探推理小说悬念感极强，并且每一篇都能找到现实依据，情节设置巧妙，推理丝丝入扣，往往不到最后不知道真相；同时充满人文关怀与思想深度，通过罪案挖掘人性，抨击假恶丑，讴歌真善美，有读者将她与日本著名女作家樋口一叶相提并论。

《小说月报》百花奖、荷花淀文学奖获得者韩梦泽以创作推理悬疑小说见长，《啄木鸟》刊发过他的多部中篇推理小说，其作品构思波光诡谲、格局别致，就像个出色的建筑师，在构筑智力的迷宫时显示出他的与众不同。他将故事的种子埋下，笔下的人物深深地掩藏在迷宫里，只有读完作品你才会恍然大悟，原来那些埋伏在各处的伏笔都是在为故事和人物作注解和说明，其缜密的逻辑令人拍案叫绝。他的推理小说区别于传统的技术派，其显著特点就是作品中时时流露出的人间大爱的情怀，如发表在《啄木鸟》2013 年第 5 期的《和胡安的 151 天》就是这类作品的代表。

和上述几位作者不同，新一代侦探推理小说作家洛风则把她的目光聚焦于网络。网络犯罪题材的侦探推理小说近年来风行一时，但限于作者的专业知识和生活积淀，国内大多数作品还处在单纯模仿的层次上。洛风的作品之所以能够脱颖而出，缘于她曾经的网警经历，使她的作品在同题材侦探推理小说中独树一帜。她笔下的网络警察真实可信，网络警察和黑客的较量更是惊心动魄，曾在《啄木鸟》刊发的《二十三先生》、《红粉骷髅》、《代码的起义》就是其中的代表作。尤其可贵的是，洛风的作品并不是单纯地表现网上较量，而是更注重那些进行较量的人，注重对其人性的深度挖掘，而网络正是表现复杂人性的一个极佳的舞台。

《啄木鸟》作为全国侦探推理文学的重要阵地，品牌的魅力和平台的价值，要求我们必须经营好、孵化好传统纸质文学版本。2018 年，《啄木鸟》隆重推出中国原创侦探推理文学系列丛书，其中漆雕醒作品系列、阿真作品系列首先结集出版。这套丛书是《啄木鸟》三十多年来致力于扶持、推进本土侦探推理小说创作的一个总结，也是对多年来始终支持我们的侦探推理迷的回馈。

不论侦探推理文学形式和内容发生如何改变，有一点是不变的，那就是侦探推理文学的“核”，也即悬念。接受美学认为，文学作品只是提供给读者一个“图示化的框架”，这个框架有许多“空白”，有待于读者在阅读过程中去添加和补充。在侦探推理小说中，悬念不但是推理的大前提，同时也为读者的“添加和补充”提供了契机，这种“添加和补充”是作者与读者间的一种隐形的互动，更是阅读一篇侦探推理小说的乐趣所在。

愿这套丛书能使您在填补“空白”的过程中体会侦探推理文学的魅力，希望中国本土侦探推理小说创作迈上一个新的台阶，《啄木鸟》愿与热爱侦探推理文学的读者和作者一起，成为中国侦探推理文学走向世界的推动者和见证者。

（作者系《啄木鸟》杂志主编）

目录

妖　猫

一、白猫发现的秘密

这是我从警以来，侦破的最复杂最诡异的一个案件。

七月的一天，我和新搭档小曲奔走在似火骄阳下，正被五仁礁无名女尸案的侦破弄得焦头烂额，不料，又一桩命案找上门来。当事人是个高中二年级的在校女生，是我侦破五仁礁无名女尸案，在附近走访时认识的一个住户。一如女孩儿亮丽清秀的外貌，她在电话中的声音也是甜美而柔软的。大概由于恐惧和紧张，普通话中夹杂的南方味儿更浓了。

“马警官，您还记得我吗？我是黎晴呀，住大丰村的黎晴呀。我的一个朋友……不，是我的一个男性朋友出……出事了，是人命关天的大事啦……”

我们在大丰村见面时，黎晴总是喊我和小曲“警察哥哥”，这次她称我“马警官”，看样子事情的确很严重。

“您能来一趟吗？到我家里来，事情真的好严重……”

“你等着，我们很快就到。”我说。

我跟黎晴见过两次面，第一次是为了调查五仁礁无名女尸案入户走访，第二次登门则是为了她的猫。

大丰村位于白云市北的棋山脚下，是距五仁礁无名女尸案发地最近的村落，因此，我们对大丰村的住户无一遗漏地进行了入户调查，但结果却不尽如人意。由于这里地处城乡结合部，一大半是流动人口，不少人家都是院门紧锁。即使能敲开门的，也是一副不耐烦的样子。在走访的二十几家零散住户中，唯有黎晴热情地接待了我们，并认真地和我们讨论问题。

黎晴家住大丰村最北头，左邻右舍的房屋皆已倒塌，一座矮墙将三间小平房圈成了独门独院，窗后便是农田。我和小曲站在院门口，只敲了两下破旧的木门，里面就传来了悦耳的问话声。我回答是警察，门栓立刻就打开了。我出示了证件，黎晴则爽快地报出了自己的名字。

怎么说呢？在这样一个破旧的院落里见到黎晴，真是让人感到意外。

就像那句歌词里唱的“山窝里飞出了金凤凰”。这是个让人过目难忘的女孩儿。漂亮是上天赐予的礼物，没什么值得炫耀的，但独特的气质，却不是每个高中女生都能具备的。尽管她也随随便便地梳着一个不长的马尾辫，也穿着普普通通的短袖T恤套装和凉拖，但她甜美的嗓音，优雅的举止，洋溢着快乐自信的神情，跟常见的那些穿着肥大的校服，背着沉重的双肩包，显得既慵懒又邋遢的高中女生完全不同。我不禁在心里猜测着她的年龄，十六岁？十八岁？二十岁？不会再大了，可谁知道呢？

院子不大，用泥沙铺成的土路两边长满了杂草，杂草丛中飞扬着丢弃的塑料袋和废纸屑，门窗油漆剥落，窄小的窗玻璃上结着蜘蛛网，一看就是那种疏于管理的出租房。黎晴热情地让我们进屋。

正屋像是刚刚打扫过，十几平方米的样子，墙壁被喷涂成奶黄色，水泥浇铸的地面虽然已是坑坑洼洼的，但很洁净。除一张紧靠北窗放着像是从赶集网买来的那种二手长沙发外，屋内几乎没有什么家具，南墙边的书桌和木凳及书桌上的一堆书籍笔本，就是全部摆设了。

黎晴请我和小曲就坐长沙发，她自己则搬来木凳坐到我们对面。我问她家里还有什么人，她朝自己的鼻子指了指说就她一个。

既然是为调查五仁礁无名女尸案而来，单刀直入的话题，自然是了解与该案有关的情况。尽管黎晴对此也很关注，说不仅看了电视上的滚动新闻，出去买早点时，也听街头巷尾的人议论过。但对我和小曲想要了解的情况，多半都是一问三不知。因为，案发时，她还在南方外婆家读书，她说只有暑假时才来白云。房子是她在白云经商的父母租用的。眼下，父母去俄罗斯做服装生意，开始备战明年高考的她便一个人住了进来。黎晴侃侃而谈，对白云的城市风貌、异国情调赞不绝口，对白云凉爽的夏天和美丽的大海也给予极高的评价，她说初来白云时，简直以为是到了国外。她的话让生在白云长在白云的我和小曲，感到无比自豪。要不是重任在身，不得不打住话题，我们三人说不准能聊成铁哥们儿。那天分手时，黎晴显得有些恋恋不舍，接过我和小曲的名片后，她捧在手里很认真地说："警察哥哥，如果我听到与案情有关的事情，会马上给你们打电话的。"

我原以为此行可能要画上句号了。孰料，几天之后，我们再次光顾了黎晴家。这次是为了一只白猫而来。

说到白猫，就绕不开五仁礁无名女尸案。用报案人葛阳的话说，"那个小家伙是此案中必不可少的功臣"。

五仁礁位于白云市区北部，一座荒凉的棋山隔断了其与繁华市区的衔接。棋山脚下是一条狭窄的盘山路，道路的另一侧，便是高高的拦海大坝。坝下是一望无际的盐碱滩，泛着刺眼的白光。因五块礁石而命名的五仁礁就伫立在盐碱滩与大海的连接处。无名女尸案则发生在距离五仁礁一百米左右的海蓝旅馆遗址上。

海蓝旅馆是当年盲目大开发的产物，旅馆在杳无人迹的盐碱滩上建起没多久，就成了经济危机的牺牲品。整体建筑十分简陋，砖体结构的外墙上贴了白色的马赛克，二层小楼的四周，垒起了一人高的砖墙，敞开式大门，车辆可直接驶入。如今，虽然楼房的框架还在，却荒无人烟。如果是在闹市区，当是孩子们捉迷藏的好去处。

发现海蓝旅馆遗址的人，是丽水西饼店专送外卖的服务员葛阳，小伙子把这儿称为“废墟上的城堡”。其实，葛阳也是无意间找到这个城堡的。

葛阳算是其貌不扬的那种男孩儿，一张黑红的娃娃脸上尚带着些许的稚气。不过，葛阳生性率真，用一个词形容就是很阳光。和他的女友小田一样，葛阳也是高考落败后，才来白云打工的，只是他比小田早来一年。这天中午，葛阳骑着摩托车把一个水果蛋糕送到大丰村一户人家后，想到下午轮休，他不愿回地下车库改建的集体宿舍睡觉，便驾着摩托车驶向离大丰村最近的棋山。来白云打工这么久，他还是第一次自娱自乐地郊游。当摩托车驶入盘山道时，那一望无际的盐碱滩便尽收眼底。

没人能体会到葛阳发现“废墟上的城堡”时的激动心情。这简直是上天送给他这个穷小子的礼物，他再也不用拉着上了一天班，本来就已累得筋疲力尽的小田，为找一个相对安静的场所，在人声鼎沸车水马龙的大街上彷徨徘徊了。在发现城堡之前，即使两人有整整一天的休息时间，即使整个夜晚两人都可以在一起，却还是会因为囊中羞涩，住不起哪怕仅有一张单人床的家庭小旅馆。这下好了，在这个偌大的旅馆里，他们两人可以尽情地享受安详和宁静。

葛阳这样想着，就将摩托车来了个急转弯，快速驶向海蓝旅馆的大门口。泊好车子，他走进庭院，先在空荡荡的只剩下高低不平的水泥地板的一楼大厅转了转，然后，就攀着破损的楼梯扶手来到二楼。这里的每个房间都像鸽子笼般大同小异，一条长长的走廊将房间分成了南北两排。毫无疑问，房间里已是徒穷四壁，令葛阳感到意外的是，房间的地面出奇的平整，透过厚厚的灰尘，尚能看到水泥地板用红漆油过的印迹。好大的一个单间啊！今晚就选它了，只要带块大抹布，除掉尘土，再铺上块儿旧凉席和毯子，就完美了。如此，他和小田可以像白云的有钱人一样，享受宁静的夜晚，倾听大海的歌唱了。反正他俩明天上午都轮休，就这样躺着聊一个晚上，天亮后再美美地睡一觉，岂不优哉游哉！

葛阳下楼来到庭院，摸出手机给小田报喜。对方一听果然喜出望外了，“真的吗？太棒了！我恨不能现在就去！”电话那头，小田就像彩票中了百万大奖一般。“你别急嘛！我这就回去置办家什，晚上骑摩托到老地方接你。”

听着小田的话，葛阳暗自庆幸在这个金钱万能、享乐至上的时代，自己找到了一个可以一同苦中作乐的知音。

一切都如葛阳想象的那般美好：在微风悠悠的海滨夏夜，两个相爱的人躺在空旷的房间里，身下铺着线毯，身上盖着一条毛巾被，紧紧地相拥在一起，海浪在耳边吟唱，星星在头顶闪烁。

“真想不到在白云还能找到这样一块净土，以后咱们轮休都来这儿，反正骑摩托也用不了多长时间。”在一阵长吻过后，小田意犹未尽地说。

葛阳被女友的话深深感动了，他说：“我的好女孩儿，你的要求可真是太低了。如果生活像童话一样，我一定盖一个大城堡送给你。”

“咯咯咯，”小田发自内心地笑了，“你又开始诗情画意了。你这家伙可真会哄人！”

葛阳也笑了起来，说：“我不哄你，就凭我这穷小子，你还不早跟别人飞了！”他这样说着，一下将小田搂紧了……

“喵——噢——喵——噢——”猛地，从楼下的庭院里传来一阵怪异的叫声。不，是一声声凄凉的惨叫，犹如孩子眼睁睁看着母亲坠入深渊时的无助呼喊，又好像是母亲面对幼子被恶狼叼走时的绝望哀号，那无形中的悲痛欲绝穿过漫漫长夜的黑暗和孤寂扑面而来，一下把人从酣睡中拽起，并彻底毁灭你刚刚还拥有的美梦。世界顷刻间被颠覆得支离破碎。

“什么声音！吓死人啦！”小田浑身瑟瑟发抖。

葛阳起身侧耳聆听了一会儿，然后，轻描淡写地说：“没什么好怕的。是只猫在叫！别管它，咱们继续！”说着，就伸手把小田拉进怀里。然而，两人刚刚躺下，索命鬼似的猫叫声又响了起来，虽然听上去不那么恐怖了，却让人心烦意乱，再也无心做爱了。

“我下去看看！”葛阳起身说。

小田也坐了起来，兴趣全无地说：“咱俩还是回去吧！”

葛阳只得把毯子卷成桶状，挟在腋下，两人摸索着下了楼。

葛阳说的没错，发出惨叫的果然是一只猫。这会儿，它就趴在庭院东北角的一堆瓦砾上，边用爪子扒着砖头瓦块，边旁若无人地哀号着。

葛阳和小田站在庭院当中，远远地看着这只在满天星光下通体雪白的猫，并不打算惊动它。但白猫还是倏地支起前爪，不叫也不扒了，只是扬起小脑袋，瞪大眼睛，警觉地与他俩对视着。

“可怜的小家伙，它大概是饿坏了。”葛阳小声说。

小田也说：“可不是嘛，它饿得哭了，吓我一跳。下次来，记得给它带点儿吃的。”

葛阳边发动摩托边说：“它不会总在这儿。我猜它应该是只迷途的猫，很偶然地来到了这里。”

“也许吧！”小田坐上摩托，回头看了一眼仍蹲在原地的白猫。

半个月后的又一个轮休日。葛阳和女友再次来到“废墟上的城堡”。

这是个很美的月夜。银盘似的圆月高高地挂在天幕上，大海沉睡着，盐碱滩沉睡着，葛阳和小田也安然地沉睡着。月光从破败的窗口射进来，照着两张年轻的脸，照着年轻的脸上洋溢着的幸福和甜蜜。

“喵——嗅！喵——嗅！”也不知过了多久，那刺耳的叫声又骤然响起，不啻一声狼嗥般打破了这夜的宁静。

葛阳睁开惺忪的睡眼，用手拍拍小田的脸颊说：“它又来了。真该听你的，给它带点儿吃的。要不，我下去把它赶走吧！”

小田仍然闭着眼睛，却伸过手来拉住葛阳，说：“让它叫吧！猫这东西忒有个性，倔得很，你越赶它，它叫得越凶。我就想不明白，你说这小家伙深更半夜地跑来干什么？除了些破房子，这儿一无人家，二无食物，甚至连个垃圾箱都没有，它为什么要待在这荒凉的地方？”

“难不成它和咱俩一样，漂在城市里，连个落脚的地方也没有，就把这儿当成家了。”

小田坐起来，连连摇头说：“它跟咱们可不是一回事。咱俩是来这儿享受生活的，它呢？又号又叫的，还乱扒拉土坷垃。嗯，你别说，这倒让我想起一个故事，一条狗的故事，是我奶奶讲给我听的……”

葛阳忍不住笑了起来，说：“宝贝儿，你想说那个狗为主人守护金戒指的故事吗？这可是地球人都知道的故事。再说，楼下那可是一只猫啊！”

“你懂什么？猫和狗都通人性。在这方面，它们是一样的。”小田争辩道。

葛阳不由也认起真来，说：“按你说的，猫和狗有相同的性格。那说不定瓦砾下面埋着宝物呢？不然，那小家伙干吗三天两头、三更半夜地拿爪子扒来扒去的，该不是当年海蓝旅馆的主人把什么贵重物品丢失在这儿了？”

见葛阳动心了，小田更是精神大振，拉着葛阳就冲下楼去。两人来到瓦砾旁，白猫竟不理会他们，仍是又号又叫地扒着瓦砾。

葛阳走上前，柔声细气地对白猫说：“小家伙，你在找什么？我帮你找好吗？”

白猫仿佛听懂了葛阳的话，居然停止了号叫，把两只前爪趴在挖开的小小的浅坑上不动了。

小田凑上前，蹲下身子，仔细看了看白猫爪下的浅坑，说：“里面什么也没有。东西应该在下面。得往深里挖。”

“那就等明天吧！明天我到表哥打工的工地上借个铁锹来。”葛阳说。

尽管两个年轻人在“废墟上的城堡”过夜的好梦又被白猫给搅黄了，但这一晚，他俩却是怀着种种美妙的想法离开的。

第二天晚上，葛阳和女友都提前请了一个小时的假，带着从工地借的工具，匆匆来到海蓝旅馆的废墟上。他们找到白猫扒过的浅坑，两人迅速做了分工，葛阳负责在浅坑上往深里挖，小田则在挖过的瓦砾中寻找宝贝。

仍然是个明亮的温馨的月夜，月光的清辉将大地照得一片银白。

这当儿，葛阳早已脱掉了被汗湿了领口并已脱线的白T恤，两手紧握铁锹，热火朝天地挖了起来。先翻出的是一堆瓦砾，渐渐地，快要接近地面时，便是带着盐碱味的黑土，黑土夯得并不实，松松的，一会儿工夫，废墟上就被挖出了一个大洞。那一边，小田则瞪大眼睛，借着月光，在葛阳挖出的小山一样的黑土中认真寻找着宝藏。两人甚至都没时间说一句话，一副“大干快上”的劲头。

也不知过了多久，小田无意间朝旁边一瞥，猛地发现白猫就蹲在瓦砾的一旁，也像自己一样，聚精会神地凝视着葛阳手里的铁锹。原来，这是一只异常漂亮的白猫，它看上去完全不像是一只常年在外的流浪猫，倒像是一只被饲养得极好的小宠爱。全身上下的皮毛光亮水滑，没有半点儿杂质的白色毛皮，在月光下闪着耀眼的光芒。它体态匀称，脑袋浑圆，眼睛黑亮，四只爪子粗壮有力，趴在那儿，看上去就像一只被缩小了的老虎。

“瞧，白猫又来了！”小田喊道。

葛阳用手拄着铁锹，呼呼喘着气说：“它什么时候来的？”

“我也是刚发现的。”

“这小家伙等着跟咱们分赃呢！”

“那就快点儿挖吧！挖出宝贝，咱们就给白猫买些红肠、猫粮什么的，放在这儿，让它吃几顿饱饭。”小田催促着。

葛阳便又挥起铁锹往深里挖。一锹下去，锹头似乎被什么东西硌了一下。葛阳不由一阵欣喜，说：“有门儿！”

小田立刻冲到大洞前，满怀期待地看着漆黑的下方。

葛阳用铁锹尖在松软的黑土中摸索着，神情紧张而又凝重。小田也激动得几乎透不过气来。

“是一个长长的东西。”

“快点儿铲上来。”

“挺大的，不太好铲。”

“该不是个盛宝物的大箱子吧？要不，再挖挖！把洞口扩大？”

随着葛阳手里的铁锹飞舞般快速地挖掘，黑洞很快变成了一个足有一米见方的深坑。

小田不由往大坑前凑了凑，不等她细看，白猫突然来了个猛虎扑食，一下跳进坑底，不顾一切地扑到“宝物”上面，用身体和前爪紧紧护住。紧接着，又发出摄人魂魄的哀号。

葛阳忍不住揶揄了一句：“小家伙，你倒是抢得快。只恐怕抢到手，你也拿不走。”

这当儿，小田却往后退了一步，使劲皱着鼻子，说：“这东西……有股怪味儿……”

“嗯，真是有股臭味儿！”葛阳也不由地连连后退着。

“该不是……”小田不愿往下说了。

尽管小田吞吞吐吐地说了一半，葛阳也已心知肚明她要说什么。电视里的法制节目中，这样的画面太多了。为了得到证实，他还是狠心地将白猫用铁锹赶到一边，蹲下身子，瞪大眼睛，用手机手电筒照着仔细地朝那东西看了看。

——很遗憾，两个年轻人没有挖到宝物，却挖出了一具腐烂的尸体……

伴随着身后白猫的悲号，两人像有鬼追一般，飞跑着奔向泊在院外的摩托车。

二、查无此人的死者

为侦破这起无名女尸案，我和小曲在废弃的海蓝旅馆庭院的瓦砾中，不知翻了多少遍。虽然案发后，刑事技术部门调集了全市各分局的刑侦专家，参与命案的现场勘查，但除了葛阳从洞穴里扒出来的尸体外，再无其他。毫无疑问，死者遇害后，是被凶手移尸至此。

死者为年轻女性，身高一米六八左右，长发，瘦脸型，上身穿黑色紧身鄂尔多斯牌羊绒衫，腿上是一条古驰牌包臀猩红色皮裙，脚上的意大利进口黑色羊皮反绒高筒骑士靴上，虽长满了绿毛，却也是完好无损。除此之外，死者身上没有任何可以证明其身份的物件。由于死者面部有十几处刀伤，再加上洞穴里温度高且潮湿，其面部的肌肉已经腐败，根本无法辨认。她就这么被硬塞在洞穴内。据法医鉴定，死者遇害的时间当是六个月以前。死亡原因是脑后受到致命一击。至于面部的刀伤，应是在死亡后，凶手继续泄愤所为。

刑事技术部门的警员，从各个不同角度对死者进行了拍摄。我和小曲将这些照片放进电脑，进行了仔细的研究。从死者满身名牌服装可见其有钱有闲、生活奢侈。如此盛装打扮，死前她应该正在赶往某处聚会的路上。但尸体旁边缺了一个女性出门必带的手包，尤其对一个盛装出行的年轻女人来说，手包是必不可少的。那么，凶手是谋财害命吗？凶手是为了抢走手包，才给了死者致命一击？然而，死者面部的十几刀划伤，又该做何解释呢？仅仅是为了让死者面目全非，以致无法辨认？这在一般的抢劫杀人案中很少见。由此看来，情杀的可能性大于谋财害命。凶手是在怒不可遏的情势下，用刀在死者的面部划了十几下，将其彻底毁容。然后，带走了所有能证明死者身份的物品……

命案现场，死者为女性，刑侦人员首先要考虑的是奸杀。但尸检结果表明，死者生前并没受到性侵，甚至都没有挣扎、搏斗的痕迹，她是在一种猝不及防的情形下死亡的。沿着这条思路分析，抢劫杀人的可能性又占了上风……

我和小曲搭档以来，还是第一次破这么棘手的案子。小曲警校毕业后，在分局有过两年的刑侦实践，应该说不算是新手。但在这个炎热的夏天，接手五仁礁命案，还是让我俩感到了被烈焰烧烤般的焦灼。重要的是，不知道死者是谁，从死者的身上也找不到任何可证明她是谁的物件，让人对此案无从下手了。

更让我俩感到火烧眉毛的是，此案影响重大，白云的各家媒体在案发当天，都对其做了详尽的报道。尤其是电视台的“白云速递”栏目，每天都用滚动字幕，请市民中的知情者与市局联系。而网络上更是流言四起，众说纷纭。为此，刑侦支队成立了五仁礁命案专案组，除我和小曲外，另有刑侦新锐徐海亮和梁子兵加入进来，由我担任组长。

自案发至今，十天过去了，按说，如此兴师动众的大规模宣传，总会有失踪者的家人前来认尸，或是提供这样那样的线索。让人颇为费解的是，时至今日，却无一人与市局公布的电话联系。仿佛死者是天外来客，在白云与人类没有丝毫联系。

十天来，善于做案头工作的徐海亮夜以继日地翻看着一年中，白云失踪人口案卷，然而，在数十名失踪者中，却无一人与死者的条件相吻合。

有意思的是，我和小曲一筹莫展时，报案人葛阳和女友小田却对案件的兴趣不减。为了了解案情的细节，他们来过专案组，我和小曲也去过他们工作的地方。多次交谈，使我们四人成了朋友，互留了联系方式，葛阳也时常会来电询问案情的进展。

这天一大早，我和小曲刚上班，就接到葛阳的来电："马警官，告诉您一件有趣儿的事，昨晚我和小田又去了海蓝旅馆，您猜我们在那儿碰到谁啦？"

"谁？"我急忙问。

"白猫。"

"白猫？"

"嗯，昨晚它也去了海蓝旅馆，还熟门熟路地找到了那个大坑。"

我用责怪的口吻说："你俩怎么又去那儿了？不是告诉过你们，案子没侦破之前，你俩还是少去为好。"我确实为他们的安全担心。

"就因为案子没破，我俩才想帮您的忙。我们是两个身强力壮的年轻人，还有摩托车，怕什么？我去书店买了几本破案的书，这几天，一有空就看。书上说有时罪犯会回到作案的地方，我就想，兴许这个凶手也会去海蓝旅馆。跟小田一商量，我俩就骑上摩托车，一溜烟到了五仁礁，人和车子都藏在礁石后面，等着凶手出现……"

"结果白猫来了。"

"没错。"

"后来呢？"

"后来我俩跟踪白猫去了它家。"

"去了白猫的家？"

"没错。"

我和小曲再次敲响黎晴家的门板时，内心五味杂陈，我们来干什么，就为看看那只白猫吗？说不清楚，我俩就这么一拍即合地来了。

黎晴很快就为我们打开了门。还别说，她怀里真的就抱着只白猫呢。我不想吓着她，如果直言白猫多次去过案发地，并引导我们找到了那具无名尸体，她肯定会吓得将怀里的白猫扔在地上。就为这，我朝小曲使了个眼色，意思是不要多说话。

“哇，两位警察哥哥又来了，我还以为再也见不到你们了呢！”黎晴看到我们，显得既意外又兴奋。

“不欢迎吗？”小曲打趣说。

“说什么呀，当然欢迎啦！快进来坐吧！”

我边往屋里走边看着她怀里的猫，说：“这是你养的猫？好漂亮啊！”

“是呀！警察哥哥也喜欢猫吗？”

“马哥是真正的爱猫人士，他还是白云爱猫协会的会员呢！”小曲半真半假地说。

“真的吗？”像是找到了知音，黎晴让我们坐在有点儿凌乱的沙发上，自己仍抱着白猫站在那儿。

其实，我既不爱猫也不讨厌猫，更没加入什么爱猫协会。不过，既然我们是来看白猫的，就必须爱它了，更何况，它还是个大功臣。于是，我饶有兴趣地问起了白猫的尊姓大名：“小家伙叫什么名字？”

“白雪公主。”黎晴骄傲地看着白猫说。

“这么说是只小女猫啦？”我忍不住笑了。

“对呀！警察哥哥看不出来吗？她多像大家闺秀啊！”黎晴说着，就用下巴蹭了蹭白雪公主的小脑袋，小家伙也很乖巧地哼着，像是对主人爱抚的回报。

“我可以抱抱她吗？”小曲问。

“恐怕不行的啦。她很怕生呀。”黎晴看着白雪公主的眼睛，“警察哥哥想抱你，可以吗？”

白雪公主哼哼着把小脑袋埋进她的怀里。

“你家养她几年了?”我问。

“有三年了吧！是我妈妈捡来的流浪猫。”

“小家伙好可爱！她自己也出去玩儿吗?”小曲站起身，摸了摸白雪公主干干净净的前爪。

黎晴摇摇头说：“才不呢。我妈妈让我把她关在家里啦！我妈妈说宠物猫到处乱跑，就成野猫啦!”

“那……那她还真是很乖，我奶奶养了一只大黑猫，白天黑夜地在外面乱窜，只有饿了才回家找食吃。”小曲煞有介事地说。我还是头一次听说他奶奶养了只黑猫。有什么办法呢?作为警察，有时为了有更多的话题，不得不编点儿小段子。

“哦，是这样啊！白雪公主才舍不得离开家呢，对不对呀?”黎晴把白雪公主抱得更紧了。小家伙不愿意了，抬起头，身体拱起，挣扎了一下，但还是逃不出主人有力的双臂。

黎晴抱着白雪公主转身走向西面的小房间，她推开虚掩着的门，将白雪公主关了进去：“宝宝，你该睡觉了。”她柔声细气地说，就像对一个幼小的孩子般耐心。

转身回来的黎晴，这才坐到书桌前的凳子上，说：“警察哥哥还是为那个案子来的吧?”她笑眯眯地看着我俩问。

我也笑笑说：“是，又不是。刚才去邻近的居民楼走访，顺便来看看你。”

“谢谢警察哥哥啦！对了，你们找到那女人的家人了吗?”黎晴关切地问。

“还没有。”我说。

我站起身。我想，我们该走了。

我打电话把结果告诉了葛阳，小伙子有点儿沮丧：“弄错了吗？唉，真不好意思，本来是想帮忙的，反倒让你们白跑一趟。”他在电话那头满怀歉意地说。

“没关系。我们搞刑侦的从来不怕跑路。”我安慰他说，“对了，你俩是亲眼看着白猫进了那户人家吗？”

“您知道摩托车不能开进人家的院子里。我俩在村街的路边，借着路灯的光亮看到白猫跳上了那户人家的矮墙。”

“哦。”

“我和小田会继续跟踪的。这活儿就交给我俩吧！”

“别，你俩就此打住吧。即使找到了白猫，应该跟本案也没什么关系。”我嘴上这样说，目的是阻止他俩继续跟踪，毕竟这不是普通人能胜任的工作。不过，我心里却不是这么想的，冥冥中，总觉得白猫也许会给案件的侦破提供点儿线索。之所以再次去了黎晴家，可能也是为了这隐约的感觉吧！

“有需要我俩的地方，马警官您只管说。”葛阳又说。

“好的。谢谢！”我俩互道了再见。

三、酷似遗书的邮件

“警察哥哥，出大事啦！”穿着一套浅蓝色短袖T恤的黎晴，抱着她的白雪公主在屋里走来走去，显得极为躁动不安。

我和小曲不等黎晴让座，就在沙发上坐了下来。

“究竟是怎么回事？”我放慢语速力图让她镇静下来。

黎晴站住脚，像是要哭的样子说：“他都不算是我的朋友啦，他只不过是为我家刷墙的工人，可他偏偏把邮件发给了我。”

小曲疑惑地问：“他给你发了什么邮件，把你吓成这样？”

黎晴开始语无伦次地叙述着：“警察哥哥，他说他杀了人……他也要去死……像是遗书，我都不敢看完，连电脑也不敢开了……”

“你的电脑呢？”

“我把它放在卧室里了。”

黎晴这才把同样显得很害怕的白雪公主关进西屋，然后，自己去了东屋。

黎晴将笔记本电脑往书桌上一放，我和小曲就迫不及待地凑了过去。

——这是一封发自七月十三日凌晨两点四十分的邮件，也就是说，邮件是昨天深夜发过来的。全部内容如下：

对不起，我杀了人。我很害怕，我不想坐牢，不想吃枪子儿。那个女人很有钱，我很需要钱，她撞我刀尖上了，我把她埋了，埋在别人找不到的地方，可是警察找到了，警察能找到她，也能找到我，我知道我离死也不远了，我就自己把自己了结吧，反正那些钱也花光了，好日子也过了几天。要走了，想到欠你的人情，很感谢你，别人就算了，我没可留恋的人，跟你说声再见吧，你是好女孩儿。

这的确很像是一封遗书。从中可以看出，发件人是在一种思绪极端狂乱的情形下写的，句子不通顺，没有章法，想到那儿就写到那儿。不过，字里行间还是透露出了让我和小曲眼前一亮的东西。只是，现在还无暇去分析这封邮件的细节，救人才是当务之急。此时此刻，发件人会不会正在死亡线上挣扎，或是在生死之间的抉择上徘徊？

“他住哪儿？”我抬起头问黎晴。

黎晴也是一副心急如焚的样子，说：“我要是知道他住哪儿就好啦。”

“他不是说欠你人情吗？你们不认识？”

黎晴摇摇头说：“不是那回事啦。说认识又不认识，说不认识也认识。”

“那你知道他叫什么名字吗?”

“古乐。但是不是他的真名很难说。”

“你有他的电话吗?”

“没有。”

我不得不让小曲马上通知梁子兵，给各分局打电话，请他们协助排查暂住户口登记，看有无古乐这个人，以及他的临时住址。

小曲应声走到院外打电话。我则继续着与黎晴的话题。

黎晴讲了她与发件人相识的经过。

——这事儿的确颇有戏剧性。那是前年的暑期，黎晴来白云父母家度假。当时，父母刚租下大丰村的房子，正在做简单装修。一个又闷又热的上午，装修队派古乐为内墙喷最后一遍乳胶漆。这活儿，应该说不算太累，但浑身上下满头满脸那些斑斑点点，简直不是一个“脏”字能概括了的。那天黎晴站在窗外看到的古乐就是这样一副浑身上下，头发、眉毛被米黄色乳胶漆弄得面目全非的狼狈相。

古乐喷完一面墙壁，刚想喘口气，就见一个人影冲了进来。这突如其来的撞入，让站在院子里准备进屋的黎晴，不由迟疑着闪到了一边。

“你这小兔崽子，以为藏到白云，我就找不到你了?快把钱交出来!”来人气喘吁吁地朝着古乐吼道。

霎时，古乐的脸就变得血紫，额上的青筋跳起老高，拳头攥得紧紧的。看样子他真想就势一拳将来人打倒，但两臂最终还是无力地垂了下来，“爸。”他无奈地叫了一声。原来对他狂吼乱叫的男人是他的父亲。看样子古乐并不想吵架。所以，他努力让自己的语气平静下来："你去了装修队？"

"没错。"父亲仍是满脸怒容。

"我没想藏也没想躲。"

"那就把钱交出来。"

"我来白云才三个月，根本就没挣着钱。"

"万路下个月结婚，要给女方送彩礼，他爹找上门，求咱把借他的五千块钱还了。你知道当年为给你妈治病，人家好心好意从银行里取出多年积攒的血汗钱……这钱都借了好几年了，咱不能办没良心的事……"父亲的口气也软了下来。

"可我手里真的没钱。"古乐从口袋里摸出一张百元票子，"就这点儿钱……"

父亲一下又恼了，说："一百块钱？你想打发要饭的！你出来都三个月了，挣的钱都怎么花了？"

"队里工钱半年一结算。平时只给饭钱。"古乐小声嗫嚅着。

"那你让我怎么办？让我怎么去见万路他爹？"

父亲像要哭出来。古乐也深深地低下了头。

父子俩就这么对峙着，沉默着。

这父子俩的对话，黎晴听得一清二楚。此时，看着这两个因钱陷入窘境的男人，善良的她再也忍不住了。

"这钱我可以借给你们。要多少？"黎晴一步跨进门里说。那天，她包里刚好有五千块钱，是妈妈给她买电脑的钱。

古乐和父亲不约而同地抬头望着她。望着这个背着双肩书包的女孩儿，脸上同时露出不信任加失望的神情。的确，他们不相信这个中学生模样的女孩儿能解他们的燃眉之急。

现在是三双眼睛对视着。黎晴往前走了一步，说："伯伯、哥哥，你们的对话我全听到了。我是真心想帮你们的呀。五千元够吗？"

“这……”父亲感动得不知如何是好。

古乐一再向黎晴保证，拿到结算工资后，一定会先还她两千元，还索要黎晴在南方学校的地址。

“能用钱帮助别人，也算是物尽其用啦！还钱的事，就等哥哥手头宽裕了，明年暑假时还我就行了。”黎晴诚恳地对古乐说。

房屋装修完工后，黎晴没再见到古乐。父母得知女儿此举后，没有责备她，相反，还表扬了她的善行，所以，古乐还不还钱，黎晴都不太在意。然而，让黎晴出乎意料的是，这天傍晚，她来取忘在房间里的暑期作业簿时，居然与古乐不期而遇。

“是装修队的哥哥吗？你怎么会在这儿？”黎晴不敢相信地打量着一身西装革履的古乐。她惊讶地发现，眼前这个男人已经脱胎换骨了，如果不仔细辨认，根本无法看出这个英俊潇洒的帅哥，就是那个满头满脸都是涂料的装修工人。

“我来找过你几回，你都不在。”古乐从腋下挟着的黑色皮包里，取出一沓钱，“我是来还你钱的。”

黎晴不解地问：“怎么这么快就还钱？哥哥哪儿来这么多钱呀？”

古乐没有回答，只是讳莫如深地笑着。他把钱双手交给黎晴说：“你是天底下最好的女孩儿，真不知道该怎么感谢你。”

“哥哥你太客气啦！”

“我……我们可以交个朋友吗？”古乐嗫嚅着说。

“好啊！”黎晴爽快地答应了。

“那……你能把手机号码和邮箱地址告诉我吗？”

“当然可以啦！”

就这样，黎晴和古乐互留了手机和邮件的联系方式。

临别时，黎晴看着改头换面光鲜的古乐，仍是很真诚地说：“哥哥，如果你这钱是借来的，还是还人家吧，我真的不急用呀！”

大概是为了打消黎晴的顾虑，古乐终于向她交了底：“这钱是我挣的。我现在受雇一个挺有钱的人家，帮着做些杂事。衣服是女主人给买的，笔记本电脑和手机也是女主人送的。”

黎晴吃惊地瞪大了眼睛说：“哇！哥哥真是太幸运啦！”

“是呀，是呀！天底下还是好人多啊！”古乐也由衷地感叹着说。

此后，古乐再也没与黎晴联系。直到黎晴收到这封邮件。而黎晴在繁重的学业中，早就将古乐以及他留下的联系方式丢到了脑后。

黎晴讲述完她与古乐相识的经过后，仍用惊恐的目光望着我并说：“警察哥哥，他说他杀了人，他杀的人会不会就是你们正在侦破的那个被杀的女人？”

“我们会调查清楚的。”我说。

“那……你说他会不会已经自杀了？”

“很难说。有时，凶手只是为了混淆视听，从而赢得逃跑的机会。”

“要是知道他住哪儿就好了。”

“我们会找到他的。即使暂住户口上没有住址，也可以通过其他渠道找到他。”

黎晴忧心忡忡地说：“那你们一定要快呀，警察哥哥。无论如何我都希望他还活着。”

我没有回答。此时，我的脑海全被那封邮件占满了。“……我把她埋了，埋在别人找不到的地方，可是警察找到了……”按黎晴的讲述分析，他杀的人应该就是他的雇主——一个很有钱的女人，而五仁礁无名女尸的穿着打扮，也充分证明她是个出手阔绰、生活奢侈的女性。这段话需要澄清的东西太多了。因此，当务之急是找到发件人。

“黎晴，你在白云还有熟悉的人吗？”我问。

黎晴摇摇头。

“那你需要我们提供帮助吗？”

“谢谢警察哥哥，我还好啦！反正你们很快就会找到他。不管他是死是活，对吧！”

我点点头。

“我有个请求，你们有了古乐的消息，告诉我一声，行不行啊？”

“好的。”我说，“我也有个请求，你能把笔记本电脑借我一用吗？”

“当然可以啦！只要能尽快帮助你们找到古乐，我什么都愿意做的。”黎晴不仅爽快地答应了，而且还很麻利地帮我将电脑装进电脑包里。

“谢谢你黎晴。”我匆匆向黎晴告别。

像上次一样，黎晴将我送到院门口，站在那儿，目送我离去。

我从黎晴家出来，小曲已等在泊车的地方。

“怎么样，查到了吗？”我问小曲。

“正在查。”小曲显得很兴奋，他接过我手里的电脑包，打开车门，放进去，“这回黎晴可是帮了我们的大忙了。本以为来大丰村走访，就是白忙活。谁会那么傻，杀了人，就藏到自己家门口？想不到，节外生枝出个大蘑菇，说不定找到发邮件的人，这个案子也就破了。”

我不知该说些什么。

车子发动后，小曲专心致志地开车，我坐在后排座位上，打开黎晴的电脑，再次读着那封邮件。

现代通信工具对刑侦这一行，真是帮了大忙。我和小曲一走进办公室，梁子兵就迎了上来。

“马哥，那个叫古乐的人找到了。”

“找到了？”如此神速让我和小曲都吃了一惊。

“天下事，真是无奇不有。给我们提供线索的居然是一个小偷。昨天深夜，该小偷爬上出租房关得并不严实的窗子，想潜入室内，却发现了惊人的一幕：一个年轻男子瘫倒在床前，旁边有呕吐物，像是中毒了，生命垂危。颇有经验的小偷并没上前呼叫或是推拉古乐，而是急忙跳下窗子，在街上找到一个公用电话，报了警。基于自己不光彩的身份，小偷不敢自报家门，只简单地说明事发地和中毒者的状况，便赶紧放下电话，逃之夭夭。由于我们暂时还不能确定古乐是自杀还是他杀，只能说他是中毒吧。古乐暂住地是市边区所属的红湖路，市边区分局民警蔡威接警后，当即呼叫了120，将古乐送往就近的慈安医院抢救。”

“这么说古乐他还活着？”我不由一阵惊喜。

梁子兵皱起了眉头：“活着倒是活着，但情况并不乐观。我和在医院等候消息的蔡威通了电话，他说经化验，古乐是砒霜中毒，症状是呼吸困难，肝损害明显，已陷入昏迷。”

小曲情不自禁地叹了口气说：“还以为这案子要结了呢！”

梁子兵安慰他说：“医院正在尽全力抢救，一切皆有可能。”

小曲闷头不吱声。

我强压下心中的遗憾说：“市边区分局派人勘查现场了吗？”

“他们的人应该还在出租屋。昨夜接警后，当即就派了刑侦人员和技术人员过去。他们找到了古乐随身携带的身份证，进行了比对，确认是我们要找的人。”

我顾不上多问，拉着小曲就走。不知为什么，听了梁子兵的情况介绍后，我感到了极度的不安，脑海里千丝万缕的事搅在了一起。如果古乐能活下来还好，如果抢救无效，便又是一条生命的离去……如果他真的和无名女尸案扯上了关系，那么，如果是自杀，案情应该变得明了；倘若是他杀，案情将变得更为复杂。

汽车在去红湖路的路上不断被前方的红灯逼停，而我的思绪也不断被种种可能连接、中断。

红湖路原本是一座极不起眼的小村庄，和大丰村一样，也属城乡结合部。小村庄被兼并后，拿到拆迁费的原住户大多都移居城里，于是，这里便成了外来打工者的聚居地，每天早晨和傍晚，一些肩背各种家什、衣衫破旧、灰头土脸的体力劳动者，独自在坑洼的街道上闷头行走，就成了红湖路的一景。

古乐应该就是这些体力劳动者中的一员。也就是说，在杀死了女雇主，将得到的钱财挥霍一空后，他才搬到此地居住，并开始了继续打工的生活。由此推论下去，他搬到此地居住最多也不过半年。

红湖路 139 号，就是中毒者古乐住过的出租屋。出租屋没有院落，倒是坐南朝北，当初大概是一间村民用来放杂物的储藏室，如今低矮的屋檐下，用红油漆写的“拆迁”两字仍清晰可见。窗子已损坏，处于中间错缝的状态。除非里面用绳子捆绑，否则很难关闭。那个小偷正是瞅准了这个可钻的空子，才想跳窗而入。

出租屋门外并没有拉黄线警戒，但有市边区分局的两名警察值守，我和小曲出示了证件，他们便示意我俩进屋。

其实，在经过小偷、120 急救中心等人的进进出出之后，这里已无“现场”可言了。

单扇房门是虚掩着的。我特别留意了一下门锁，是那种农村常见的搭扣配三环吊锁，现已损坏，应该是警察救人破门时所为。房间最多有十平方米——靠窗子放着一张像是从垃圾堆拣来的单人木板床，其中有一条床腿是用砖头垫起来的。床上一条脏得已分辨不出是灰色还是白色的被单堆在那儿，床头有几件旧衣服摞在了一起，可能是作枕头用的。靠门的东侧，有一个简易的电炉子，上面放着一只烧水壶，旁边还有一个满身是坑的铝锅，铝锅敞着盖子，可见里面吃剩的馒头和烧饼等大小碎块和半包咸菜。电炉子的上方，有一根半截塑料自来水管从墙缝里穿过来。在屋子的一角，有几样诸如瓦刀、锤子、铁锹等打零工用的工具，除此之外，再无其他。

整个小屋进入视野的除了清贫就是寒酸，它仿佛在暗示着古乐“遗言”中的杀人动机——“那个女人很有钱，我很需要钱……”

“笔记本电脑呢?”自进屋后，始终一言不发的小曲突然问道。

“我也在找。应该带回市边区分局了吧。”

“我不是这个意思。马哥，怎么看，这个古乐，都没拥有笔记本电脑的经济能力。”

“他告诉黎晴，是女雇主给买的。”我说。

小曲像是接受了我的看法，说：“幸亏他保留了一样有价值的东西，还用它给黎晴发了邮件，不然的话，他就这么不明不白地死了，咱们上哪儿找凶手啊!”

“这倒是。也不知市边区分局昨晚在现场都有哪些发现?”

“恐怕他们最大的收获也是从笔记本电脑上找到那封发给黎晴的邮件。”

我突然感到有什么地方不对头。如果市边区分局已看到了那封邮件，会火速上报刑侦支队，可案发后，过了这么久，那边却没有半点儿消息。也就是说，他们在没有得到电脑的情况下，只是将此案作为普通自杀案在处理。那么，笔记本电脑又在谁的手里？小偷，应该是被那个小偷顺手牵羊了。尽管，在出了人命的现场，阻止了他进一步的盗窃行为，却不妨碍他带走笔记本电脑。因为，当时笔记本电脑肯定就放在古乐的手边……

我拿出手机，拨通了市边区分局刑事科李瑞鹏的电话。他是名经验丰富、思维缜密的老侦查员，曾多次参与刑侦支队的重案侦破，算是我的老熟人了。

电话接通，果然，老李昨晚就在案发现场。

“你现在哪儿？我们碰个头吧！”我说。

老李人很爽快，说：“行！去霍家拉面馆吧，那里离红湖路近。我请你。”

小曲开车把我送到霍家拉面馆，然后带着黎晴的笔记本电脑，回刑侦处，请技术人员帮忙，看能不能发现更多有用的信息。

我走进拉面馆时，骑摩托车过来的老李已等在了那里。他穿着黑蓝色夹克便装，运动鞋，很普通的着装，人也很普通，如果混在行人中，你还真看不出他是干刑侦这一行的。还不到吃午饭的时间，拉面馆比较清静。我和老李找了个靠窗的桌子坐下，服务员拿来菜单，两人都点了牛肉拉面。

喝着麦茶泡的温吞水，我单刀直入地问：“你们有没有看到一台笔记本电脑？”

听了我的话，老李竟然咧嘴笑了，说：“笔记本电脑？你开什么玩笑啊，小马，这个中毒的人用我老家的话说，真是穷得摇铃铛啦。他即使有过电脑，也早拿去换钱用了。对了，小马，你怎么会想到他有电脑呢?”老李疑惑地问。

“他中毒前，给人发过一封邮件。”

“那会不会是从网吧发的?”

“难说。”我模棱两可地回答。的确，有关笔记本电脑的事，一时半会儿，我还说不清楚。连我自己也觉得很困惑。于是，我岔开了话题，因为还有很多问题要问他，我问：“现场侦破，你们得出了怎样的结论?”

“你是指自杀还是他杀?难说。我们到达现场时，这个叫古乐的青年已被120拉走，地上有一个倒了的空杯子和一堆呕吐物。但这些只能证明他是砒霜中毒，其他，什么也说明不了。杯子上是他自己的指纹。不过，说是自杀，也不是没有疑点。”

“你说说看。”

“问题出在门锁上。据第一个赶到现场的蔡威说，门从外面锁上了，搭扣上挂着一把沉甸甸的三环锁。为这，他们才不得不破门而入。你说这深更半夜的，他人都要死了，干吗还要从外面把门锁上，然后爬窗进屋?关键的关键是，我们从窗台上，找到了那个操南方口音穿三十七码鞋的小偷的鞋印，并没找到中毒者四十二码的鞋印……”

“你的意思是有第三者入场?”

“也难说。因为现场除了小偷在爬窗子时，留下了几个脚印和指纹外，没有第三者存在的任何痕迹。如果真有第三者入场，也是个有一定反侦查能力的人，也许他是穿着保护行头进屋的。只是在离开时，他犯下了大错，他想造成中毒者外出的假象，这样，中毒者必死无疑，因此，他从外面锁上了房门。”

我默默地听着。

服务员用托盘端来了两碗牛肉面，分别放到我俩的面前。我抄起筷子挑起一根拉面放进嘴里嚼着，却丝毫吃不出什么味道。

“如果还有第三者的话，这个案子就更复杂了。”我说。

“不过，谁会去杀这样一个穷困潦倒的人？连小偷蹲在窗台上巡视了一番，也望而却步了。”

“那个小偷没有入室？”

“没有。现场是这样的，那间屋子北面的小窗子外，就是条马路，刚好有路灯光能照进来，因此，小偷爬上南边的窗台，整个房间便一览无余了。推测阻止他入室的原因有二。一是他被中毒者吓坏了，怕摊上人命官司；二是他被这贫穷给拦住了，他进去干什么，那间屋子里没有任何东西值得他顺手牵羊。”

这么说笔记本电脑不是小偷“顺”走的？我在心里嘀咕着。按老李的说法，现场根本就没有笔记本电脑，那么，古乐也只能是从某个网吧给黎晴发邮件。当然，还要等技术人员对黎晴的电脑鉴定完毕才能下最后结论。姑且将古乐视为自杀，那么，他的行动路线便是：白天在某个农贸集市买了砒霜，接着深夜去了网吧，给黎晴发完邮件后，回到出租屋，连门锁也没打开，便从窗子爬进屋里，接了一杯自来水，将砒霜服下……可是，窗台上没有他的足迹。

有一群打工者涌进拉面馆，他们吵吵嚷嚷地在我们前后落座。拉面馆热闹起来，我和老李心照不宣地将碗里剩下的拉面扒进肚里，起身结账。

来到外面，老李才问我：“那封邮件是谁接收的？”

“一个女孩儿。”

“他的女友？”

“不是。是资助过他的人。”

“什么内容？”

“像是临终遗言。主要是感谢女孩儿曾经对他伸出的援手。还有，他说他杀了人，而所杀雇主似乎跟五仁礁无名女尸有关联。”我索性和盘托出。尽管眼下什么都不能确定，一切都是未知数，但对老李，没什么可隐瞒的。

“有点儿意思。”老李站在那儿沉吟了半晌才说，“但愿他能活下来。”

“但愿吧！”我重复了一遍。

“要不，咱俩一起去慈安医院看看他？”老李若有所思地说。

“就这样。”我上了他的摩托车后座。

老李发动了车子。

穿过窄窄的丰盛胡同，马上就该到慈安医院了。车子刚拐出丰盛胡同，我的手机响了。听到手机铃声，老李把车子停在了胡同一侧说：“你接电话吧！”

我按下接听键，电话那头的梁子兵亮着大嗓门儿说：“马哥，案子有转机了。海岸分局下属的世林派出所反馈来一个消息，该所警员胡军刚从外地办案回来，听说了五仁礁无名女尸案后，想起这样一件事：去年夏天，有一位从东霞山区来的叫苗凤的女人，到派出所请求帮她寻找失踪的外孙女苗子。苗凤留下的失踪人信息，与死者有不少吻合的地方，年龄、身高、脸型、发型大致相似……”

“有照片吗？”

“没有。苗凤说，本来她把外孙女的照片带在身上，逢人就拿出来给人看，可不知怎么的，歪在电线杆下睡了一觉，照片就丢了，就为这，她才到派出所请求帮助。”

不等徐海亮说完，我就喊老李：“快送我回刑侦支队！”

老李也没多问，驾着摩托载着我风驰电掣地往刑侦支队赶。来到刑侦支队的院子里，老李才问：“又有新情况了？”

“看来得马上去趟东霞山区了。那边有个失踪者，跟五仁礁无名女尸好像有点儿对号。”

“那就跑一趟吧！近七八百里路呢，出了北黄镇，往南那条盘山道可不好走。”

“对古乐中毒的调查，就拜托你了。还有，在无法确定他中毒原因的情形下，凡有人来电询问他的情况，一律答复：他中毒不深，正在好转。”我匆匆说。

老李点点头说：“我会去调查，昨天夜里到底有没有人去过他的出租屋。”

“看来咱俩又要密切合作一回了。”

老李朝我弹了个响指。

四、苗子其人

东霞山区虽然和白云同在一个省份，却分别占据着东西两个点，相隔甚远。白云靠海，城市开放，经济发达；东霞是山区，地少山多，比较闭塞，经济也相对落后。

当晚，我和小曲驾车进入东霞山区时，天就黑了，只好在加油站附近一家私人开的小旅馆猫了一夜。第二天一大早，便急急地往苗凤所在的苗家庄赶。

苗家庄是个坐落在山坳里的小村子，几十户人家零零散散地分布在大山的角落里。我和小曲来到村头，向一位坐在门口晒太阳的老人打听苗凤的住处，老人不说话，只是朝不远的山坡指了指。果然，山坡上一个老女人正挎着一篮子蔬菜走过来。

也许是着装太老土的缘故，一身上世纪七十年代中期的灰蓝裤褂和满头灰白的头发，让苗凤乍看显得苍老。不过她面色红润，目光炯炯，手脚粗壮，人显得挺有精神，实际年龄应该不足六十岁。

“是苗阿姨吗！”我和小曲迎了上去，想帮她提沉甸甸的一篮子蔬菜。苗凤却连连摆手，只顾在前面带路。

苗凤打开用篱笆围成的院门，让我们进去。我和小曲站在院子中间的一会儿空当儿，她已放下菜篮子，从屋里搬出两只小木凳。

“你俩是从白云来的？”她用手扶着篱笆墙，上下打量着我们。

我和小曲面面相觑。我正纳闷她怎么会不问一句，就放我们进门。孰料，她早把我们看透了。

小曲禁不住问：“你怎么知道我们是从白云来的？”

苗凤笑了起来，说：“无事不登三宝店。苗家庄这山旮旯，轻易不会有城里人来。我从坡上看到你俩站那儿，就知道是来找我的。你俩是白云的警察对不？”

“你看我们像吗？”

“像。穿便装我也能认出警察。我在白云见过好多你们这样打扮的警察，有一个姓赵的警察还给我买方便面吃。你们是为苗子的事来的。”

我边点头边出示了证件。

“她人活着还是死了？”苗凤直截了当地问道，从她那干脆利落的话语里，听不出是忧虑还是无所谓。这真让我不知所措。

我不得不岔开话题：“苗子是离家出走，还是其他原因失踪的？”

“不是啦！不是啦！这丫头才不理会我呢！主意多着呢，想咋着就咋着。”苗凤晃着脑袋，神情竟是很得意的样子，“她从同林中学辍学后，跟着一个跑长途的南方人去广州的模特学校上学，说是要在戏台上走猫步。学得怎么样，我不知道。反正，她就这么着慢慢地没了音信。”

“她人在南方，你怎么想到去白云找她？”

“庄里在外面打工的二顺子说在白云的大街上看见她了。还说她穿金戴银，像电视上的二奶。”

穿金戴银像二奶，这点与死者很吻合。死者的确是一身的名牌。我暗忖。

“二顺子跟她打招呼了吗？”

“招呼是打了，可苗子不理他，跳上出租车走人了。”

“她为什么要这样做？”

“她怕我跟她要钱呗！她不想让我知道她发财了。”

“你去白云找她，就是为了要钱？”小曲不相信地问。

“还能为啥呢？她死她活关我屁事啊！打她来我这儿的头一天，她就没把我这个姥姥放眼里，我也只当个小畜生养她。”

“苗子的父母呢？”

“我都不知道她爹是谁，要不，苗子凭么要跟着我姓。苗子她妈十六岁就去东北闯荡。她嫌我这个当妈的给她丢脸。”

“你怎么给她丢脸了？”

“不说了，警察小兄弟，不说了。”苗凤的脸上这才露出伤感的表情。

“可她还是把孩子送到你这儿。”小曲有点儿愤愤不平。

苗凤又长叹了一声，说：“我也体谅她。一个女人在外面带着孩子混不容易，她既然把孩子送回来了，我也只能接收了。”

“苗子来你这儿时有几岁？”我问。

“七岁。”

“她今年多大了？”

“八月十二的生日，虚岁二十三啦！”

“她离家这么多年了？”

“可不是嘛！”

“你有苗子的照片吗？”

“在白云弄丢了。苗子走时，把她的东西带得杂毛不剩，就那一张照片，还是我要去白云时，从她的小学老师那儿讨来的。对了，你们问这些，到底为啥呢？”

“为了帮你找苗子。”我抢上去说。

“哦，那先谢谢你们啦，警察小兄弟。我猜她是为了躲我，藏在了什么地方。你们早晚会找到她的。”

“你那么肯定她是藏起来了？你从没想过她一个女孩儿在外面，会有危险？”我斟词酌句地说。因我无法弄清苗凤对苗子到底还有没有感情，只能旁敲侧击。

想不到苗凤哈哈大笑起来：“苗子会有危险？那才怪哩！她自小就跟猫似的鬼精鬼精的，就连睡觉也支棱着耳朵呢！”

可她还是遇害了。我在心里很不情愿地说。

在苗凤这里，既见不到苗子的照片，又找不到苗子离家后的生活轨迹，我们只好告辞。

离开苗凤家，我们径直去了村里的小学校。

小学校设在村东头的两间平房里，乍看跟民居差不多，唯一不同处是房门的一侧挂着块木牌，上书：苗家庄小学

暑假期间，校园里不见孩子们的身影，只有一位四十多岁的女人蹲在一只大塑料盆前洗衣服。

我和小曲走上前，说要找小学校老师。她直起腰回答说：“我就是。”

我向她出示了证件。她自我介绍姓宋。

宋老师甩了甩手上的水，带我们走进空无一人的教室。

听说我们是为了苗子而来。她的表情有些苦涩：“她出事了？”

我说她失踪了，我们正在寻找。

“我能帮什么忙？”她问。

“把你知道的苗子的情况告诉我们。”

于是，宋老师毫无保留地给我们讲了她所知道的苗子及苗子的家庭背景。

苗子从小长得就有模有样呢！苗子是那种男人看一眼，就忘不了的女人，吸人眼球啊！

苗子是七岁那年，被她常年漂泊在外的妈妈送回到姥姥身边的。苗子妈妈远走高飞的理由是，苗子的姥姥给她丢了脸。苗子的姥姥在乡下算得上见多识广却又不安分的女人，和第一个丈夫离婚后，她就一直不停地嫁人，有的在一起过个三年五年，有的甚至只过一两个月，就挟包袱走人。直到四十五岁，人老色衰了，苗子姥姥才带着苗子妈妈回到她出生的老家。三间破房子是苗子姥姥的父母留下的。苗子姥姥在村里名声不好，所以苗子妈妈在村里待不下去，小小年纪就只身去了东北。七八年之后，她回来了一趟，并带回了苗子。

我不知道苗子妈妈喜欢还是厌恶苗子。但我发现苗子半点儿也不恋她的妈妈。她妈妈走的那天，我牵着刚上小学一年级的苗子的手，送她妈妈到村口。我对苗子说：“跟你妈说再见啊！”苗子一扭头回答：“才不呢！我才不想再见她呢！”我问：“为什么？”苗子嘟着嘴说：“我烦她！”我猜想，这些年，苗子妈妈在外面并没对苗子尽到做母亲的义务。想到苗子像电视上的那些孩子一样，被独自锁在出租房里，我的心里酸酸的，就想，以后在学校要把苗子像亲生女儿一样保护在身边。可苗子并不领我的情，更不跟我亲近，有时，你越是想给她温暖，她越是躲着你。就像喂不熟的野猫一样，你爱抚它时，它却伸爪子挠你。因此，苗子读小学那几年，没有跟我建立起任何感情。她对班里的同学也一样的疏离。

苗子刚满十四岁，就传出了风流韵事。她和南方采购山货的卡车司机玩得很欢，常常夜不归宿。姥姥管不了她也不想管她。我觉得苗子的天性，不仅继承了她妈妈的基因，其中也有姥姥的成分。

不过，苗子在村里比别的女孩儿活得要快乐，她不在乎别人指指点点，客观地说，她真的半点儿都不在乎。她只在乎那些喜欢她的男人，在喜欢她的男人跟前，她就像家养的宠物猫一样温顺。她偎坐在卡车的副驾驶座上，一脸的讨好模样，让人心生怜悯。卡车司机带她进城，给她买漂亮时尚的衣服和美味的食品。

苗子没有朋友，同龄女孩儿们对她多是羡慕嫉妒恨。十四岁的苗子坐在同林镇中学宽敞明亮的教室里，环顾四周，处处都是敌视的目光。

“真丢脸，昨天晚上我看见她坐小南方的卡车上了公路……”

“我要是校长，非把她赶出校园不可！”

“还有她姥姥，也不是个好东西！”

女生们下课时，常聚在一起，对苗子说三道四。但苗子依然我行我素，坐在教室中间第六排的座位上，腰直胸挺，俨然就是骄傲的公主范儿，全不把女生们的闲言碎语放在眼里。的确，苗子的学习成绩很差，她坐在那儿，杏眼瞪得溜圆，一副聚精会神的样子，却与学习无关，而是在想放学后，该找哪个卡车司机玩儿。

我爱人，苗子的班主任唐老师不喜欢她，但也不太讨厌她。你还真是找不出苗子在课堂上有那种女生通常喜欢交头接耳的小动作，相反，她嘴上就跟贴了封条似的，从不发声。至于举手回答问题，更是唐老师的奢望。因为苗子在课堂上中规中矩，所以，唐老师虽然没有表扬过她，却也从没点名批评过她。像苗子这样的学生，多一个少一个都无所谓。唐老师是人道主义者，学校只要不除苗子的名，他就会默许苗子坐在教室里，任凭女生们起哄，也无动于衷。再说，苗子能念到初中，还是镇政府发动公职人员捐助的结果。她姥姥没钱供她念书，有钱也不会供她念书。唐老师当然不会剥夺苗子受教育的权利。

苗子初中刚毕业就跟着南方的卡车司机走了。走时，苗子跟谁也没打招呼。不过，去年有一天，苗子的姥姥突然来找我，问我有没有苗子的照片，说是要去白云找她。我这才知道苗子去南方，是为了上模特学校。至于她怎么又到了白云，她姥姥没说，我也没打听。

我把苗子在小学时唯一的一张毕业照给了苗子姥姥……

宋老师最后这句话让我们心里凉了半截。看来在苗家庄是找不到一张苗子的照片了。

"苗子真的会失踪吗？"宋老师半信半疑地问，"我觉得她是藏起来了。"

宋老师跟苗子姥姥的看法一样。

"很难说。"我含含糊糊地回答。

"关键是我们不知道她长什么样儿？"小曲说。

宋老师一脸的歉意："真是不好意思。对了，你们去同林中学找找看。苗子在那里念了三年书，应该会留下张毕业照吧。"

这的确是个好的建议。

我和小曲告别了宋老师，立刻赶往同林中学。

苗家庄离同林中学大概有五华里光景，全是崎岖的山间小路，我和小曲只能步行。好在山区的夏天比之城里要凉爽许多。这倒也好，让我们有暇来整理一下最新得到的苗子的情况。

把一个活蹦乱跳既高傲又卑微既招男人爱又让女人恨的女孩

儿同五仁礁无名女尸画等号，是一件让人很痛苦的事情。几年前，苗子离家去往南方的模特学校时，应该是趾高气扬信心满满的，带她走的南方卡车司机一定给她描画了很美好的未来。然而，似乎她在南方没有达到如期的结果，虽然这段时间她在南方干了什么，对我们来说还是空白，但苗子还是回到了北方的白云，这也许是对她在南方的不成功的佐证。但在白云的苗子却成了有钱人，不仅穿着打扮像二奶，而且还雇上了勤杂工，出手阔绰地给对方开了高工资买了电脑。也因此，让本该对她感激涕零的勤杂工，心生邪念……

“等一等，马哥，这里有点儿讲不通。”我和小曲边走边说。但推论至此时，小曲打断了我。

我不由放慢了脚步。

“从古乐给黎晴的信中，可见他是个有情有义之人。黎晴不过借给他五千块钱，他到死都没有忘记感恩。而苗子不仅让他脱离了繁重的体力劳动，而且还给了他优厚的报酬，最终，他却残忍地杀害了她……这其中一定还发生了别的事情。”

小曲的分析很有道理。这也是我难以释怀的疑点。小曲说：“为钱杀人对古乐来说，是不合情理的。那么是为情所困？古乐爱上了被人包养的苗子……”

“谁知道呢？这案子眼下正应了警校老师常挂在嘴边的那句话——越是简单的也越是复杂。”

“市边分局的李尚鹏在出租屋也发现了几个疑点，他会去调查古乐中毒时是否有人到过那里。”我深有感触地说。

“也是个棘手的活儿。红湖路那一带没安摄像头，暂居人口很杂。”

“他是老侦查员，应该会有办法的。”

我和小曲正说着，手机响了。我看了一眼来电号码，是黎晴的。于是，我便走到路边，按了接听键。

“警察哥哥您好吗？是我耶，黎晴呀！”

“听出来了。你还好吧？”我不无关切地问。

“还好啦！就是很担心古乐。你们找到他了吗？他还活着吗？”

“嗯，找到他了。他中毒不深，正在好转。”

电话那头，黎晴长长地舒出一口气：“太好啦！只是……只是他真的是凶手吗？”

“暂时还不能下这个结论。”

我刚想说声“再见”，黎晴又小心翼翼地问：“警察哥哥，不好意思啦，想知道你们什么时候能还我电脑呀？”

“我现在不在白云。等回去后，会尽快还你的。”

“哦，你现在在外面啊？很远吗？没关系的。就等您回来再说。”

同林中学的校长不在。校长助理——一个二十多岁的年轻人接待了我们。这位让我们叫他小邵的小伙子既热情又直率，很善于沟通。

我讲明来意，为了不在当地引起混乱，我也有意避开了苗子与无名女尸的关联，只说是为了帮她姥姥找人。

小邵想了想说：“管理学生档案的常老师那里应该有苗子的毕业照，最起码也有班级合影。”

这让我不由松了一口气。

但他接着又说：“不过，常老师趁暑假去海南探望在岛上服役的丈夫了，恐怕一时半会儿赶不回来。”见我大失所望，他忙补上一句，“寻人是大事！你们看这样行不行？我会尽快跟常老师联系，一旦找到苗子的照片，就给你们快递过去。”

也只能这样了。我叮嘱他先翻拍几张，以防丢失。他立刻答应下来，并和我互换了名片。

临走时，我很随意地问小邵："你认识苗子吗?"

小邵的脸突地红了："她和我同班。"

"你觉得苗子是个怎样的女孩儿?"

"她嘛，很不一般。我还真是摸不透她是个怎样的女孩儿，也许用百变来形容比较恰当。"

我注意到小邵对苗子的评价非褒也非贬。百变的苗子——高傲，温顺，自私，出手大方，孤僻的初中女生，卡车司机们的小宠爱，有钱人包养的情妇，打工青年古乐痴情的女人……这就是死者苗子吗?

五、黎晴的替身

东霞山区之行，看似一无所得，但对苗子这个人，却有了大致的了解。

回到白云，我马上联系了老李，约定在市边分局门口见面。

"我在走访出租车司机时，一位胡姓司机给我讲了这样一件事。"老李说。

——出事那天夜里十点多钟，老胡驾着出租车在海滨路上揽客，车子行驶到大福源超市时，一个身穿黑色套装、戴灰色宽边遮阳帽的老女人，提着只黑色手包，站在大福源超市对面的路灯下，朝他招手。老胡停下车子，摇下车窗，问去哪儿，老女人回答：南江路。说着就打开后座的车门，坐了进去。路上，老女人一直低着头摆弄手包，始终没说一句话。车子到了南江路时，老胡提醒她：南江路到了，你在哪儿下车?老女人往窗外看了一眼，回答：要不，到红湖路再说吧。于是，老胡继续开车。在红湖路一条偏僻的小巷口，老女人让老胡停车。她将五十元钱递给老胡，也不等找零，就打开车门走了。老胡在她身后喊着找零和车票，老女人没有回答，也没有回头，只是快速地朝着小巷深处走去。

“我们交谈时，老胡细细地回想着那晚的情景，说当时他就觉得蹊跷，尤其是深更半夜，老女人头上戴的那顶宽边遮阳帽，让他百思不得其解，这也让他始终没有看清她的脸。”

“老胡估计她有多大年纪？”

“五十岁左右吧！”

“老女人是本地口音吗？”

“老胡说是本地口音没错。嗓音有点儿沙哑，但听着很亲切。老胡还拉我去了红湖路那条巷子，从那条南北巷子出来，一条单车道土路的对面，就是古乐住的出租屋……”

“由此看来，现场也许真有个第三者。”只是，老女人与古乐又是什么关系？会是他的家人吗？后一句话我是在心里说的。

“有第三者的现场似乎更合理。否则，很难解释房门为什么要从外面锁上。”

“对了，古乐有好转吗？”

“我正想告诉你，在等你的当口，蔡威来电话说，他已去世了。”

这真是个坏消息！

古乐的死，让一条很有希望的线索又断了，我不免有些沮丧。接下来，这案中之案，又将是怎样的谜团？

其间，我最焦心的就是什么时候能拿到苗子的照片。毕竟，确定下无名女尸是谁，对案中案的侦破，应该会事半功倍。还好，我们遇到了一个办事认真的年轻人，五天之后，专案组收到了小邵发来的快递。

我从徐海亮手里接过照片，只看了一眼，就惊得喊出声来。

照片上的女孩儿留着乡村中学女生那种运动员式的短发，杏眼朝一边瞥着，细长的脖颈微微上扬，嘟着嘴，一脸冷漠地面对镜头。虽然女孩儿只是十四五岁的样子，但我还是一眼认出了她——黎晴。

"怎么会是她?"这话我是未经大脑脱口而出的。小曲也凑了过来。

一旁的徐海亮眯着眼睛，不知所以地看着我。

"太、太他妈的荒诞了!"半晌，小曲没头没脑地骂了一句。

徐海亮又不解地望向小曲。

我刚想给他解释，手机响了。电话是葛阳打来的，他说他就在大门口。我赶紧跑了出去。

"马警官，我找到那只猫了。"我刚到大门口，葛阳就提着只猫笼子迎上来。"为了把小家伙带给您看，我借了同事家的猫笼子，放在摩托车后面，一连在海蓝旅馆蹲了三个晚上，终于逮着它了。"

我禁不住弯腰去查看笼中的白猫，小家伙大概受了惊吓，乖乖地缩在笼子里，支棱着耳朵，眯着眼睛，一副听天由命、任人宰割的样子。

"就是它。"我说。就像一眼就认出它的主人一样，我也一眼就认出了白雪公主。

不解其意的葛阳忙说："没错。它就是帮我们找到受害人的大功臣。"

我朝葛阳伸出手说："谢谢你，小葛。把它借我用用可以吗?"

"当然可以。不过，马警官，您得给它买点儿好吃的。"葛阳把猫笼子递给我。

“这没问题。你这么喜欢它啊?”我接过猫笼子，随口说道。

葛阳不舍地说:“喜欢有什么用?反正还得还给它的主人!”

“如果不用还呢?”

“那我就收养它。”

我朝他狡黠地一笑说:“你就等着听好消息吧!”

我和小曲及司机小陈，开着一辆面包车，又来到了黎晴家。

像前几次一样，黎晴一听到敲门声，就打开门，来到院门口迎接我们。

“警察哥哥，是来还我电脑的吧?”她望着我问，竟丝毫没有理会小曲手里的猫笼子。

“电脑是黎晴的，没错吧?”我说，“所以，电脑无法归还你了。”

“电脑当然是黎晴的。警察哥哥就像说绕口令呢!”黎晴似乎真的把我的话当成了玩笑。

“这是你的白雪公主吧?”小曲将手里的猫笼子往前伸了伸。

一直可怜巴巴地趴在笼子里的白雪公主见到黎晴，立刻直起了身子，做出要往外冲的样子。

黎晴愣了一下，扭过头说:“警察哥哥弄错了。我的白雪公主正在屋里睡觉呢!”

“哦。是这样啊!那我把它放回面包车了。”

小曲提着猫笼子往回走的当儿，白雪公主开始奋力地挣扎哀号。黎晴对此无动于衷，脸上依然是一副安之若素的表情。

“我来是有好消息告诉你。”我直视着她的眼睛说。

黎晴兴奋地说:“好消息?是古乐?他活过来了?”一连三个问号。

这时，空手走过来的小曲补上了一句:“那老头儿卖的是假药。”

“老头儿卖假药？”黎晴仍像是没听明白，不由重复了一句。

“对呀！所以古乐才死里逃生。”

“昨天晚上，我俩去了医院，和古乐谈了很久，他讲了许多令人吃惊的事。”我故意慢条斯理地说。

“他都承认啦？”黎晴颇为关切地问。

“承认什么？”我反问了一句。接着，我用商量的口气说：“要不，咱们进屋谈吧，有些事得让你知道。”

黎晴没有反对。于是，小曲走在前面，黎晴走在中间，我压轴走在最后。

一进屋，黎晴就抢先坐到沙发上，脑袋朝后仰倚着沙发背，手臂向上，搭在脑袋两侧，眼睛微眯，两腿朝前伸直，那姿势看上去既放肆又舒坦。这野性大发毫无优雅可言的坐姿，让我确信，她就是我们要找的人。也确信，她已明白自己被我们找到了。因此，她扮演的高中女生的角色也就此结束了。

我折曲着一条腿，坐到沙发的另一头，面对黎晴。小曲靠书桌坐下，顺势从衣袋里取出本和笔，准备做记录。

于是，我开始主动出击，说：“古乐说他不是凶手，也没有给你发那封邮件，更没有服毒自杀。”

黎晴开心地笑了：“警察哥哥，你俩干吗这么严肃，是要审问我吗？要真是那样的话，你们就违法啦，我可是未成年人啊！”

我也笑了。我决定彻底揭穿她的把戏：“得了吧，苗子，你今年都二十二岁了，骗谁呀？你作为黎晴的替身就到此为止吧！你扮演高中女生的角色也就此打住吧！”

也许角色的转换太突然，让她一时无法适应，因此，她的目光中有懵懂的成分。

“苗子，我们去了东霞山区。又派人到黎晴的家乡——安徽黄山附近的一个小山村做了细致的调查。”

“你们是怎么找到黎晴家乡的？”

“我们的电脑专家恢复了黎晴电脑上被清除的所有文件。”

苗子有些惊讶地轻轻啊了一声。

“黎晴和苗子一样，也是父母离异后，跟着祖父母长大，很小就独自出来闯荡，并和苗子上了同一所模特学校……”

不等我说完。苗子就打断了我的话：“你们还知道些什么？”说这话时，她改用北方标准普通话的腔调，不再“啊呀耶啦”的了。

“你是指黎晴还是苗子？”

“当然是指她们两人。”

“你别急嘛！黎晴和苗子是分不开的。这点你还不明白吗？”小曲插话说。

苗子突然把手伸到脑后，噌地一下，扯掉了马尾辫上的皮筋，霎时，一头乌发遮住了她的半边脸，她那曾是纯真、活泼的大眼睛，在缕缕发丝的后面，变得神秘莫测——这大概就是她从十七岁的黎晴还原为二十二岁的苗子的第一步吧！

苗子接上去说：“您说对了，黎晴和苗子是分不开的，到死都分不开。在模特学校，所有人都认为她俩是姐妹双姝。她们并不是长得多么像，而是共同的爱好和追求。她俩是真正的学霸，总能想出好点子，让那些傻妹儿乖乖服从，连男生也听苗子和黎晴的指挥。可后来，傍上倒霉的土豪副市长的却是黎晴，不是苗子。苗子对此一直耿耿于怀。还好，才半年的工夫，土豪副市长就因车祸蹬腿了……”

“不对。是苗子和黎晴一起制造了车祸。目的是为了侵吞副市长在白云买下的金橡树别墅。虽然，别墅的户主就是黎晴，但她还是担心有朝一日，这位穷奢极欲的副市长落马，劣迹败露，自己会落得人财两空。因此，就想到早早结束他的性命，彻底与他斩断联系。”

对我揭露的另一起命案，苗子并不感到吃惊，甚至安然自若，她只是兴趣盎然地问我：“这些，你们是怎么知道的？”

“发生在江苏境内的那起车祸，当地警方一开始就认定不是一起普通的交通事故，从未停止调查。但为了掩盖丈夫的丑行，知情的副市长妻子始终保持缄默。直到发现警方把她作为嫌疑人之一时，她才交出了从丈夫手机里窃取的黎晴的照片及暧昧短信。就在我们去东霞山区调查苗子的时候，江苏警方也来到白云，寻找黎晴。”

“结果呢？”苗子就像在听别人的故事。

“刑侦技术人员将照片与无名女尸进行了认真的比对之后，确认死者就是黎晴。”

“哼嗯！”苗子很不屑地用鼻子哼了一声，“还有呢？”她拿眼斜睨着我问。

“还有，从电脑恢复的文件中，我们发现黎晴对苗子很青睐，在制造车祸的计划中，与苗子往来了不少邮件。”

“然后呢？”苗子冷冷地继续问。

我以淡漠的口吻回敬了她：“下面该你出场了。讲讲苗子为什么要杀害黎晴？”

仿佛受到了天大的冤屈，她嗔怪地嘟着嘴巴：“苗子没有杀害黎晴。是古乐杀了她。”

“那就说说古乐为什么杀害黎晴？”

“很简单的理由。古乐喜欢苗子，古乐要为苗子报仇。”说到这儿，苗子突然打住话头，若有所思地瞪着我，“难道古乐对你们说谎了？把罪责全推到苗子身上？”

"也不全是。"

"苗子真的没有杀人。苗子参与制造那起车祸，也是上了黎晴的当。苗子从模特学校毕业后，成了无业游民，身无分文，两手空空。就在这时，黎晴联系上苗子，答应事成后给苗子一百万元，还答应将金橡树别墅分一半给苗子。"

"事成后她毁约了？"

"没错。黎晴背着苗子偷偷卖掉别墅，想投资移民国外。但苗子是谁呀，苗子是睡觉都支棱着耳朵的猫咪。苗子识破了黎晴的诡计，但苗子不想让自己的手上沾血，就利用了古乐的痴情，还给他编了一个故事。"

"编故事可是苗子的特长啊！"

"你们想听吗？"

"全说出来吧！"小曲催促道。

苗子俏皮地眨眨眼睛说："放心吧，苗子会合盘托出的。事到如今，藏头掖尾对苗子还有什么用？苗子是为了钱才活在这个世界上，重新过苦日子，跟下地狱有什么两样？"

我和小曲一边听着苗子的表白，一边静静地等待着苗子的下文。

有一件事得先做个交代，那就是借钱给古乐的人，的确是苗子，只不过借钱的地点是在金橡树别墅。这期间，二奶黎晴正怀揣着土豪副市长贪污的大笔金钱，在国外挥霍，却像使唤仆人那样，把装修别墅的重任推给了苗子。这让苗子怨气冲天，心怀杀机。其实，即使黎晴按约付酬给苗子，也难免一死。在苗子看来，让黎晴这样一个远在异乡、暗藏地下、无亲无故且包养人已离世的二奶消失，根本就无人追究。因此，她很快就物色了古乐这样一个涉世不深、深深迷恋她、可为她两肋插刀的人。

别墅装修结束，装修队撤离，古乐却留了下来。苗子让他暂住在金橡树别墅的顶楼，请他陪着买家具，做些善后的小活计。苗子答应要为他介绍一份与他的帅气相吻合的工作。

一天，两人在商场里，苗子让古乐试穿一件阿玛尼西装。开始，古乐以为是在帮别人试衣，所以，就小心翼翼地将西装套到身上，不料，随后，苗子却买下了这件价格昂贵的西装，送给他。

古乐说什么也不肯接受。

苗子却真心地劝他收下，说："这件西装很适合你。它有一种'不着痕迹的优雅'，我想让你穿着它走上一个崭新的工作岗位……"

听着苗子的话，古乐早已激动得热泪盈眶了："我……真的不知道该怎么感谢你？"他语无伦次地说着。

苗子含情脉脉地望着他："别说感谢的话。因为我爱你……在金橡树别墅，我第一次见到你，就爱上了你，自那以后，我就再也无法忘记你。无论我醒着还是睡着，脑海里晃动的都是你的身影……"

"第一次？可我……根本都不敢看你。"

"你在说什么呀。在我的面前，你完全用不着自卑，你都不知道自己有多帅气。"

自这一天起，古乐由苗子的借债人，升格为恋人。他没有勇气也没有理由拒绝苗子。

两个月后的一天，苗子开着黎晴的轿车，带古乐去了她的居所——位于白云市市中区的一座商住两用大楼的第十七层。在这个典雅、温馨的小房间里，她不仅请古乐喝了法国波尔多红葡萄酒，而且，微醉的她，还主动献吻古乐。

但微醉的苗子并没因喝多了酒而兴奋起来，相反，她变得无比忧伤，无比柔弱。她蜷缩在古乐的怀里，毛茸茸的脑袋抵着古乐的臂膀，眼睛里满是哀怨。

这让古乐感到手足无措，他不敢去触摸她，他无法想象自己这双粗糙的大手与她工笔画般细腻的皮肤摩擦，会是一种什么样的后果。因此，他就那么小心翼翼地木头人般地坐在那儿，不敢越雷池半步。

后来，苗子慢慢地离开了他的怀抱，用泪眼凝望着他说："我可以信任你吗？"

"难道你信不过我？"苗子这样问，让古乐感到有些委屈。

"那你愿意为我做任何事吗？"

"这还用说吗？"

苗子使劲咬了咬嘴唇，强忍住没让眼泪流出来："其实，在这个世界上，你算是我唯一的亲人了。有些事情也许我早就应该让你知道……我是南方一个中等城市市长的独生女儿，我父亲是个贪欲和淫欲都极其旺盛的男人，他利用手中的权力强取豪夺，积累起千万资产，并包养了一个二奶……"她泣不成声地说不下去了。

古乐不敢相信地张大了嘴巴，像是在听一个故事，又像是在看一部电视连续剧。官员贪污腐败，并不是什么新鲜事，新鲜的是自己深爱着的女孩儿说的是她的父亲。

"我妈妈是个十分软弱的女人，在得知了父亲的丑行后，不堪凌辱服毒自杀了……"她开始嘤嘤地哭出声来。

"这太悲惨了！"

"但我决不会步妈妈的后尘。我来白云，就是想为妈妈报仇。"

"来白云为你妈妈报仇？"古乐不解地看着她，"难道你父亲的劣迹是在白云犯下的？你要揭发他？"

苗子用指尖拭去眼角的泪水，轻轻摇了摇头："说来蹊跷，我妈妈自杀不久，我父亲就在一次出差的路上遭遇车祸身亡。我常常想，这是上天对他的惩罚。就这样，我带着父亲贪污的巨额赃款，只身来到白云。因为，那个让妈妈蒙羞的女人就在白云。"

"你找到她了？"古乐试探地问。

苗子轻轻点了点头。

"她住哪儿？"

"我父亲在白云的东部海岸边，为她买了绝版豪宅。"

"你要把房子夺回来？"

苗子又轻轻地摇了摇头："房子对我没有任何意义。我要……"她突然缄口不语了。

古乐没有催促她说下去。

苗子忧郁的目光里霍地有了一股狠劲："我要……我要让那个女人为妈妈偿命！"

苗子的话一出口，古乐便情不自禁地打了个寒噤。

苗子的故事戛然而止。

"继续往下讲！"小曲催促着。

苗子似乎对自己的故事有点儿烦，"还是长话短说吧！"她把头发撩到脑后，顿了顿，"接下来就简单多了。古乐还是被苗子的真情打动了！他不仅杀了黎晴，还毁了她的容，然后和苗子一起将黎晴埋在海蓝旅馆的废墟下。古乐杀害黎晴的具体细节，等到了审讯室，苗子再细细地讲。后来，就像你们知道的那样，事发后，苗子赶紧搬进这所离案发地最近的出租房里，充当子虚乌有的南方经商夫妇上中学的女儿……苗子连睡觉都支棱着耳朵呢，每时每刻都在探听警方的动静。苗子原以为古乐一死，这案子就结了，没想到事与愿违……"

“苗子很聪明也很愚蠢。”我说。

苗子晃着脑袋，有些激动地承认了：“是呀，您说得很对！她支棱着耳朵睡觉，还是失手了。有好几件事，苗子处理的方式都是错误的。”

“说说看！”我和小曲一齐望向她。

苗子的脸上露出深深的悔恨：“先说古乐吧。杀死黎晴后，他的精神就崩溃了，成天龟缩在苗子为他租下的红湖路的房子里。苗子害怕他会去公安局自首，于是，那天深夜，扮成老女人的苗子连恐吓带劝说地让他服下了毒药。应该说，前几步棋，苗子都走对了，只是临离开时，苗子不该锁上门。这真是天大的败笔。可当时就担心他会爬到门外喊救命。还有，苗子从网吧里给苗子发那封邮件，又说古乐有一台笔记本电脑，都十分不妥，明摆着，古乐住在那种地方，怎么会有笔记本电脑？但苗子一开始就编错了故事。如果是一封从邮局发出的信，应该更稳妥，但情急之中，苗子还是这么干了。再就是苗子不该把电脑里的文件删得那么干净，这反而让你们产生了怀疑……”说完这些后，苗子陷入了长久的沉默。

“你不想知道我们是怎么发现藏尸的地方吗？”过了一会儿，我问。

“这都是白雪公主的功劳。”她很平静地说，“你们第一次登门，苗子就知道恐怕是白雪公主惹的祸。因为苗子和古乐开着黎晴的车运送尸体时，它一直跟在后面……”

“黎晴的车呢？”

“放在苗子原住地的车库里。从那上面你们找不到任何痕迹。”

“有一件事我想不通，苗子为什么没有像杀害黎晴那样杀害白雪公主？”小曲问。

“首先，她是苗子捡回来的流浪猫，是苗子的猫，苗子很喜欢她。苗子爱白雪公主，就像苗子爱自己一样。流浪猫，这和苗子的命运多相似啊！发现白雪公主坏了苗子的事后，有好几回想杀死它，可就是下不了手。杀死和自己同命运的白雪公主，和杀死苗子有什么两样啊！最重要的是，如果我杀了白雪公主，只会加重你们的怀疑。它时有时无地活着，反倒会迷惑你们，不是吗？”

小曲只是苦笑笑，没有回答。

“苗子既然已发现白雪公主坏了事，为什么不带着它逃走呢？为什么还要留在本市，甚至还住在黎晴的房子里？”我也问了一个难以理解的问题。

“哈，你是在逗苗子玩吧？”

“不，我是认真的。”

“难道你连这也不明白？苗子所犯下的种种过错，其实都是为了一个目标：不再流浪。过安定、富裕、随心所欲的生活。房子是黎晴的，房产证上写的是黎晴的名字，苗子无法卖出也无法带走，只能住进去。当然，苗子从未想过白雪公主会在不经意中坏了苗子的事，苗子始终认为自己所做的一切都是天衣无缝的……就明说了吧，苗子杀人，不是为了在逃亡的路上继续流浪，而是为了能安逸地享受眼前的时光……”

我不想再说什么。我站了起来。

苗子立刻警觉地问：“要带苗子走吗？”

“是的。”

但她仍保持着原来的坐姿，并没有站起来的意思。

小曲把手伸进口袋。

苗子立刻用恳求的目光望向我：“别给苗子戴手铐。就让苗子再做一回黎晴，像以往那样，和警察哥哥和平共处。”

“唉，我也多么希望你仍然是中学女生黎晴啊！”小曲叹了一口气，只是从衣袋里掏出一张纸巾，擦了擦做记录时汗湿的手心。

苗子这才缓缓地站起身。

像进屋时一样，小曲走在前面，苗子走在中间，我走在最后。

来到面包车旁，小曲打开车门时，他身后的苗子突然伸出手，扯住了他的衣角说：“警察哥哥，你要把白雪公主带到哪儿？”

小曲抢白她一句：“你都不想认它！”

“那是黎晴的错，与苗子无关。”苗子竟是一脸的无辜。

我在她身后说：“我们已经找到收留白雪公主的人了。”

苗子回过头说：“呀，警察哥哥想得真周到啊！”她嗲声嗲气地拖着南方腔，仿佛真的又成了中学生黎晴。

我朝苗子挥挥手，示意她上车。

司机发动了车子。

一路上，苗子就像笼中的白雪公主一样，缩着脖子，蜷着身子，十分温顺地坐在我和小曲中间。

百变女孩儿！我在心里重复着小邵对她的评价。这会儿，她是变回了自己还是其他什么人？但她更像她的猫。我想。

妖　狐

一、莫名的狂欢

初夏的依霞县城，真是美轮美奂，群山环抱中，那青翠欲滴的绿树、嫣红姹紫的花草、灰瓦粉墙的民居，皆给人以油画般的幻觉。但对于一个办案的警察来说，踏上这片土地，将要目睹的决无美妙可言。

依霞县属白云市辖下白云山区的一个偏远小城，在白云市的版图上微乎其微。然而，五年前该县发生的一起惨案——“六月花惨案”，却使其“名声远扬”。白云各家媒体的轮番播报，让人们牢牢记住了依霞县这个地名——这里发生了一起入室杀人抢劫案。凶手相当凶残，不仅抢走了六月花超市女老板的五万元货款，而且还勒死了这位二十七岁的母亲和她三岁的孩子。由于种种原因，案子至今未结。这也成了负责调查此案的刑侦警察刘凯的一块心病。

在这个雨过天晴的正午，刘凯步履匆匆地走在依霞县城的大街上。和五年前一样，他仍是为侦破一起凶杀案而来——这是继“六月花惨案”后依霞县发生的第二起凶案。今天清晨，依霞县公安局接到报案，在一座废弃的小屋里，发现了一具女尸。

死者的身份当时就弄清楚了。因为报案人就是死者所在学校女生宿舍楼的管理员——一位四十岁左右的中年妇女，她在县公安局所作笔录的签名是韩福梅。

死者是依霞中学初二四班的住校女生潘小娴，今年五月刚满十四岁。

潘小娴遇害的小屋，就在依霞中学高墙外不远的一片玉米田的中间。

刘凯踏着泥泞不堪的田埂到达现场时，小屋四周已拉起了警戒线。现场并不杂乱，凶案发生在这么隐秘的地方，不可能有人围观。

这座早就被弃用的“看山人”小屋，有七八平方米的样子，外墙由石子和泥土混合垒成，屋顶上覆盖的麦草已经塌陷。没有窗子，门板也不翼而飞。

眼前是一幅见惯了的场景，身穿白色连体服的几位刑侦技术人员，戴着手套和口罩，手里拿着各种精密仪器，正在小屋的四周进行辐射性现场勘查。

县公安局身材高大的李法医弓着腰从小屋里走出来。看到刘凯，他边摘下口罩边说：“应该是一根细电线勒住喉头，造成窒息死亡。死亡时间大约在十二到十六个小时之间，尸体没有腐败现象。详细情况，还需解剖后再作结论。你进去看看吧!”

刘凯脸色阴郁地点点头，穿戴好手套和脚套，走进了小屋。

屋内的光线很暗，一股浓浓的潮气扑面而来。片刻之后，待眼睛适应了小屋里的光线，他才看清湿漉漉的地面上，躺着一个瘦小的女孩儿，她头朝着门的方向，四肢着地，面孔贴着地面。那姿势就像跑动中突然摔倒一样。的确，“遗表”相当整洁，脑后的小马尾辫上，打着蝴蝶结的红色发带系得结结实实。天蓝色的校服和黑蓝色的裤子及白云产的一款黑蓝相间的运动鞋，也整整齐齐地包裹在她细瘦的身上。没有撕扯的痕迹，更没有打斗的迹象。这让刘凯不由想起“六月花惨案”的现场……

装进尸袋里的尸体很快被救护车运走。但技术人员的勘查仍在继续。眼下，他们在玉米田里找到的只有报案人韩福梅深陷泥泞的三十七码运动鞋鞋印。也就是说，昨晚这里所发生的罪恶，已被雨水冲刷殆尽。

刘凯和李法医走到黄色警戒线外。

“发现什么没有？”李法医问。

刘凯缓缓地摇了摇头。

“看来又要成立专案组了。”李法医说，“现场干净、整洁，简直就是第二个‘六月花’。”

刘凯像是被激怒了，他发狠地咬了咬嘴唇：“别再提‘六月花’了。”

马森步出设在县公安局会议室的专案组指挥部，走向老屋时，夜已经深了。远远的，公路上的一盏路灯，照着老屋沉重而又厚实的木门。老屋离县城主街道有一华里左右，同最近的邻居也相隔有二三百米之遥。当年，老搭档刘凯守寡的母亲为什么要选择离群索居的生活，马森不得而知，但刘凯对老屋的青睐，更多的则是利于思考和节约经费。从白云市到依霞县有八十公里的路程，“六月花惨案”发生后，刘凯把这儿当成了办公室。如今，为侦破潘小娴遇害案，他又选择老屋作为大本营，并给后续到达的马森留了老屋的钥匙。

从公路上下来，拐向通往老屋的小路，马森这才看清有灯光从门缝射出来。但他走近时，却发现门是锁着的。犹豫了一下，马森还是从衣袋里掏出钥匙。

正屋的门虚掩着，电灯也是开着的。刘凯像是刚刚出门不久，屋中央的方桌上，一杯大麦茶还冒着热气。果然，马森在方桌前坐下不久，就听见院里响起了开门声。

马森站起身问：“你去哪儿啦？”

刘凯边脱下外衣边闷声回答：“去老地方转了转。”

马森半是吃惊半是规劝地说：“你还没有放弃？”

“我这辈子，要是不把凶手找出来，恐怕真的会死不瞑目了。”刘凯赌气地将衣服扔到椅子上。

马森的吃惊与规劝都是有来由的。因为，刘凯对“六月花惨案”侦破方向的不同看法及绝不放弃的态度，使其与顶头上司的关系弄得很僵……

刘凯听出马森的话中有话，于是，改用淡漠的口气说：“没什么大不了的，可能是我和他之间沟通不够……”话虽这么说，但他的脸上还是掩饰不住地流露出失落的神情。

作为老搭档，尚还年轻的马森对刑侦经验丰富的刘凯一直都很尊重。因此，对“六月花惨案”——这一刘凯的隐痛，马森便很少去触碰，不得不提及时，也总是小心翼翼。

“你有时候真的很固执。”马森还是忍不住说。

刘凯苦笑笑：“顶头上司说我对‘六月花惨案’的调查是走火入魔了。”

“是有点儿。”马森感同身受。

“也难怪。当时你正在外地进修。你是没亲眼看到那个现场……那个现场，很诡异的现场……我是第一个到达现场的警察……那天是我母亲的忌日，我头天晚上驾车回到这儿，早晨还躺在床上，就听见外面喊‘杀人啦，杀人啦’……那感觉何其相似——一大一小两具女尸，女孩儿脑袋搁在母亲的臂弯里，大人和孩子都是仰面躺着，就像平时熟睡一样，脸上干干净净，头发一丝不乱，脚上鞋袜齐全，上衣和下裤严实地遮住了本该裸露的肉体。像是有人满怀着怜悯之心，将所有的杂乱给抚平了一样……”刘凯语无伦次地说着，神情迷离的他，仿佛又回到了五年前的六月花超市。

看来今晚是绕不过去了，既然刘凯开了头，索性就让他讲下去吧，“这几年……你有什么新发现吗？”马森问。

“怎么说呢？我越来越觉得一开始我们侦破的方向就错了——流窜作案，警力基本对准的是外地人，而真凶也许就在我们的眼皮底下……我一提这疑问，顶头上司就皱眉头。你说流窜犯哪有时间把现场的罪证抹得干干净净？我不相信！”刘凯的眼里闪着亮光，像是在表达着一种决心。但很快地，他的神情又变得很沮丧。

马森不想让他沉迷进去，便岔开了话题：“对潘小娴案，你怎么看？”

刘凯几乎是胸有成竹地：“现场给我的感觉是熟人作案。”

“我同意你的看法。刚才我在县局会议室，看到李法医发来的尸检报告，死前，潘小娴遭到性侵，身上还有不少属于旧伤的瘀青。”马森说。

刘凯接着说：“这与现场留给我的印象相符。嫌疑人是男性，本地人，因为不熟悉当地环境的人，不可能知道玉米田中央的看山人小屋；此人跟遇害人相熟，否则，潘小娴怎么会跟着他来到如此隐秘的地方；还有，他和遇害人之间有特殊关系，现场没有任何打斗的痕迹，反而充溢着一种不舍和怜爱的气氛，他甚至为她理顺了头发、抚平了衣服……”

“那性侵和瘀伤又怎么解释呢？这好像跟爱并不沾边？”马森反问道。

刘凯淡然一笑：“怎么说呢？这一巨大反差，甚至让我怀疑现场除了一个魔鬼，还有一个小狐仙婴宁。”

“嘿，这怎么可能……”

“的确不可能。”刘凯说罢，便陷入了长久的沉默之中。

刘凯锁定嫌疑人的条件看似苛刻，实际上相当宽泛。依霞中学以及依霞县的成年男性算起来至少也有上万人，你总不能挨个儿做 DNA 比对，挨个儿进行排除。但从另一方面看，小女孩儿潘小娴的社会关系应该并不复杂，她在学校和县城的熟人也不会太多。眼下，首要的是摸清与潘小娴交往的男性有哪些人。

马森和刘凯来到位于县郊的依霞中学。

在学校操场的林荫道上，他们跟潘小娴的女班主任吴星进行了短暂的交谈。这位吴老师三十出头的年纪。身材瘦削，肤色苍白，戴一副近视眼镜，看似弱不禁风，讲起话来可叫一个“炒崩豆”，相当能言善辩，简直都不给你插话的机会。她说潘小娴没什么突出的地方。学习一般，能按时完成作业，也很守纪律。但性格内向，不合群。入校一年多来，总是独来独往……问她有无男教员喜欢潘小娴，吴老师一脸不悦，斩钉截铁地说，据我所知没有，我说过了，潘小娴从外表到性格，都没有讨人喜欢的地方。但问潘小娴有无喜欢的男生时，她却回答得很含混，说潘小娴跟后桌的李晓峰好像走得比较近。有一次上课时，看见他从后面将一个作业本递给潘小娴。再往深里问，吴老师便用“不了解”进行搪塞。

除提供了一个李晓峰的名字外，可以说，刘凯和马森在吴老师那儿一无所获。闻听自己的学生遇害，这位吴老师的表现真可谓冷血。可这还不算什么，比起潘小娴的室友，这真的不算什么！

依霞中学的建筑设计颇具匠心，整个建筑群呈阶梯状，教学、办公和宿舍区划分得十分清楚，布局也很合理。最低一层是四周有绿树环绕的教学楼和食堂；爬上八级台阶的这一层是教师办公室和学校各行政机构所在地；学生宿舍则是高高在上的第三层。

五号楼在所有女生宿舍的最后一排，共三层，紧挨着两米高的围墙，围墙后面便是那座绿色山丘和一望无际的玉米田。谁又能想到，两天前还在五号楼 202 室进进出出的潘小娴，生命会终止在那片玉米田里……是谁将女孩儿引诱至玉米田？又是谁为了什么对女孩儿下此毒手？

按学校规定，午饭后，住校生有一个半小时的午间小憩。为了和潘小娴的室友们见见面，刘凯和马森不得不占用这一有限时间。

刘凯和马森在五号楼门厅刚一露面，门厅一侧简易传达室的小门便轻轻从里面推开了，一个女人出现在门口。她看上去还相当年轻，身穿一套剪裁合体的淡蓝色工作服，白色平跟皮鞋，烫得很蓬松的黑发半遮着白皙的脖颈。女人个头不高，腰身纤细，衣着并不华丽，但浑身上下却透着雅致、精巧。她玉树临风般站在那儿，朝他们微笑着，细长的黑眼睛里闪着友善温顺的光波，似乎在问，有什么可以帮到你们吗？

迷人。看着眼前这个妩媚多姿的女人，马森的脑海里不失时机地跳出了这个字眼。紧接着他便想到她应该就是报案人韩福梅——五号楼的管理员。

刘凯边向她出示证件，边上下打量着这位报案人。

“你们好，警官先生！我是管理员韩福梅。”她用标准的普通话、略微沙哑的嗓音向刘凯和马森问候。

刘凯愣怔了一下。有那么一会儿，他着迷地看着面前的女人，似乎已忘记了来此的初衷，直到马森用手触了一下他的后背，他才警醒过来：“你好，韩女士！听说是你报的案，谢谢你！”刘凯由衷地说。

她神色黯然地低下了头：“这真的不是什么好事情，警官先生。”

马森忙说：“我们想去潘小娴的宿舍看看。”

“哦。昨天下午，学生们上课时，已有几位警察先生来过了。”

她指的是对宿舍的搜查。

“我们想同潘小娴的室友们谈谈。”马森做了说明。

她犹豫了一下：“警官先生，请你们稍等，我上去跟女孩子们说一声，让她们着装整齐些。”她说着，就踩着水泥楼梯，步履轻盈地上楼了。

“她半点也不像我印象中的宿舍管理员！”听着韩福梅上楼的脚步声，马森说。

“的确，她很那个……”此时的刘凯正在想着别的事情，因此，他看上去有点儿心不在焉。

“漂亮、优雅、温柔、善解人意，她也许开创了管理员的另一种模式。”马森意犹未尽。

“至少，女生们会很喜欢她。”

楼梯上复又响起韩福梅轻盈的脚步声：“警官先生，她们准备好了，你们可以上去了。”

韩福梅极有分寸地站在楼梯口，微笑着目送刘凯和马森上楼。

从里面打开202室房门的是一个又高又壮、肤色黝黑的女孩儿。她穿着和死者一样的校服，男孩般的短发，双臂抱在胸前，站在门里。如果不是因为按图索骥，他们真以为走错了地方，很容易将这个足有170米以上的女孩儿看作成年人。更何况她还是粗腿大棒的那种类型。马森暗忖，此女做管理员倒是名副其实。

“进来吧！”也不知是因为惊讶还是出于傲慢，女孩儿那滴溜溜的闪闪发光的小眼睛始终直瞪着刘凯和马森，不过，她的嗓音倒是令人意外地甜美，富有磁性的女中音，普通话稍稍带一点儿东北口音。

刘凯似乎对女孩儿的声音又着了迷，拿眼盯了女孩儿好半天，还是马森推着他，两人才从女孩儿一侧挤了进去。

——宿舍狭窄的公共空间里，六个身穿校服的女孩儿搂肩搭背地在床前站成两排，像是在做夹道欢迎状，但她们你推我搡着，相互间不停地挤眉弄眼，尽管嘴里没有发出叽叽喳喳的声音，每个人的脸上却都是一副忍俊不禁的表情。

这是一副令人难堪且难以想象的场景——在这个十几平方米上下架着八张床的房间里，竟找不到丝毫同学加室友惨遭杀害后的悲伤情绪，哪怕是恐惧或是恐慌也行，遗憾的是什么都没有，她们只是在偷着乐。在这里，死亡仿佛是一件趣事，就像儿时玩家家的“装死”一样好玩儿。

这阵势让久经沙场的刘凯和马森也手足无措，目瞪口呆了。它超出了所有人的预料，不，这已远远地出离了人性的范畴和道德的底线。

更让他们不曾预料的事情还在后面。就在马森准备出示证件的当儿，开门的女孩儿却拦住他：“不必了。知道你们是警察了。除了警察，这里禁止男人进出。怎么称呼你们？是叫叔叔呢，还是叫警察先生？”

马森只能公事公办地补上一句：“我姓马，这位是刘警官。”

“张宁华！记住我的名字就行了，她们几个你们随便喊什么都成。”张宁华简直就像是一家之主，“你俩到床边上坐吧。站着说话累人。”

刘凯和马森坐到靠窗子左边的床上。其间，刘凯眉头紧锁，注意力仍集中在张宁华身上。

“你们几个到这边坐！喂，别龇牙咧嘴的，严肃点儿！”张宁华指挥着其他六个女孩儿，分别坐到靠门边的两张床上。她自己则训练有素地两腿叉开，站在地中央，摆出一副随时准备迎战的姿态。

“潘小娴同学惨遭杀害，你们一点儿都不感到悲痛吗？”马森再也忍不住了，愤怒完全打乱了他的思绪。按惯例，他首先应该对女孩儿们说几句安抚的话，接下来，再询问是否有男人或是男生来找过潘小娴，以及潘小娴有无喜欢的男孩儿。然而，眼前的场景却让他几乎朝着女生们吼了起来。

其他几个女孩儿全低下头吃吃地笑，唯有张宁华昂头看着马森，脸上是一副玩世不恭的表情：“这有什么好悲伤的？你们还不知道吧，潘小娴是天使，天使不都待在天堂吗！她终于去了她该去的地方，我们为她感到高兴不对吗？”

女孩子们一阵哄笑。

“你们真的就一点儿也不难过？”强压怒火的马森，难以置信地眯眼瞧着张宁华，眉宇间写着一百个不解。

“不难过，半点儿也不难过。这又不是什么坏事。”

“难道这是好事？”

“对我们几个来说，就是好事，对潘小娴也不算坏事。像她那样活着，还不如死了好。”张宁华理直气壮地答道，那情势分明就是在嘲弄马森不解风情。

“你这话是什么意思？”

“就是那个意思，活着不如死了好的意思。”

张宁华的回答越来越不着边际，也越来越让人感到彻骨的寒冷。这样下去，真不知她还会说出多么难听的话来。马森决定就此打住。

“哪个床是潘小娴的？”

张宁华抬手朝门边上方指了指：“你们的人已搜查过不知多少遍了。”

马森不想当着她们的面，再去翻看潘小娴的东西。还有，这个宿舍里怪诞的气氛令人窒息。于是，他情不自禁地站起身。张宁华又抢了先：“要走吗？”接着她又拿眼望向其他六个女孩儿，“还不起来列队欢送！”

就在马森急于结束调查的当儿，仍坐在床边的刘凯开口问了一个出其不意的问题：“你有男朋友吗？包括喜欢的男生。”

六个已在门口分列两旁的女生，立刻紧张地不约而同地朝着张宁华看去。的确，刘凯这一问话连马森都感到了莫名其妙。

“你是在问我吗？”张宁华措手不及地反问道。

“是在问你。”刘凯很肯定地回答。

张宁华这才唱歌似的答道：“我喜欢的男生、男朋友，恐怕他妈还没生出来！”

女生们又是一阵哄堂大笑。

刘凯显得特有耐心，他再次将右手伸进裤袋里，而后掏出一张名片，放到宿舍仅有的一张桌子上，好脾气地说：“关于潘小娴，如果你们想起什么，请及时和我们联系。”

没人接他的话茬。

“再见！”刘凯这才站起身。

也没人回应。

但他俩一脚跨出门，背后便传来铿锵有力的歌声：“啊，警察再见！啊警察再见！啊警察再见吧再见吧再见吧……”

“遇到这么过分的事，你真不知道该哭还是该笑。你说她们这是怎么了？悲极生乐吗？”一走出宿舍楼，马森便很无奈地说，“那个张宁华简直就是邪恶的化身。你觉得……”

沉吟半晌之后，刘凯才自说自话地：“没错……不可能。五年前，她才多大啊？可是……”

你想到哪儿去了？马森没有明说，但他心里清楚，刘凯把张宁华和“六月花惨案”扯到了一起。这样的联系，也太有失水准了。

刘凯从裤袋里掏出一个微型录音机，在手中摆弄了两下，插上耳机，听了几分钟，又放了回去。

“‘六月花惨案’没有报案人，我最早听到的是一个女人在喊……”

又是“六月花惨案”！马森简直恼火透了。潘小娴遇害案就够让人伤脑筋了，少女、中学生、性侵、窒息而死。这样的案子如不能尽快侦破，将在社会和学校引起怎样的恐慌，可想而知。在这节骨眼上，作为专案组组长的刘凯不是把全部心思用在案件的侦破上，满脑子装的还是那桩旧案，实在令人费解。可马森对此却是束手无策，顶头上司大光其火都不起作用，作为后辈的他又能奈何？

马森一言不发地跟在刘凯身后，走下楼来。

传达室的门敞开着，刘凯回头朝马森示意，然后用手碰了碰门板。

听到敲门声，正坐在桌前凝神看着一本学生花名册的韩福梅，慢慢抬起头。也许是太专注的缘故，她居然没有听到两人下楼的脚步声。

“哦，是警官先生。请进吧！”韩福梅如梦初醒般地慢慢站起身，眼里闪着泪光。

“打扰你了!”刘凯说。

她抬手拭了一下眼角:“太悲惨了,不是吗?”她像是自言自语又像是对两位警官说,“我都不敢相信这是真的,直到不得不从学生花名册上划掉潘小娴的名字。”

“是的,太悲惨了。”马森重复了她的话,目光不由自主地落到花名册上,果然,在花名册的下方,潘小娴的名字已被黑蓝笔油涂掉。

韩福梅请刘凯和马森坐到靠墙放着的一张已显旧的绿色珊瑚绒长沙发上,她自己复又坐回到桌前,神色悲凄地看着花名册上被涂改的痕迹。

“你跟这个女孩儿很熟吗?”过了一会儿,刘凯问。

“我是宿舍的管理员,负责处理这里大大小小所有的事情。当然,主要是跟女孩子们打交道。”

“你干这一行几年了?”

“到今年年底就六年了。”

“这么说你是位老管理员了。女孩子们好管理吗?”

韩福梅摇摇头:“不太容易管理。现在的女孩子跟我读书时完全不一样了。主要是受不良社会风气的影响。”

“可以想象。”刘凯说。随后,他便进入了正题,“案发那天,在扬水站的小屋里……你一定吓坏了吧?”

“啊,哦,怎么说呢?警官先生,一开始是吓坏了,但发现是潘小娴时,恐惧就被巨大的悲痛代替了。”她的眼圈霍地红了。

“能详细地给我们讲一下事情的经过吗?”

“从哪里说起呢?”她哆嗦了一下,“一想起当时的情景,我就会情不自禁地发抖。”

“你怎么想就怎么说,请放松心情。”

“就从挖山菜说起吧。那个休息日的下午,我独自来到那片玉米田挖山菜。大概四点多钟时，天突然下起了雨，我就想找个避雨的地方，四下看了看，发现了看山人小屋。于是，我提着菜篮子跑到里面避雨。原以为这雨一会儿就能停，不料，却越下越大，眼看天就要黑了，我只好将菜篮子和挖山菜的铁铲留在小屋里，空着两手冒雨往家里跑去。为了不耽误上班，星期一一大早，我就赶到小屋取山菜和工具，谁知我……我朝小屋一探头……”她的双唇颤抖着，说不下去了。

“你是几点到达小屋的？”

“我没看表。”

“那你是几点从家里出发的？”

“大概，大概是五点多钟吧！因为七点之前，我必须到校接班。通常情况下，我休班的当晚，由教导处委派住校老师负责巡视宿舍。”

“你一下就认出了她是潘小娴？”马森问。

“不……不是的。一开……开始，我看到的是衣……衣服，你知道她……她是趴在那……那儿的……我还喊了一声，问是谁，怎么躺在这儿。然后，然后没有听到声音，我才感到事情严重，就弯下腰，伸手推了一下她的肩膀，结果，结果她一动不动，身上又冷又硬。我一下明白过来自己面前是一具尸体，明白是出事了，出大……大事了……于是，我撒腿就跑……”

刘凯“哦”了一声，紧接着问道：“那你是什么时候认出她是潘小娴的？”

“这……应该就是推她的时候，我看到了她的脸。”

“你用手机报案时是几点钟？”

“我一跑出玉米田，就在马路边掏出手机，给公安局报了案。那会儿应该也就是六点多钟吧。”

“也就是说，你是六点钟左右发现尸体的？”

“可能就是这个钟点。”

说完这些，她像是经过了长途跋涉般，不由长舒一口气，紧接着又是愁眉紧锁：“也许……也许我早去一步，她就不会死了……”韩女士哽咽着说不下去了。

“事实不是你想的那样。”刘凯安慰她说，“碰上了这样的事情，你的心里一定很不好受，也会很紧张，所以，等心情慢慢平静下来，如果想起什么，请及时和我们联系。”

韩福梅站起身，泪眼迷离地接过刘凯递给她的名片。

“你想起什么，打名片上的任何一个手机号码都可以。”一直在埋头作笔录的马森收起笔和本，补充说。

“我会的。我会的。”韩福梅连声地说。

“韩女士实在不适合做管理员。”走出宿舍楼，马森颇为同情地说，“她太柔弱，又太多愁善感。想想她要面对的那群女生，真让人替她担心。”

刘凯没有吱声。他在想别的事情。只见他抬起手腕看了看表，十万火急地：“时间还来得及，我得去办一件急事。”说着，他就两腿生风地走了，将马森甩在了身后。

深夜十一点多，马森从专案组回到老屋时，屋里仍黑着灯。不用问，刘凯还没回来。这情形真让马森心里五味杂陈。

马森用电热壶烧了一壶开水，给自己泡了一杯大麦茶，坐到桌前慢慢喝着。想到奔波、忙碌的一天过去，案件的侦破却毫无进展，他感到了说不出的焦灼和茫然。

院子里响起开门声。

灯光下，刘凯的脸上覆盖着厚厚的乌云，那情形仿佛让人踹了一脚般垂头丧气。

一时间，马森简直不知道该说什么好了，于是，他边找杯子给刘凯泡茶边问："你晚饭在哪儿吃的？"

"我还没吃呢。厨房的柜子里有方便面，帮我泡一碗吧。"刘凯疲惫地说。

马森从厨房端来泡好的方便面，却见刘凯已坐在桌前睡着了。他不禁为老搭档担心起来：他到底去了哪儿？他像是累坏了。唉，固执己见真是害死人啊！

马森还是把刘凯叫醒了。在刘凯狼吞虎咽地吃着方便面的当儿，马森也做出了还是绕开"你去哪儿了"这个令人尴尬的话题的决定。收拾完碗筷，马森把大麦茶推到刘凯面前，欠身想离开，刘凯却叫住了他："你不想知道我去了哪儿？"不等马森说什么，他接着又说，"我去了前村，也就是张宁华家，见了她父亲。"

"怎么，你真的怀疑她……"马森索性又坐了回去。

"我原以为她的父母……她三岁时父母离异，母亲带她去了东北，在那里的学校她打架成性，母亲只好又把她送回父亲所在的前村……不过……"他像是突然想起来了，话锋一转，"明天我们要去小桥村。不能再耽搁了。出事当天，县局派人去过潘小娴家，家里锁着门，又不便让邻居通知。"

"听说那条路很难走。"

"没错。"

二、失去女儿的母亲

从依霞县到小桥村全程十公里，路不算长，却全是崎岖的羊肠小道，别说跑公交大巴，就连摩托车也开不进来。刘凯和马森起了个大早，翻山越岭，及至来到小桥村时，已近中午。

——潘小娴家在小桥村中间，村街的北面。独门独院的房屋有些老旧，朝南的黄泥垒成的门楼上长满了杂草，院门板也已破损得摇摇欲坠。马森习惯性地敲了敲门。

院内传来一个女人小心翼翼的问话声："谁？"

两个警察突然来到如此偏僻的小村庄，很容易引起人们的恐慌。虽然刘凯和马森穿的是便服，如果直说是警察，还是会让隔着一层门板的人感到不安的。

"我们是从县城来的。"马森说。

没有犹豫，门从里面打开了。一个瘦骨嶙峋的高个儿女人像是害怕自己会跌倒似的，用手扶着门框，有气无力地站在院门的一侧。

"你们是……"女人一脸狐疑地上下打量着刘凯和马森。

马森向她出示了证件。

"是警察？"女人半张着嘴。

"请你别紧张。我们有些事情需要和你谈谈。"刘凯说。

女人反而更加慌乱了，她全身抖成一团："是孩子他爸……"

刘凯轻轻摇头："我们进屋谈，好吗？"

她这才松开了紧紧抓住门框的手。

女人推开了虚掩着的房门。一股煎熬中草药的味道扑鼻而来。屋中央的一个煤球炉子上放着的一只药罐子，正突突突地冒着热气。

"家里有病人？"刘凯问

女人拿过一块湿抹布垫着手，边将药罐子端下来，边回过头说："自从生下第一个孩子之后，我就一直这么半死不活的，三天两头往医院跑，唉……"她似乎觉得自己说得太多了，忙指着靠窗摆着的也是仅有的两只小矮凳说："你们快坐吧！"

仅就眼前的这个家和这个女人，已经让两位警官心生怜悯，唏嘘不已了。的确，从这个弥漫着草药味的屋子里，你简直找不到一件像样的物品。

这一切，让刘凯简直不知道该如何完成此行的使命。人坐在小矮凳上，看似坦然，内心却更加忐忑不安。病病怏怏的女人闻听噩耗后，会是怎样的一副痛不欲生的情景他拿不准。尽管如此，看着已掏出笔和本，准备做询问笔录的马森，他还是不得不开口了。

“该怎么称呼你呢？”

“我叫杨敏。”

“你丈夫呢？”同样的担心，让马森忍不住问了一句。

“他在依霞建筑队干活。”坐在门槛上，半个身子倚着门框的杨敏突然抬起头，惊恐万状的眼睛直盯着他俩，“不是孩子他爸……你们总归是有什么事吧？”

“是你女儿潘小娴……”

杨敏的呼吸一下变得急促起来：“她怎么啦？”

“她遇害了。”刘凯不得不说道。

“遇害？你的意思是有人杀了她？”

“是的。”

“这是为什么呢？”

这个名叫杨敏的女人像是在谈论与己毫不相干的事情，竟不带半点儿感情色彩。可以说杨敏闻听女儿被害后的麻木，比潘小娴的室友们的表现还让刘凯感到不解。这是为什么呢？在对方这样问他时，他在心里却问起了自己。是潘小娴性格有缺陷，才搞得众叛亲离吗？无论如何，这都是背离普通人的道德底线的。而从另一方面说，杨敏的反常，让他一开始的忧心忡忡变得可笑又多余了。

“具体原因，我们正在调查。杨女士，你能给我们讲讲你女儿周末回家前前后后的情况吗？”

杨敏并没有迟疑：“真是没什么可说的。她像往常一样，拎着个布袋子回来了。进门也不跟谁说话，一头扎进西屋，直到吃饭时，我叫她出来，她坐到饭桌前，就那么闷头吃起来。吃完了，就又回西屋了。礼拜天早上起来，洗了自己带回来的脏衣服。返校时就跟回来时一样，提着个布袋子，也不打声招呼就走了。”

“她是几点离家的？”

“下午一点多钟。她走时，我追到院子里，问她要不要带块干粮做晚饭，她连头也不回，就砰的一声关上了院门。”

“这是为什么呢？”不知不觉间，刘凯问了杨敏同样的问题。

杨敏的眼圈终于红了，紧接着眸子里便有了泪光：“我带她嫁到小桥村后，她就很少跟人说话，后来连我也不搭理了。就像是全世界的人都跟她有仇，从学校回来，成天苦着脸。为这，我骂了她几句，她就拿根绳子，把自己吊在了西屋的窗棂上，要不是孩子他爸发现得早，那回她就没命了。”杨敏这才伤心地哭了起来，“我早就有心理准备，总觉得她会自杀。她活不长的，对这个家，对家里所有的人，包括她才三岁的弟弟，她都不带有半点儿感情。她在学校里如何跟人相处我不清楚，反正她的日子过得了无生趣，自杀只是早晚的事情……没想到她会是这样的死法……”杨敏用手蒙住脸，将额头抵在膝盖上，瘦削的肩膀剧烈地抽动着，看上去真是伤心欲绝。

许久，杨敏才止住哭，慢慢抬起头，边用衣袖擦着脸上的泪水边问：“她是怎么死的？”

“被电线勒断了喉管。”

“你们确定她不是自杀？”

“这是经过法医鉴定后得出的结论。”

“谁会杀害她？”

刘凯踌躇再三，还是决定讲出实情。尽管警方暂时还没有将此事对外公布，尽管对于一个母亲来说，这有点儿残酷："杨女士，有一件事我想应该让你知道。你要听我把话说完，千万别激动。"

"她被人强奸了！"不等刘凯开口，杨敏居然抢着说出了这句话，而且用的是肯定的语气。但随后，她又用探寻的目光望向马森。

"是的。"马森躲开她的目光，低声回答。

"是在学校的宿舍里？"

"是离学校不远处玉米田的看山人小屋里。"

"她怎么会去那儿？"

"现在还不清楚。你觉得她会背着你，跟男孩子交往吗？"

"不可能！"杨敏矢口否认，"她对任何人都不会有感情，更不会爱上什么人！"

"她和你丈夫，也就是她的继父的关系怎样？"这次，是马森插话问。

"没什么特别的。你们不会认为是我丈夫……"杨敏一下激动起来，全没了刚才那悲戚戚的模样，"你们……这太过分了。"她脖子上的青筋蹦起老高，本无血色的脸也涨得通红，两手神经质地抖个不停，那样子完全是已经出离了愤怒。

马森觉察到她很敏感。另外，她似乎对有关她丈夫的话题尤其敏感，打从他们进门的那一刻起，她的心就一直系在那个男人身上，而对女儿的死，悲伤是一回事，关爱则是另一回事。

"请你不要误会。你知道我们办案时，要调查了解每一个接触过你女儿的人，然后，再一个一个排除。所有警察侦破案件时，都不会放过任何一个疑点，任何一个可疑的人。"马森解释说。

杨敏仍然很生气："我家孩子他爸不是那样的人，你们根本用不着调查他。”

刘凯换了话题：“你女儿有手机吗？”

“没有。”

“她平时怎么跟家里联系？”

“她从不跟家里联系。”

问话到此停顿了片刻。

“我们可以去她住的西屋看看吗？”后来，刘凯问。

“你们进去看吧。”

“谢谢！”

马森收起笔和本，站起身，推开了西屋紧闭的房门。

这是一个花季少女的房间吗？如果把这个家庭算作赤贫，那么，潘小娴的房间就是赤贫中的赤贫了。没有电视，没有书籍，没有音响。墙上就连一张女孩子喜欢的明星照也没有。那么，一回到家，就躲进西屋的潘小娴，会在这里做些什么呢？面壁思恨吗？或是蒙头大睡？

刘凯注意到床板下露出的纸箱子的一角。与此同时，马森已弯腰拖出了纸箱子。箱子很重，也足够大，是那种常见的装烟草纸壳比较厚实的箱子。

“我去跟她打声招呼。”马森走了出去。

杨敏仍坐在门槛上，神情有些漠然，脸上既看不到悲伤，也找不到紧张。

“你女儿房间里的所有物品我们都可以看吗？”

“随你便吧。警官，好像她屋里也没有什么值得你们翻找的东西。”说这话时，杨敏的脸上闪过一丝鄙夷，也不知是对马森还是对她死去的女儿。

马森将纸箱搬到床上，把里面的东西全部倒在了床单上面。

旧课本、用过的练习本、一迭又一迭的考试卷子……好像真的如杨敏所说，箱子里的确没有值得警察翻看的东西。

马森抬头看看刘凯，刘凯也望向他。没有语言的交流，但他们的想法却是共同的：不能放弃。于是，二人又开始一页一页地翻着那些旧课本和练习本。

"这是什么？"马森的目光盯着手里的数学课本不动了。

刘凯赶紧凑了过去。

这册六年级数学课本的封面上，除了写着"潘小娴"三个细小的字外，没有任何异样。但从第一页开始，却是一个印着细密黄格子的日记本。

"没有人听我说，我也不想对那些人说。有时，我一个人坐在田地里，会把这些话说给在一旁觅食的小鸟听，说给眼前的花花草草听。真希望它们能听懂。那样的话，我们就成了朋友，多好啊！可不管我说多少遍，它们都无动于衷。所以，我决定还是把要说的话写下来。我把这些写下来，永远都不想让人看到。可还是要写下来，也许有一天，会念给爸爸听。"

以上是写在日记本扉页上的一段话。用圆珠笔写的，一笔一画，很像小学生的笔迹，工整而又稚嫩。但马森翻到第二页、第三页及至后面所有页面，里面竟全是空白。是她在心血来潮时写下了这些文字后，又决定放弃？还是真正的日记本已移藏别处？

来到外屋，从门槛上缓缓站起身的杨敏并没有问他们找到了什么。她从门槛边闪到屋门一侧，做好了"送客"的准备。但刘凯和马森却没有马上离开的意思。

"还有一件事想问你。"刘凯说。

杨敏乏力地抬眼看着他："你问吧。"

"你打过你女儿吗？"

杨敏竟莫名地笑了："你看我这样子还有力气打她吗？我倒

是想打她，有时真想把她揪过来狠狠地打一顿。可也只是在心里发泄一通罢了……”她突然又哭了起来。

“那你丈夫打过你女儿吗？”马森紧追着问道。

杨敏一下止住哭泣，用极其不满的口气说：“你们警察为什么总往坏处想别人？我真弄不懂！”

“你女儿身上有多处瘀伤。”马森不得不讲出实情。

但这并没有平息她的恼怒，她仍是很生气地连声说：“那也许是她自己弄出来的。跟你们说，我没有打过她，我丈夫也没有打过她。这你们尽管去调查！”

此时的杨敏完全不像一个病人，更不像一个刚刚知道女儿惨遭杀害的母亲，反而更像一个斗士。为了不激怒她，刘凯几次想问她丈夫的名字，都忍住了。还好，她一开始就告知男人在依霞建筑队干活。

马森把名片递给她时，她倒是挺恭敬地伸出双手接了过去。

“她都没问什么时候能见女儿的遗体？一般母亲都会哭着恳求，希望能早点儿把死者接回家。”走在村街上，马森有些愤愤不平地说。

“很显然，在杨敏的心目中丈夫比女儿重要得多。她在保护她的丈夫。”刘凯对此也深有感触。

“一提到他，杨敏就神经紧张，你说他会不会……”

刘凯沉吟了片刻才说：“难说。那个现场，从死者倒地的姿势分析，比较符合情杀的瞬间。跟你说，这个问题几天来一直困扰着我：潘小娴倒地的方向是头朝门口，那么，凶手就应该是从她背后、在她猝不及防的情形下，掏出电线，勒向她的脖子的。作为应急反应，此时的潘小娴的身子是不是应该向后仰？即使来不及做出反应，匆忙之中的凶手在拉紧电线的同时，也必然将潘小娴拉个仰面朝天，但她却是老老实实地匍匐在地，她躺在那儿，身体语言告诉我们的几乎是温柔、温顺的。同样，现场也没有暴力的迹象，凶手在杀死她的同时，却心存爱怜，慢慢地松开手，轻轻地将她放在地上……看山人小屋撤除警戒线之后，我又去过几次，反复模拟了潘小娴倒地的过程，也再三再四地观看电脑中放大的技术人员拍摄的原始照片，可就是无法解释她为什么会四肢着地地趴在那儿。”

马森接过话头：“情杀？假设那个叫李晓峰的男生跟潘小娴真有点儿那个，接下来发生的事，也就顺理成章了：在相互爱慕的基础上，情窦初开的小男生渴望尝食禁果。玉米田看山人小屋如此私密的约会让小男生失去理智，强行与潘小娴发生关系，而后，潘小娴在又恨又怕的情形下，声称要把他的行为告诉老师，于是，懊悔不迭却又无计可施的小男生，为了掩盖自己犯下的丑行，便下了狠手，杀人灭口……”

“这样的分析有它的合理性，但也有几个问题无法解释。比如，现场没有搏斗的痕迹。小男生强行与潘小娴发生性关系，不情不愿的潘小娴决不会束手就范，这是其一；其二，勒死潘小娴的电线应该是事先准备好的。两个小情人是为甜蜜的约会而来，小男生竟身藏电线，做好杀人的准备，这可能吗？激情杀人，也就是说在潘小娴将小男生激怒之后，小男生紧张之余，用双手扼紧她的喉咙倒是可能发生的情景。不过，死者倒地的姿势的确在告诉我们，凶手作案时的矛盾心理。死者没有挣扎，倒是凶手的内心很挣扎。”刘凯缓缓说道。

“可他还是残忍地杀害了她。用电线活活地勒死一个人，是需要相当的冷血才能做到。”

马森不由叹了一口气：“但愿不是李晓峰干的。一个十几岁的小男生……这简直难以想象。昨天你走后，我和那个叫李晓峰的男生谈过了。他矢口否认与潘小娴有恋情。在这一点上，我宁可相信他说的是真话，我也认为他不可能是凶手，因那男孩子长得瘦小、单薄，比潘小娴还要矮一两厘米，一张小脸没巴掌大，看模样，就是手无缚鸡之力的那种。”

“你的意思是这个嫌疑人可以排除了？”

“也不尽然。”说到这儿，马森的气就不打一处来了，“真是人不可看貌相，小小年纪，说假话倒是挺在行。”

“唔？”

“白云台的‘欢乐大派送’上周末因直播‘群星灿烂音乐会’，给推迟了。我问他上周末晚上人在哪儿，他说在家里看电视，又说‘欢乐大派送’如何如何精彩，我一听，就知道他在说谎。”

“你怎么知道这档节目推迟了？”刘凯惊讶地问。

“是我老姨妈的小孙女。上周末她打电话给我，要我去管管电视台的人，别乱换节目。”

刘凯难得地笑了：“她倒是很高看咱们这一行！”

“她认为全世界的人都怕警察，都要听警察的。”

“她多大了？”

“四岁半吧！”

“小姑娘还真的帮了我们一个大忙。明天让肖建国去调查一下上周末的晚上李晓峰究竟在哪儿。他的家庭背景也需要了解清楚。”

马森点了点头。

“继父性侵继女，然后将其杀害，倒是有不少此类案例。”刘凯说，“我们得抓紧时间，尽快去会会这位潘小娴的继父。”

“他人就在县城，我们很容易就能找到他。”

“也许从现在开始，就得派人盯紧这个嫌疑人。”刘凯说着，就掏出手机，给正在外围调查的肖建国打电话。

三、哀伤的报案人

刘凯和马森回到依霞县时，已是傍晚时分。早过了下班时间，此时人们应该正在家里吃晚饭。

落霞满天，沐浴在霞光中的依霞县城，不仅色彩斑斓，而且更显宁静、安详。街面上行人稀少，也无城市那般车水马龙的嘈杂吵闹声。然而，这世外般的仙境，却让刘凯的心情倍加沉重。为潘小娴不幸的人生，也为潘小娴一案侦破的毫无头绪。

“刘哥，你看……”

马森的一声轻唤，将刘凯惊醒。他急抬头，只见县人民医院大门口左侧小花园的长椅上，坐着一个穿灰色条纹病人服的女人。

不等刘凯问，马森又说：“韩福梅——”

刘凯诧异地：“她怎么会在这儿？”刘凯不由站住脚。尽管傍晚的光线很柔和，但反射过来，还是有些刺眼。他眯眼望着罩在霞光中犹似模糊剪影般的韩福梅，“看样子她是生病住院了。”

两人情不自禁地走了过去。

听到脚步声，韩福梅从长椅上站起身，笔直秀长的两腿并拢，身体前倾，用娴静的目光看着朝她走来的两个男人。

“你们好，警官先生！我们又见面了。”韩福梅柔弱地却仍是彬彬有礼地向他们问候。

“你生病了？”

“医生说是受了惊吓，没什么大碍。本来我还想坚持上班，因为我一连休就得请已退休的田老师替班。她上了年纪，腿脚不灵便，对女生们也不太了解……可校领导执意让我住院休息几天。”

“你的确需要静养几天。”刘凯又说。

她温顺地点了点头。

刘凯这才斟词酌句地说：“如果你身体条件允许的话，还想跟你随便聊聊。”

“当然可以。警官先生。”她微笑着，一脸“随时听你吩咐”的神情。

不远处，响起一阵汽车喇叭声，韩福梅善解人意地，“这里有点儿吵，要不，去我病房谈吧！”

她迈着细碎的步子，走在了前面。

韩福梅推开二楼东侧一扇虚掩着的白色房门，自己闪到一旁，然后回过头：“警官先生。请进吧！”

韩福梅请刘凯和马森坐到病房靠墙放着的一张竹条椅子上，她自己则在对面的床边坐下。

“不好意思，没什么招待你们的，这里甚至连一个多余的水杯都没有。”韩福梅环视四周，满怀歉意地说。

“你太客气了，韩女士。”马森边说边巡视着小小的病房。从某种意义上说，这里不太像凌乱的病房，倒像是军营的宿舍，被子叠得四方四角，床单上没有一丝皱褶，枕头中规中矩地放在床头的中央，一条白色毛巾平整地盖在上面。右侧床头柜上，贴墙那边摆着一个纸巾盒，在纸巾盒的下方是一个银灰色的诺基亚手机，手机旁边，一张折起来的便笺纸上竖着一支圆珠笔。除了手机外，这里几乎全是医院备下的简单设施，更无在病房常见的朋友或是同事送来的鲜花、水果等。她这个院住得可真不是时候，整个依霞中学都沉浸于慌乱和哀伤之中，还有谁会顾及到她？可是，她的家人呢？难道她是单身女人？

莫名的怜惜涌上马森的心头，他趁机问道："你好像不是本地人？"

韩福梅浅浅一笑："我是地道的本地人，警官先生。"

刘凯张了张嘴，像是要问什么，但犹豫了一下，还是放弃了。

有那么一会儿，三人都沉默着。

倒是韩福梅先打破了僵局："其实，你们不来的话，我也正想给你们打电话。"

"是关于潘小娴的……"

听马森这样问，韩福梅脸上的神情又黯淡下来："昨晚住进医院后，人一静下来，就想起了一件事。大概是一个月前吧，有一天上午，一个操南方口音的大男孩儿来找过潘小娴。嗯，的确也就是个大男孩儿，十七八岁的样子吧！当时潘小娴正在上课，他让我去把潘小娴叫出来，说有急事。我问他是潘小娴的什么人，他说是姨家的表哥。再问他潘小娴的母亲姓什么叫什么，他吞吞吐吐地答不上来。他见我并没有去叫潘小娴的意思，磨蹭了一会儿，就走了。"

"这事你跟潘小娴说过吗？"

"没有。"

"为什么不说？"

"你们也看到了，我杂事特别多。还有，那男孩儿明摆着不是潘小娴家的亲戚，他来找她，多半是搞些歪的邪的，我倒宁愿把这事对她隐瞒下来。"

"你做得对！"刘凯赞许地说，"你印象中的潘小娴是个怎样的女孩儿？她有可能和校外的某个男孩儿交朋友吗？"

"我真的不太了解她。只听说她的家庭比较特殊。也许你们已经知道了，她亲生父亲早在她很小的时候就去世了，她是继父……跟着母亲改嫁过来的女孩儿，一般在家里得不到爱，那么，她对爱的渴望也许会很强烈吧……”说到这里，她打住了话头，像是为了得到认同感，她抬眼看着刘凯，黑眼睛里汪着一潭晶莹的泪水。

“应该是这样吧！”刘凯附和着，“你能给我们描述一下那男孩儿的长相吗？”

韩福梅想了一会儿说：“长相我记不太清了。个子不高。对了，他留着类似女孩儿那样的长发，几乎把眼睛都遮住了。当时我还想，男孩儿的头发长成这样，可真难看。其他的……实在想不起来了。”她又望向刘凯，“这对你们破案有帮助吗？”

“很难说有没有帮助。我们必须掌握所有的疑点，然后，再一点点地排除，直到将凶手绳之以法。”

“可我实在记不起他的长相。唉，早知道会有今天，我就该用手机把他的面部拍下来。我打心眼儿里想为惨死的潘小娴做些事情。”眼泪顺着她的面颊流了下来。

“没关系的。你能记起有这么一件事已经很好了。你真的不必自责。”马森禁不住宽慰她说。

马森的理解让韩福梅难以自制地抽泣起来。

“对了，你跟潘小娴同室的那个叫张宁华的女生熟不熟？”过了一会儿，刘凯问。

韩福梅抽出一张面巾纸，轻轻拭去脸上的泪水，不假思索地说：“她很有号召力，是202室的大姐大，在班里女生们也都听她的。”

“她有暴力倾向吗？”

韩福梅先是一怔，随即便用不解的目光望向刘凯。

“我的意思是说她会不会对潘小娴下手？”

韩福梅这才轻舒一口气，若有所悟地说：“那天在宿舍里，她是不是在你们面前又搞怪了？她是那种想出风头却又没有优良的学习成绩和显赫的家庭背景可炫耀的女生，所以，只能以旁门邪道哗众取宠。其实，她的本质并不坏，没犯过大错，更别说对室友行凶了。再怎么说她还是个孩子，心理还很脆弱……”

韩福梅没有说出口的是“你们不要仅看表象，千万别为难她，毕竟人命关天啊”。

刘凯和马森对韩福梅的潜台词心领神会，眼前这个女人是如此懂得宽容如此善良。他们说着一些让她安心休养的话，起身准备告辞。

“你们要走吗？”韩福梅从床边站起来，有些忐忑地看着他们，一副欲言又止的样子。

“你还有事吗？”刘凯看出了她有话要说。

韩福梅踌躇了片刻：“也许我不该问的，可我很想知道潘小娴她死前受没受到伤……伤害……我指的是性……性侵。”

这回，轮到刘凯和马森犯难了。种种原因，除潘小娴的母亲外，警方只是在小范围内公布了潘小娴遭到性侵一事。

马森望向刘凯，良久，刘凯才回答：“是的。她遭到了性侵。”

“天哪！可怜的孩子！”韩福梅嗓音颤抖着呻吟了一声，不由掩面恸哭。

刘凯和马森重新走向大街时，晚霞已退到了西山后，天几乎快要黑尽。路灯还没有亮，但路旁店铺门口的霓虹灯却竞相争艳。

“这年头能为别人的不幸落泪的人太少了。刚才真应该给她买束鲜花。”马森指着一家花店说。

刘凯若有所思地：“她好像没有家人？”

"有可能。也许是离异女人。她太完美，完美的女人让男人既爱又怕。"

"这话真像是婚姻专家说的！"刘凯禁不住笑了，"不过，她很可能是离异后又回到县城生活的单身女人，否则，她人这么出众……还有她的口音……"说这话时，刘凯又开始语无伦次、断断续续了。"对了，一会儿，你还得跑一趟依霞中学，把校园内外两个月的监控录相全部取回来。"

"没问题。"马森爽快地答应着，"不过，刘哥，你得让我填饱肚子。看来不吃肉还真不行。中午那两个面包一瓶矿泉根本不顶事儿，我早就饿得前心贴后脊梁了。"

刘凯又笑了："彼此彼此。你说吧，想吃什么，今晚我请客。"

四、找上门来的男人

路灯乍亮之际，刘凯带着马森走向位于依霞县街角的一家名叫四季鲜的饺子馆。

县城的小饭馆生意总是清冷的，一般住户认为在外面吃饭是奢侈浪费；而外地人来得又少，如此，你无论什么时间走进这样的小饭馆，都不会看到大城市里那种座无虚席的场景。

刘凯和马森在狭小的餐厅随便找了个位子坐下，一个手持菜单的小服务员便快步迎上来。他们点了两斤白菜猪肉馅的水饺，外加一盘海米凉拌黄瓜、一盘盐水煮花生。两人实在是饿得发慌，巴不得马上猛撮一顿。

在等待上饭菜的间隙，刘凯环视着小小的餐厅说："这里好像换人了，装修风格全变了。陈大娘经营时，所有用具都是老旧的。"

“你以前常来这儿？”马森问。

“嗯。来过几回。”

刘凯没有猜错。两人正聊着，一个老板娘模样的年轻女人从后门走进来。她大概对他们的身份猜出了八九，便凑上来搭讪。趁此机会，刘凯便直截了当地问起她对潘小娴遇害一案的看法。

“你应该已经听说了依霞中学发生的事吧？”

老板娘果然来了兴致，身子不由自主地往前倾：“你是指那个被杀的女孩儿？”

刘凯点头称是。

老板娘夸张地咧了咧嘴：“听说了，怪吓人的。这两天来吃饭的人谈论的都是这事。”

“他们怎么说？”

老板娘突然咯咯地笑了起来：“你俩是警察吧！一进门我就看着面熟。”

刘凯一脸的丈二和尚摸不着头脑。

“嗯？”马森也不解地瞪眼看着她。

“怎么？不认识啦？早先我在六月花超市当收银员，惨案发生后，你没少找我问话，我也真给吓得够呛……索性跑到南方晃荡了几年……”

刘凯的脸上一下有了笑意：“哦，想起来了。你姓许。”

老板娘一拍大腿：“我就说嘛，你的记性真好。刚才没认出来，也不怪你，是我变老了，都五年过去了，那案子就这么不了了之了？”

“难说。”

老板娘脸上的笑意一扫而光。

刘凯像是突然想起了什么：“今天能碰到你真是太好了。有件事，我一直想问你。”

“还是六月花的事？”

“也是也不是。”

马森看一眼刘凯：他几时学会打哑谜了？

“六月花的事我真是没什么好说的了。”老板娘像是要将功补过似的，“那女孩儿的事……既然是你们警察问了，我就直说了。女孩儿多半是她继父杀的，周围的人都这么说。明摆着，女人带着个女孩儿改嫁，就跟给饿狼嘴里送肉没什么两样。是不是？”老板娘瞧着刘凯问。

刘凯只是很认真地听着，没有回答。

老板娘见状，神情一下子变得神神秘秘，嗓音也压得低低地：“那女孩儿……那女孩儿死时，是不是被人强……强奸过……”说话嘎巴脆的老板娘竟结巴起来。

刘凯缄口不语。

老板娘似乎也没想从他嘴里得到答案，她只顾顺着自己的思路说了下去：“要是女孩儿被奸杀，那百分之百就是她继父干的。来吃饭的客人有认识那男人的，说是在依霞建筑队干活，人很委琐，缩头缩脑的，一看就像是干那种肮脏事的人。”

“不是有句俗话说，人不可貌相，海水不可斗量吗？”马森说。他的本意是想将谈话往深里引。

果然，老板娘也跟着步步深入。站在桌旁的她又往前挪了半步：“也许你们还不知道吧，这男人可是有前科的，年轻时就因强奸女人给关进了监狱。”

霎时，刘凯和马森都被老板娘的话给镇住了。

老板娘越发得意起来：“我可没瞎说啊。你们到公安局就能查到他的案底。”

三人正聊得风生水起，两位客人从门口探进头来，老板娘立刻恢复了她的角色，跑向门口去“欢迎光临”。

“难怪杨敏那么害怕提到她的丈夫，原来如此。”马森说。

刘凯掏出手机：“我得给肖建国打个电话。”他边说边向门外走去。

深夜，刘凯的手机响了。为了不吵醒睡在隔壁房间的马森，他赤裸着上身，按下接听键后，便轻轻打开屋门，走到院子里。

夜色深沉。四周静悄悄的，整个小县城都沉入了睡梦之中，唯一醒着的是几盏稀稀落落的路灯，在无边无垠的黑暗中，尽职尽责地发出一缕缕昏黄的光。

接听之前，刘凯下意识地看了看来电号码。是一个陌生的手机号码，于是，“喂”了一声，但紧接着就是漫长的等待。他甚至能听到对方急促的呼吸声，可就是不讲话，他也没有催促，只是将手机放到耳边，极有耐心地站在那儿。终于，电话那边传来一个操着本地口音的男人的声音：“你好，警官先生！”他胆怯地说，“我是……我是小娴的继……继父，我叫许昌硕。我爱人说打这个电话能找到你。”电话那边的许昌硕战战兢兢，但谈吐并不粗俗。

于是，刘凯轻声问：“发生了什么事吗？你怎么这么晚来电话？”

“我……我是为小娴的事……我一直很犹豫……”

“你现在哪儿？”

“我在建筑工地的工棚外面。有些事情，我得跟你谈谈。”

“现在吗？”

“如果可以的话……”

“那我们去县公安局谈吧！”

他突然不说话了。

“怎么……”

“能不能换个地方。我觉得……公安局……”他口吃了半天也没说明原因，但刘凯已明白了大概意思：他不想去公安局。他害怕那个地方，因为他蹲过监狱。

刘凯想了想才说：“你知道和风茶馆吗？”

“大街北那家？我常从茶馆门前走，可从来没进去过。”

“那一会儿我们在和风茶馆门口见面。”

“好好，我一定准时到！”

刘凯回到屋里，马森已经披衣站在了外屋的地中央。

“他找上门来了！”刘凯说。

“谁？”

“潘小娴的继父。主动出击。应该是他妻子出的主意。要不，就是他发现自己已被警方盯上了。”

“也许他是来自首的！目前圈定的嫌疑人中，他的嫌疑最大。可能案子就要了结了。”马森精神大振。

“谁知道呢？能听出他很不安。我和他约定在和风茶馆见面。”

“现在？”

“马上。”

“要我和你一起去吗？”

“我一个人去就行了。电话里，他显得很紧张。毕竟，这不是传唤，我单独和他见面，会让他放松些。”

刘凯从老屋步行到和风茶馆，也不过走了十几分钟。

午夜时分，比之城市不知要清冷多少倍的马路，在路灯灯光的辉映下，一片迷蒙。偶有行人走过，人影憧憧，颇有动漫的质感。刘凯正瞪大眼睛搜索着路面，蓦地，耳边响起一个男人发抖的声音：“你……你就是那……那位刘警官先……先生吧！”刘凯将目光收回，就见一个头发蓬乱、衣衫不整的男人站在身旁，正用一双惶恐不安的眼睛打量着他。

刘凯朝他伸出手："你是许昌硕先生？"

他踌躇了一下，才将满是老茧的手伸向刘凯。

初夏的午夜并不热，微风吹过，甚至还有些许凉意。

刘凯和许昌硕在马路对面的草地上席地而坐。路灯下的许昌硕，比在电话里松弛得多。刘凯这才得以仔细地端详着他。其实，除开他身上这套破旧的长袖黑蓝工作服，除开他脚上那双沾满泥水的黄胶鞋，除开那一头好久没剪也没用心梳理的乱发，许昌硕并非饺子馆老板娘所说长相委琐、缩头缩脑。相反，这个身高中等偏上的男人，面容清秀，五官端正，双目有神。假如不是因为生活困顿，假如换一身西装革履的行头，他当是很有气质很有魅力的男人。

"是我老婆让我来找你的。有些事情，我得跟你说清楚。"他低着头，两眼盯着地面，不停地说下去，语速非常快，语句也十分流利，仿佛想一口气把要说的话全部说完，"对小娴的死，我很难过。我说的不是假话，别看我不是她的亲爹，可她是杨敏的孩子，我一直把她当亲生女儿待。我拼死拼活地打工挣钱，供她上学，为的是让她能有一个好的前途，不像我和她妈……"

"她对你好吗？"刘凯循着他的思路问。

许昌硕痛苦地摇了摇头："怎么说呢？乍来我家时还行，跟我话不多，可我说什么她都听。"

"她到你家时多大？"

"八岁。"不等刘凯再问，许昌硕就愤愤地说了下去，"都是村里人的闲言碎语害了她。这事不怨她，真的不怨她。"

"村里人为什么要说你的坏话？"刘凯紧追着问。

许昌硕不由长叹一声："刘警官，也许你早就知道了，我……我坐过牢……"

不等刘凯回答，许昌硕便迫不及待地讲了他的遭遇——"这是二十年前的事了。在依霞中学的校园里，两个住校生也是班里的尖子生——一个十八岁的男孩儿和一个十八岁的女孩儿相爱了，并偷吃了禁果——男孩儿和女孩儿在玉米地的深处实现了相互的愿望……不幸的是，一群钻进玉米地捉鸟的孩子发现了他们的秘密。消息不胫而走，女孩儿的父亲抡着大棒赶来，一怒之下，把男孩儿扭送到了公安局，并控告男孩儿强奸了他的女儿。最终，男孩儿因强奸罪入狱服刑六年。"

讲完自己多舛的命运之后，许久许久，许昌硕都深陷苦痛中难以自拔。

"后来呢？"刘凯悄声问。

"杨敏退学后，不久就嫁了人。因是被强奸，所以，男方还是原谅了她的失身。不过，就在他们的女儿六岁那年，杨敏的丈夫得了癌症，不治而亡。男人留给她的除了一个幼小的孩子，还有一笔沉重的债务。说来真是又可气又好笑，我回到村里不久的一天，当年亲自把我送进监狱的杨敏父亲竟找上门来，问我还想不想娶杨敏。听他这样问，我真是悲喜交加啊！我告诉这个让我既恨又爱的男人，我要娶杨敏，无论她变成什么样子，无论她背负多少债务，也无论往后的日子会有多难，我都要娶她。"

"你做了正确的选择，也成全了两家人，小桥村人为什么还要说闲话？"刘凯由衷地感叹着。

"人心难测啊！那些老女人在小娴跟前说，我和杨敏上高中时就乱搞在了一起。你想，哪个孩子听了这样的鬼话，能不对父母心存怨恨？"

"你妻子说她自杀过一次？"

“是在和她母亲吵架之后发生的。救下她后，我把这看成是一个契机，便推心直腹地跟她谈了一次话，给她讲了我跟她母亲的过去，表白了心迹，恳求她和体弱多病的母亲处好关系。可她对此却置若罔闻，还在日记里嘲讽我是‘痴人说梦’。”

听许昌硕提到“日记”二字，刘凯立刻警觉地问：“她写日记？”

“她写日记。不过，你别误会，日记是杨敏收拾屋子时，无意中在她床下面的纸箱子里发现的。我也读过那本日记。是杨敏让我看的，我俩的真实目的是想从中找到症结，并没有窥探她隐私的意思。你知道，我们真的是走投无路了。”他说这话时，显得十分坦诚。

刘凯想了想才问：“日记还在纸箱子里吗？”

“早不在那儿了。我猜她从杨敏的言谈话语中觉出我们看了日记之后，就把日记带到学校了。”

“这是什么时间发生的事？”

“也就上个月吧！对了，有件事也许应该告诉你，小娴在外面好像找到了可以依靠的人。”

“唔？”

“该怎么说呢？对方是个男的，这一点是确定的，因为日记中提到这个人时，全用‘他’。可又不像是恋爱关系。日记中第一次提到‘他’，小娴是这样写的：就在我被打得两眼冒金星时，他出现了，不顾一切地救下我，他好温柔好慈爱啊，就像父亲。我把所有的苦恼都讲给他听，他把我拥进怀里，给我擦眼泪，摸着我的头，叫我小天使……这段话我和杨敏都背下来了，也没弄清到底是怎么一回事。”

“……叫我小天使……”刘凯情不自禁地在心里重复了一遍。

“你们从没问过她？”

“上星期她返校前，杨敏试着问了一句，这让她怒不可遏，大声嚷嚷着说不要杨敏管。杨敏就在她背后追着喊‘不要我管，你就别再回这个家’。想不到一语成谶，小娴她真的再也不回来了……”

刘凯思索着许昌硕的话。看来潘小娴有一本日记应该是真的，日记里有关“他”的那段话也不像是瞎编的。只是，日记现在何处倒成了关键。如果被杨敏藏起来了，许昌硕就没必要说出日记的事；如果潘小娴将日记移藏学校，刑侦人员在她那简单明了的床铺上却是一无所获。是潘小娴将日记藏到了不为人知的地方，还是有人抢在警方之前取走了日记？还有那个神秘的“他”，究竟是谁呢？猛地，刘凯记起在202室女生宿舍里，张宁华也说过“潘小娴是天使”这样的话。难道……唉，脑子全乱了。刘凯不由自嘲地拍了拍额头。

五、死神留下的字条

依霞县公安局的小会议室里，电话、电脑、照相机、档案柜、案情分析挂板，将不大的空间填充得越加拥挤。专案组成员虽不全是精兵强将，但各有专长。肖建国、曲石杰分管外围的暗访及对嫌疑人的监视、跟踪；善做案头工作的吴启顺负责网络查询、电话联系及案情汇总；赵小平在刑侦大队一直是搞视频技术的，因此，她在专案组的主要任务就是查看从依霞中学取回的监控录像，从中寻找与韩福梅打过交道的男青年。

可以说，专案组成员已使出浑身解数，可案情仍是毫无头绪。锁定的嫌疑人中，找上门来的许昌硕，已经用他的“失意和落魄”打动了刘凯，肖建国的外围暗访，也证实潘小娴遇害的那个雨夜，他压根儿就没离开工棚半步。这期间，马森又和李晓峰谈过一次话，马森把他“在家看欢乐大派送”的谎言戳穿后，他只是哭个不停，也承认自己讲了假话，可就是死也不肯说出那个雨夜发生了什么。而被寄予希望的录像带，仅粗粗放了一遍，就让人提不起精神，好多路段等同虚设，一些死角拍不到，不是坏掉了，就是断电，因此，录像带除了模糊就是空白，弄得赵小平嘟嘟囔囔地抱怨个不停。

就在专案组成员们焦头烂额之时，一个意想不到的突发事件，将案件带进一个更大的谜团——清晨，刘凯和马森正吃着早饭，公安局局长老杨急匆匆地走进门，说接依霞中学教导处报案，有一个女学生失踪了，而失踪的女学生正是张宁华。

学生离校出走，在依霞县中学张宁华并不是个例，但如此兴师动众地向公安机关报案却是第一次。关键是张宁华失踪之前，发生了一件怪事——有人在202室的房门上贴了一张字条，上面写着：张宁华是杀人凶手！张宁华杀死了潘小娴！

字条是打印的，三号字，黑体，清晰而又正规。

第一个发现这张字条的是与张宁华同宿舍的段秀秀。半夜里她朦朦胧胧地爬起来上厕所。公用厕所设在一楼的西北角。去时，她并没注意到什么。但等她上完厕所，从一楼走到二楼时，就发现了贴在宿舍房门上的这张字条。在走廊黯淡的灯光下，这张白煞煞的字条就像来自另一个世界的幽魂一样，让段秀秀不由得尖叫起来。先是202宿舍的女生，紧接着整栋楼的女生们全跑了出来，大家围在202室的门口，眼睛齐刷刷地盯着门上的字条……与往常不同的是，现场不仅没有乱成一锅粥，反而出奇的静寂。毫无疑问，女生们被这从未经历过的场面给吓傻了。

猛地，不知是谁喊了一声：“张宁华呢？张宁华在哪儿？”按张宁华的性格，此时她最应该做的是冲上前去，揭下字条，撕个粉碎。接着就是，两手叉腰，怒目圆瞪，朝着女生们大声咆哮：“这是谁干的？你给姐姐我站出来！”然而，女生们期待的场景并没有出现。张宁华的缺阵，张宁华的“不作为”，让女生们没了主张。也就是在这时，有人想起了代理管理员老田。

巧合的是，此时在女生们心目中就像救星一样的老田也没有出现。她本该在段秀秀尖叫时就跑上楼来，但这天晚上，天空阴云密布，她担心下雨会淋湿晾在院子里的衣服，于是，监督女生们就寝之后，独自住在传达室小屋的她便悄悄打开大厅的门，走了出去。她将大门合上了，但并没有上锁。因为她不过是去去就回来。事实上老田也是严格按着自己计算的时间赶了回来。让她始料不及的是出事了。

虽然事发突然，但老田可以说是临危不乱。在众目睽睽之下，她思索了片刻之后，便移动着自己肥胖的身躯，走上前去，扯下了那张字条，并三下两下撕成碎片扔在地上。

老田怒气冲冲地朝着人群扫视着，见女生们全都低着头，个个都是心惊胆战的样子，她的心又软了：“行啦，这事就到此为止了，我知道你们中有人喜欢恶搞，不是成心想给谁难看。所以，大家不要再议论了，就当开了个玩笑，都回去睡吧！”

女生们这才心有余悸地慢慢散去。

直到此时，老田仍不知道张宁华已失踪。当晚，她没有给校领导打电话，报告五号楼202号室发生的事情。她认为这的确是某人的恶作剧。她听人说过张宁华在班里以大欺小，不少人对她是又恨又怕。因此，潘小娴的遇害，给了这些人一个恶搞张宁华的机会。作为代理管理员，当然是多一事不如少一事，假如此事就此平息下来，她又有什么必要危言耸听制造混乱呢？正是基于这种考虑，老田才未能向校领导报告。

张宁华极不寻常的失踪，潘小娴的遇害，由潘小娴遇害引起的“字条风波”，让整个依霞中学甚至整个依霞县城都陷入一种莫名的恐慌中，再加上县教育局有关领导也不断打来电话，询问案情进展，这使专案组压力山大。他们凑在小会议室里，对案情重新进行了梳理。张宁华失踪这个看似突发事件，像敲响了一声警钟，让他们猛醒——调查的范围是不是应该扩大？锁定三个嫌疑人是不是过于简单化？在潘小娴遇害案中，张宁华究竟扮演了怎样的角色？当然，专案组所有人都明白，张宁华不可能是强奸犯，但写字条的人又是出于怎样的动机把张宁华推向风口浪尖呢？此人是正义的卫士还是隐藏在幕后的真凶？假若是后者，那么，张宁华的失踪也就和死神挨得很近了。还有潘小娴日记里的那个“他”，与张宁华又是什么关系？为什么两人都说出了“天使”这个字眼？

五天过去了，人们找遍了张宁华可能去的地方，却仍是不见踪影。就在人们几近绝望的当口，失踪的张宁华突然现身了……

第六天的黎明时分，刘凯和马森拖着疲乏的双腿，刚走进公安局的小会议室，吴启顺就迎了出来：“杨局长刚刚打来电话，他们找到了那个叫张宁华的女生。”

“找到了？在哪儿找到的？”

“汽车站后面要拆迁的平房里……”

“怎么找到她的？”

“她打电话让李晓峰去给她送钱，准备逃走。这两年多，她经常用威胁恐吓的手段逼家境富裕的李晓峰从家里偷钱，而她就等在汽车站后的平房里接收。潘小娴被害的那天晚上，李晓峰所以说了谎话，也是去那儿给张宁华送钱了。因为偷的是奶奶锁在抽屉里的私房钱，他当然不敢讲实话了。但这次接到要钱的电话后，李晓峰害怕了，学校、警察及张宁华的家人都在找她，他要是知情不报，就要犯大错了。因此，他向吴老师说了实情。”

“他总算觉悟了。”

“那个张宁华真是凶得很。李晓峰说，班里的男生、女生都怕她。除非你是她同伙，否则，她就往死里整你，有不少人都挨过她的打。她甚至逼潘小娴下跪，脱光衣服毒打，就因为那孩子没钱给她……”吴启顺说。

马森听得一头雾水，刘凯却急切地问：“张宁华现在哪儿？”

“由于饥饿和恐惧，找到她时，她已是昏迷不醒的，现正在医院输液。”

“我们去医院看看。”

刘凯和马森正欲起身，杨局长从外面走进来。

“她怎么样了？”室内的几个人一齐问道。

杨局长叹了口气：“她的情况很不好，这里好像出了问题。”杨局长指了指脑袋，“乱喊乱叫，说疯话，还要打人……不过，我们从她的背包里找到了这个。”他将一个放在塑料袋里的本子推到刘凯面前，“一个日记本。”

马森诧异地：“张宁华还写日记？”

“不是她的。”

“那是……潘小娴的？潘小娴的日记怎么会在张宁华的背包里？”

“据李晓峰说，是张宁华从潘小娴的枕头下面偷来的，她做贼心虚，想看看潘小娴在日记中有多么恨她。张宁华并不觉得偷人日记是卑鄙的行为。为了嘲弄潘小娴，震慑其他女生，她当着全班女生的面，一页一页地朗读日记，还根据日记里的某种描述，给潘小娴起了个‘天使’的外号。”

“全对上号了。”刘凯自言自语着。

杨局长不解地看着他：“你可别指望从日记中找到嫌疑人。

我大体翻着看了看，日记写得很简单，没什么实际内容。”

“当然不能全指靠日记破案。不过，我们已拿到了依霞中学对门的大修厂近两个月的监控录像，再加上这本日记，相信案情会出现转机。”刘凯一反前几天的忧心忡忡，显得信心十足。他说着就站起身，转向马森，“小马，你把日记带上，回去好好睡一觉。”

“你不回去？”马森疑惑地问。

“我要去办点儿事。”

马森看一眼墙上的挂钟，难以置信地：“现在？天马上就要亮了。”

“对，这个点正好。”

满屋的人都把费解的目光投向他。

“我需要证实一个假设……”刘凯丢下这半句话，打开房门，径直走了出去。

也不知睡了多久，马森被外屋传来的沙沙声吵醒了。朦胧中，他翻身坐起，才发现窗前洒满了阳光。

马森穿好衣服，来到屋外，见坐在方桌前的刘凯正在摆弄微型录音机，里面不时响起韩福梅的声音。

马森没有理会这些，只是好奇地问：“你去哪儿了？”

“我去了现场。”

“黑灯瞎火的……”马森转身欲走。

“你说，在一个人的一生中，两场命案都是同一个发现者的概率有多大？”刘凯突兀地开口问道。

马森愣怔了一下：“几乎为零。”

刘凯冲动地站起身：“这就对了！现场也再次验证了这一观点。”

“怎么……”

刘凯正想解释，他的手机响了。

电话是赵小平打来的。电话里的她一改往常的抱怨语气，几乎能听出她是无比激动且上气不接下气地：“刘组长，我找到他了……”

放下电话，刘凯难以自制地兴奋起来。边往外走边断断续续自言自语地说着：“这回，案子真的要结了，包括“六月花惨案”……我们终于抓到狐狸尾巴了……”

六、畸形之爱

刘凯手里拿着一只文件夹，在五号楼的大门口与韩福梅不期而遇。她腋下挟着一个布包，站在那儿，像是在等人。

“哦，警官先生！”她神色悲怆地跟他打招呼。

“你好！你在等人？”

“是的。我在等张宁华的母亲。发生了这样的事情，做母亲的该是多么伤心啊！她从东北赶回来，连走进女儿宿舍的勇气也没有了，说是被褥全不要了，只让我帮着把几件衣服包好。”韩福梅抬眼望向楼前面的人行道：“大家都在说张宁华是凶手，可我就是不相信。她的逃跑和神经错乱应该是被那张字条吓坏了。不是吗？外强中干的女孩儿，内心其实都很脆弱。”

“暂时还没有找到她杀害潘小娴的证据。不过，听说她的确有过暴力行为。”

“孩子们在一起打打闹闹是常有的事。”韩福梅把目光转向刘凯，眼里蓦地注满了泪水，“这到底都是为了什么呢？两条鲜活的生命，难道就这样终结了？她们都才刚满十四岁啊……”

“会弄清楚的。”刘凯安慰她说。

她抬手拭去已淌到脸上的泪滴："当然。人与人之间的仇恨，总是有来由的。"

"为了弄清缘由，我还想请你帮忙。你知道，作为宿舍管理员，你甚至比吴老师还了解这些女生。"

"也许吧。"

"如果你不介意的话，我可以先到值班室等。"

"你请便吧。警官先生。"

刘凯在值班室那张仅有的旧沙发上坐了下来。他的目光不由自主地从办公桌上掠过。

桌上的摆设就像韩福梅本人一样整洁，且条理分明——一部电话、一本电话簿放在右上角；左侧抽屉的上方是一本学生花名册和一支圆珠笔；正中央则是一个在乡村常见的月份牌，刘凯愕然地发现，上面的日期竟然停留在了潘小娴遇害的那天早晨。

韩福梅走了进来。

"让你久等了。您要喝水吗，警官先生？"她依然是那么温文尔雅。

"谢谢！我在吴老师那里喝过了。"

韩福梅坐到她的办公桌前："你想问什么就问吧，警官先生。这会儿我刚好有空，学生们要到吃完午饭才回宿舍。"

刘凯侧过身，将放在手边的文件夹打开，从中取出一个装在塑料袋里的软皮本子，放到膝上。这当儿，韩福梅一直饶有兴趣地看着。但她并不张口问。

"我们在张宁华的书包里找到了它。"刘凯慢条斯理地说。

韩福梅没有插话，只是目不转睛地看着软皮本子。

"一本日记。"刘凯继续说，"是潘小娴的。"

韩福梅张大了嘴巴："潘小娴的？潘小娴的日记怎么会在她

的书包里？”

“不知道。应该是被她偷走的吧。”

韩福梅“哦”了一声。

刘凯用手的磨蹭了一下膝上的日记本：“你知道潘小娴写日记吗？”

韩福梅缓缓摇头：“没听说过。”

“你喜欢这个女生吗？”刘凯又问。

“说不上喜欢还是不喜欢。你知道，对孩子，无论他们是好是坏，我都一视同仁。因为，我爱他们，所以选择这个职业，也是因爱使然。”韩福梅用探询的目光望向刘凯，似乎是在等待他的认可。

刘凯点点头：“我理解。但你好像对潘小娴尤其偏爱。”

韩福梅的目光里有了疑虑的成分，但她仍然什么也没问。

“你叫她天使。”刘凯接着说道。

“有时候是这样。我常常不经意间称女孩儿们天使。”

“是这样啊！”刘凯轻描淡写地，“你不想知道潘小娴的日记里都写了些什么吗？”

“我没那么大的好奇心，警官先生。但我想，这应该对你们破案有帮助。”

“你说的没错。这本日记帮了我们的大忙。但有些东西，也让我们困惑了好久。”

“困惑？”韩福梅大概觉得这很可笑，于是，便用了调侃的口气，“你们警察也会困惑？”

“她是个可怜的小女孩儿。由于渴望父爱，她将她生命中最爱的那个女人，本该是‘她’的那个女人写成了‘他’。这不仅让警察困惑，甚至让她的母亲和继父都困惑不解。假如不是因为这些，这个案子也许早就破了，甚至张宁华都不会神经错乱。但这个‘他’让我们走了太多的弯路，一开始就将嫌疑目标定为男性。”在讲述这些时，刘凯的话语里充满了自责。

一丝诧异的神情从韩福梅的脸上掠过：“‘他’还是‘她’对破案又有什么关系呢？”

“我们已将嫌疑人锁定为女性。”刘凯直言不讳地说。

“噢。”

“不过，我仍然感到很困惑。”刘凯皱起了眉头，“那个‘他’对潘小娴来说就是再生父母，当张宁华带着202室的女生对她施暴时，是‘他’从‘狼群里救下她’，将她保护在身边，让她感到有了像父亲一样厚重的靠山，她有了什么委屈都愿意向‘他’倾诉，而‘他’则将她揽在怀里，抚摸她，安慰她，叫她‘我的小天使’……”

一阵急风暴雨式的恸哭，打断了刘凯的讲述。韩福梅把前额抵在桌面上，哀求着：“不要再说了，求你不要再说了！”

刘凯端坐在那儿，耐心等待着。

“是我杀了她。”韩福梅用浓重的哭音说。

刘凯依然不动声色地：“这我们已经知道了。请回答我，你为什么要杀她？”

“因为她背叛了我。”

“这个背叛，你指的是……”

“她变了。不听我的话，对我的爱充满了蔑视。你知道我为她付出了那么多，我视她为自己的亲生女儿，我无法忍受她的背叛，一气之下，就对她下了死手……其实，我真的很后悔……”韩福梅哭得更伤心了。

刘凯望着她因痛哭而剧烈抽搐的后背：“没有别的原因了？”

韩福梅仍将头埋在桌面上，只顾呜咽着，像是没有听清刘凯的话。

刘凯这才轻声问："你儿子现在哪儿?"

像是听到了一声丧钟，韩福梅猛地抬起头："我没有儿子!"她斯文顿失地摇晃着脑袋，一反常态地尖声嚷着，"你在胡说什么呀！我从没结过婚，哪来的儿子呀!"

"请你冷静点儿，韩福梅女士！你有儿子，他叫赵明利。二十三年前，刚满十八岁的你，怀上了你高中班主任——一个有妇之夫的孩子……你以养病为由休学两年，去在北大荒农场工作的哥哥那里生下了孩子，并由哥哥带大。生完孩子后，你继续完成学业，为了能经常看到那个孩子，你报考了黑龙江的一所大学。这也是你为什么普通话中略微带有东北口音的缘由——尽管你一直努力想去掉东北味儿，但我还是听出来了。其间，你几乎每个星期都能看到孩子，并一直谎称是他的姑姑。五年前，知道了真相的赵明利来依霞县城找你，此时半途辍学的赵明利已不再是你眼里的小乖乖，他不仅好吃懒做，而且还四处惹是生非。你痛心疾首苦口婆心地规劝他，他不仅不听，反而在与你发生了激烈的争吵后，窜到六月花超市抢劫杀人。之后，赵明利报复性地通知了你。于是，趁着晨光晦暗之际，你神不知鬼不觉地潜入现场，销毁了所有罪证，就像对待死去的潘小娴一样，你用你的慈爱之手抚平了死者躯体上的凌乱，然后，让赵明利逃之夭夭。现场收拾干净之后，你跑上大街，高喊'杀人啦，杀人啦'，意在破坏现场。果然，我们赶到现场时，围观者已是里三层外三层。我在人群中搜索着你，并询问喊'杀人者'是谁，而你却已销声匿迹。也就是在这一刻，我开始对不知名的你产生了怀疑。的确，你是一位反侦破的高手，你什么都没给我们留下，不过，这样说也不太客观，精明过人的你，还是留下了两样东西——一是整洁有序的现场；二是你柔媚的、略微带点儿东北口音的普通话。侦破'六月花惨案'时，住在附近的收银员就提供了'声音'这一线索。不是本地口音，而是‘略微’带点儿东北口音的普通话。为捕捉你的声音，五年来，我身边一直带着这台微型录音机。这里面有许多人的声音，在五号楼，当我听到你的‘声音’时，似乎就有了某种预感。我偷录了你的声音，并请当年的收银员帮着确认。正是这两样东西指引着我找到了你。”刘凯拍了拍稍稍鼓起的衣袋，“此外，你一再声称对潘小娴并不了解，接受我们问询时，却又情不自禁地道出了她的家境；还有，在警方没有对外公布潘小娴遭性侵的情形下，你却心虚地问了……最后，我亲自验证过，没有窗子的看山人小屋在清晨六点钟可以说是伸手不见五指，而你竟能在黑暗中认出她……”

韩福梅怒不可遏地抬手将桌上摆放整齐的办公用具弄得一团糟，柔媚的嗓音霎时变得嘶哑而又粗粝：“你这是胡说！是在编故事。六月花超市出事的那几天，我正好去了外地。”

“你是出事的第二天才离开依霞县的。你跟警方打了个时间差。第二天，我们挨户走访时，你家大门紧锁着，问了邻居，说你可能去外地出差了。想到你是常住依霞县的有工作的女人，与我们要找的流窜嫌犯相去甚远，所以，就忽略过去了。”

“好吧，就算我在家，就算我是第一个去到现场的人，就算‘杀人啦’是我喊的，那又怎么样？又能证明什么呢？”仿佛抓到了把柄的韩福梅，突然变得咄咄逼人。

“证明什么？证明两场命案你都是发现者绝非偶然。不是吗？第一次，你有太多的机会逃脱，因现场已破坏殆尽；但潘小娴案的现场里里外外只你一个人，而且苍天有眼，雨后的泥泞留下了你无法抹去的脚印。于是，你便编了个很圆满的故事，挖空心思地把自己扮演成报案人……”

韩福梅冷笑了一声，打断了刘凯的话：“请别强拉硬拽，警察先生。我知道你被侦破‘六月花惨案’弄得灰头土脸，可也没必要为了自己的名声，朝我泼脏水啊！”

听她这样说，刘凯并不生气，反而轻声细语地：“你不应该责备我，韩女士，你应该去问他，问赵明利，他都承认了。”

仿佛遭了雷击，韩福梅一下瘫软在椅子上：“你们抓到他了？”她疼痛难忍地咧着曾是如此能言善辩的小嘴。

“是的。”

“真是在劫难逃啊！”韩福梅慢慢地坐直了身子，用绝望的语调哀叹着，“我原以为这一次他又能逃过去。只要他能安全脱身，我怎么样都无所谓。你是怎么认出他的，警官先生？”

“是你提供的线索。你说一月前有男青年来找过潘小娴，我们相信了你的话，调看了当时的录像，却没有找到你说的嫌疑人。于是，为了慎重起见，我们又调看了学校对面大修厂的录像。因为大修厂有两个摄像头正冲着学校大门。从中，我们发现了你和一个男青年站在学校大门口的一角拉拉扯扯。当晚，我的两个同事便在县城的一家网吧找到了他，怎么说呢，他还真是敢做敢当，我们几乎没费什么口舌，他就坦白了一切。还有，他留在潘小娴内裤上的精液，经过检测，也证实是他的……”

“天哪，我取出了所有的存款，求他走得越远越好。可他居然留在县城，还在网吧玩游戏……”韩福梅伤心欲绝，“他来找我要钱。他就像一个永远填不满的大坑，最终，让我也陷了进去。你知道吗，警官先生，我是一个母亲，一个单亲家庭的母亲，我溺爱我的没有父爱的儿子，我可以为他去死，也原谅他所做的一切罪孽。他杀人，我认为是一时的冲动；他在我的家里偶遇潘小娴并强奸了她，我也把这看成是青春期的性需求。我就是这么跟潘小娴解释的，可她那会儿像是疯了似的，不听我的，嚷嚷着要去学校报告老师。我有什么办法呢？我不让她闭嘴，我的儿子就完了。于是，我把她带到看山人的小屋里——这是我和她经常去的地方……哦，我是多么多么地不忍心下手啊，可我还是把细电线套在了她的脖子上，她没有反抗，甚至都没有喊叫。是因为太信任我还是太绝望？我的傻孩子，如果你求我或是喊出来，就会把恶魔吓跑，真的，我会放手的，我是爱你的呀！我甚至担心你长时间躺在那儿，会被虫咬，会遭动物侵袭，就不顾一切地向公安局报案……可在恶魔面前，你什么都没有做。孩子，直到今天，我都以为是魔鬼害死了你呀……”韩福梅边哭边诉。

“你对她的爱，她全写进了日记里。”刘凯坦诚地说。

韩福梅拭去脸上的泪滴：“我知道她会这么做，也知道她的日记让张宁华偷走了，所以，害死她以后，趁学生上课的当儿，我去202室挨个床铺都翻找过，却没有找到那本日记。”

“你害怕日记落到警方手里，更担心张宁华‘口无遮拦’，所以，一再说她的‘好话’。为了彻底摆脱张宁华，你又弄巧成拙地写了那张字条，想逼她逃亡他乡，一了百了。”

“可天不遂人愿……”韩福梅感慨不已。

刘凯提醒她：“女生们该回宿舍午休了。”

她立刻心领神会地：“要我现在跟你走吗，警官先生？”

“如果你觉得方便的话。我的同事和警车就在学校大门口。”

韩福梅站起身，开始整理被自己弄乱了的办公桌。

刘凯没有催促她。于是，她紧闭精致的双唇，大瞪着那双异常黑亮的眼睛，举止优雅地将办公用具一一归位——她很像一只动物：美丽妖娆、狡猾、伶俐、敏捷善变，还有虚伪奸诈……她具备了妖狐的所有特性。刘凯边看边想。

妖　狼

一、诡异的“狼齿痕”

这是一个雷鸣电闪的雨夜。

——摩托车风驰电掣地行驶在人迹全无、泥泞不堪的山道上。坐在后车座上的女孩儿，两手搂着他的腰，仰面吸吮着雨水，大笑着，亢奋地尖叫着。这让他的心底悠然升腾起一种久违了的幸福感。那把始终紧紧地将他囹圄在地狱里的铁锁就这样在不经意间被打开了。他霍然明白，只有继续去拯救受难者，自己才能得救。于是，他停下车子，把女孩儿抱起来，扛在肩头，边往山顶的悬崖上走着，边轻轻地念叨着：妹妹，别害怕，我是来救你的。依然沉浸在莫名快意中的女孩儿幸福无比地说着“哥哥，我喜欢你”。来到悬崖旁，他站住脚，蹲下身子，顺手从背包里扯出一块塑料布，仔细地铺好，然后，才小心翼翼地把女孩儿放在塑料布上。躺在塑料布上的女孩儿没有半点恐惧，反而，眼睛里充满了期待的神情，一任他摆布。他先是用戴着白色手套的双手，柔情似水地扼住了她娇嫩的湿漉漉的脖颈，接着，又从背包里取出了那套“道具”……

——男人醒了。他睁开眼睛，茫然不知所措地四处张望着，竟不知自己身在何处。

月光从窗外射进来，透过白色纱幔，依稀能看到室内全套的地中海风格的家具，做旧的实木写字台上，仍然开着的电脑屏幕在闪着光亮——这是他的家，他就躺在自己的床上。像个活死人一样躺在床上。他翻了个身，梦已无处找寻，梦中的幸福感也已消失得无影无踪。旧景重现，噩梦重温，沮丧就像黑色墨汁一样浸染着他的五脏六腑，让他痛不欲生。

听着女人悲伤欲绝的哭声，马森的心也被深深地刺痛了——就在昨天清晨，眼前这个女人十五岁的女儿常晓源被人发现，惨死在小胡庄村外的一座悬崖下，由于死者喉管处有一排清晰可见的狼齿咬痕，因此，村民们以为这是一起近年来罕见的恶狼伤人事件。出乎人们意料的是，经法医鉴定，常晓源真正的死因是被人扼住了脖颈窒息而死，而喉管处那排整齐的狼齿咬痕，则是由一套尖利的塑料狼齿模具完成的。如果不是鲜活的生命被终结，这看上去简直就是一场恶作剧。一般涉及少女的案件，多与性侵有关，但常晓源却毫发未损。案件如此诡异。是谁，又是为了什么？杀人，还要把罪名强加给无法为自己辩解的动物？由此，属白云市辖区的环山县公安局将此命名为"妖狼"案件，成立了专案组，并从白云刑侦中队请来经验丰富的侦查员马森担任组长，协助破案。

坐在问询室长条木桌一端的女人三十五岁左右，化着浓妆，眉线和眼线被泪水汗水浸淫。尽管一副失魂落魄的模样，女人看上去还是颇有几分姿色的。她说她十七岁去南方打工，二十一岁同一河北男人结婚，两年前离异，她带着女儿常晓源返乡，在一家美容院做杂工。母女俩所经历的艰辛难以言表，于是，她有了重组家庭的打算，她从网上结识了邻县一离异男子，两人很谈得来，男方也很愿意接纳常晓源。明天，便是她们母女动身去男方家的日子。

“我可怜的孩子啊……”女人突然止住哭，抬头问道，“她是怎么死的？她死得很痛苦吗……”

从电话联系到女人至今，他们只说常晓源出事了，却始终没有透露其遇害的细节。

马森情不自禁将目光投向问询室里的另一个人——环山县公安刑侦大队警官秦力，希望他能说点儿什么，毕竟，昨天秦力是第一个到达案发现场的刑侦警察，他的话也许能对女人起到安抚的作用。然而，相对于马森溢于言表的悲悯之情，秦力则表现得比较冷静。案发前正在休假的秦力，是被局里紧急召回到常晓源案发现场的。秦力的年龄应该要比马森大几岁，但无论从哪个角度看，他都属于当下很时髦的型男。颀长挺拔的身材，清癯面孔上端正精致的五官。当然，最迷人的还是浓眉下藏着的那双深邃的目光，难以掩饰地透着聪明、机敏。

秦力立刻读懂了马森的目光，但他没有回答女人的问题，更没有安慰女人的意思，甚至还用了质疑的口吻：“昨天，常晓源出事后，我们一直设法跟你联系，可你的手机始终处于关机状态……”说到这里，秦力将话头打住，只是面无表情地打量着女人，等待着她的下文。

女人显得有些慌乱：“我……我晚上关了手机，早晨忘记打开了。”

“那么，前天夜里，你女儿是什么时间离家的？”

女人先是不自觉地摇了摇头，但紧接着又说：“我不知道。晚上九点多钟，她就回里间屋睡觉了，我在外屋看了会儿电视，我睡时大概快十一点了……累了一天，我睡得很沉，什么都没听见。”

“常晓源夜里经常外出吗？也就是说，她经常夜不归宿吗？”

“不……不是这样的。”

“可作为母亲，早晨起床后，不见女儿，你居然都没寻找她？”

女人的头几乎垂到了膝盖。

“这之前，她没有告诉你还有事要办，或是要去小胡庄附近见什么人？”马森不忍地岔开了话题。

“没有。下午，我和她一起去职校办了转学手续。我知道她不愿随我去男方家，但她什么也没说，只是苦着一张脸。”

“你和女儿的关系怎样，很亲近吗？”还是马森在问。

女人咬了咬嘴唇：“没那么好。因为我的职业……让她在同学面前抬不起头。”泪水无声地在女人的面颊上流着。

马森递给她一张面巾纸。

“法医鉴定你女儿是深夜十一点左右遇害的。如果按你所说，十一点时，你还在外间屋看电视，那么，她应该是几点离家的？”秦力问话的语气依然很不友好，仿佛面前这个女人就是嫌犯。

女人缄口不语。

这样静默了许久，女人才抬起头，长叹了一口气：“唉，我真后悔呀……”说着，就用双手蒙住了脸。

该问的都问过了，排除了性侵之后，最有可能的就是报复杀人，然而，女人虽然是在县城长大的，但因种种难言之隐，早就疏远了和父母及亲邻的关系。在美容院，她不过是做杂活的，自然也不可能跟谁结怨。而年仅十五岁的常晓源还是个中学生，社会关系很简单，即使同学之间有过龃龉，也不会引来杀身之祸。更何况，她们母女马上就要远去他乡了。让人百思不得其解的是，常晓源的人生就这么无缘无故地被冻结在十五岁的花季里。

“她在说谎，这女人满嘴的谎言。”女人走后，秦力愤愤地说。“事发当晚，常晓源根本就没回家，而这个女人也不在家中。”

马森诧异地“唔？”了一声。

“昨天上午，我人还在案发地，就让小赵联系她，小赵从他高中同班同学——职校的胡老师那儿查到她的手机号码，可她的手机一直处于关机状态，于是，我又让小赵查了她家的地址，结果，小赵登门通知，还是扑了空。难道母亲也遇害了？我真是惊出了一身冷汗。调出小区监控，发现她是在前一天晚上的九点三十五分离家的，其后，再就不见影儿了。”

马森打心眼里开始佩服秦力了，案发还不到三十六个小时，他已掌握了如此多的细节。

秦力又说：“我见过这女人，她没认出我，我可认出了她。除了做美容院的杂工，她还在街头拉客。扫黄打黑时，她被带进公安局训诫，当时声泪俱下地表示要痛改前非，但一出门，就又继续着从前的行当。”。

“她是单身母亲。”马森的话中有话。

“单身母亲又怎么样？作为母亲，无论条件多么艰难困苦，都应该对孩子负起责任，否则，就不配做母亲。”秦力越说越激动，“事情明摆着，晚上只要她不在家，常晓源就去舞厅。”

“这么说你也认识常晓源？”

“没错。你知道这儿是个小县城，供年轻人集结的地方不多。”秦力继续说道，“环山街角的青苹果舞厅，是常晓源常去的地方。那里每次发生的打斗，都是因她引起。的确，她长得很漂亮，漂亮得让每个男孩子都想入非非。”

马森恍然大悟：“难怪你在案发现场一眼就认出了她。不过，照片上的常晓源看上去很羞涩，很文静，像乖乖女类型。”

“可舞厅里的常晓源狂野得很。”秦力说，“一会儿让小赵把案发当晚青苹果舞厅的监控视频送到小会议室，你会发现一个与照片上完全不同的常晓源。”

“你已看过了？”马森问。

秦力点点头。

监控视频摆在马森的面前，时间是晚上八点五十分。视频开始缓慢地放映——情节似曾相识。对于舞厅里的火爆场面，马森已是司空见惯，不过，对这个藏在世界一隅的偏僻小县城来说，男孩女孩们的狂野更是空前绝后。舞厅里音乐震耳欲聋，人潮汹涌，你看不清任何一张脸，满眼都是扭动的屁股，晃动的脑袋，挥舞的双臂。

突然，舞厅的门开了，音乐声和嘈杂声戛然而止，就像一阵风暴滚过，静寂中人们不约而同地朝着同一个方向望去——镜头切换到门口，画面上出现了一男一女。马森将画面放大，立刻认出其中那个娇小玲珑有着一张俏丽面孔的女孩就是常晓源，她跨坐在一个高大男孩的肩头，上身半裸着，鲜红欲滴的小嘴一张一合地做着飞吻状，勾人魂魄的野辣眼神在舞厅里扫来扫去，充满了挑逗的意味，霎时，整个舞厅像是炸开锅般沸腾起来，有几个男孩犹如被磁石吸引，不顾一切地拨开人群，朝着她奔去。于是，场面一下变得混乱起来，男孩女孩搅成一团，互相推搡着，也看不出谁和谁在打斗，尖叫声和喝彩声相生相伴，犹如山呼海啸。猛地，有人用扩音器高喊一声：“警察来了！”训练有素的人群立刻散去，音乐声再次响起，舞厅里又恢复了最初的场景。

但镜头里已不见常晓源的影子。

录像二十八分钟。马森将视频倒回去，又看了一遍。从中，真的找不到什么线索，倒是发现了另一个常晓源。

发生了如此诡异案件，侦查员们的作息时间一下被打乱了，中午一点钟不到，“妖狼”专案组的七名成员已围坐在环山县公安局的一间小会议室的长条桌旁，开始研究案情。基于秦力是第一个到达案发现场的侦查员，所以，马森还是请他先介绍现场的情况。

“案发现场给我的感觉是，凶手具有一定的反侦破能力。现场处理得很干净，没有遗留物品，没有精液、没有指纹、没有毛发之类。再加上一场雷雨，更是帮凶手将罪恶冲刷殆尽。现场周围除了村民留下的杂乱脚印外，没有任何其他痕迹可寻。由于事发深夜的荒村野岭，找不到目击证人，周围几十公里都没有摄像头一类可依赖的破案工具。因此，先进的技术手段在此案中根本用不上。”

“那么，我们应该从哪里查起呢?”小赵急切地问。这位刚从警校毕业不久的大男孩，尚属刑侦队伍里的新兵，对工作充满热情，也有太多的问题需要请教。

老侦查员庄泉嗔怪地瞪了他一眼：“你猴急什么呀？听人家讲完嘛!”

小赵自觉失言，难为情地用笔在记事本上乱画着。小伙子第一次参加这么重要的案子，自然有一种摩拳擦掌的冲动。

马森倒是很理解小赵的心情，忙替他解围：“你问得好。还是让秦警官来回答。”

小赵这才停下笔，朝马森投去感激的一瞥。

“没有备用目标。就目前来看，在没有掌握凶手作案动机之前，排查将很困难，毫无针对性可言。”秦力干脆地回答，“我对案发地小胡庄做了大概的了解，小山村相当封闭，年轻人大都搬离此地，也很少有外来人员进入。十五户人家，常住人口四十人左右。因此，除婴幼儿和年迈的老人外，每一个人都要进行讯问。还有，周围村落也要查访到人。再就是遇害女孩儿就读的职校和当晚进出舞厅的人员，也是摸排的重点……当然，对两地有犯罪前科的人及在县城工作的小胡庄人，要一一弄清楚案发当晚他们的行踪……”

秦力的工作效率如此之高，这让马森忍不住又在心里赞叹了一番。其实，局长于兴之所以把刚调来刑侦队才一年的秦力推荐给马森作搭档，也有一点小小的私心，他很赏识秦力的才华及侦破能力，因此，想在白云刑侦大队的刑侦警官面前露一手，让马森也见识见识小小县局里的“大侦探”。

侦查员庄泉接上了话茬：“我觉得首先要弄清楚的是，凶手为什么要在小胡庄村外作案？案发之初，我还以为那里是抛尸现场，可经实地勘查和法医鉴定，那里就是凶手作案的第一现场。这下我就不明白了，凶手到底想干什么？此案与小胡庄有什么关联？”

“真的，凶手干吗要深更半夜冒雨把女孩带到小胡庄杀害？”小赵小声嘟哝着。

“这还用说，为了弄混我们侦破的视线！”作为刑侦队里的老资格，又是科班出身的卢伟，话语间透着些许傲慢。无疑，他也想在市刑侦支队来的马森面前，展露一下自己的足智多谋，“年轻人，用脑子好好想一想，这是不是声东击西？”

小赵没有理会卢伟的轻视，只沿着自己的思绪继续探讨着：“那凶手应该是绑架了女孩儿才对呀！不然，他如何把女孩儿带到小胡庄？还有，凶手用的是什么交通工具？”

秦力再次解答了小赵的疑问：“首先，常晓源是被人带到了小胡庄附近，这没有疑问。但现在还无法证明把常晓源带到小胡庄的人，就是凶手。其次，现场并没发现任何交通工具的辙印。当然，雷雨也给我们制造了麻烦。”

除了疑问还是疑问，面对着一大堆疑问，马森站起身，拿笔在墙上的挂板上画出了小胡庄和常晓源遇害的位置，然后，在旁边写下了凶手、常晓源——小胡庄和一个大大的问号。

“尽管人手有限，我们还是需要双线作战。围绕着这三个点，接下来的大面积排查，会很辛苦，希望大家做好充分的思想准备。”

“没问题。”小赵情不自禁地大声响应着。

他的率真让马森差点忍俊不禁。

二、旧案重提

雨夜。窗外急促的雨点敲打着窗玻璃，就像某种催命的鼓点。那极强的节奏感搅得人心烦意乱。

男人躺在床上无法入睡。他赤裸着上身，只穿一条紧身内裤，在铺着亚麻凉席的床上翻来覆去。也许必须喝一点酒，哪怕是一小口，他才能安然入睡。多少年来，无数个夜晚，他都是靠着酒精催眠的。白天和黑夜，对他来说是如此不同。黑夜，由同样的噩梦组成的漫长得没有尽头的黑夜，让他消沉，让他沮丧，更让他恐惧。他躺在汗湿的床上，仿佛又回到了那个夏天，弱小的十二岁的夏天，眼看着妹妹被色狼侵害撕咬，自己却无能为力，只能咬紧枕头的一角，小声啜泣。

当他终于从色狼嘴里拯救出妹妹之后，却是噩梦连连。致使那个女人不得不给他灌下一大杯烈酒，坐在他身旁看着他醉入梦乡。

醉酒的感觉真好，他再也不用去回想可怕的往事，去经受噩梦的惊扰，去看妹妹那张天真无邪的脸……在醉酒之乡，人生不再悲惨、凄凉，相反，温暖安怡，无限美好。

他坐了起来，熟门熟路地从床头柜上摸到一小瓶北京二锅头，打开盖子，一口气饮了下去。他不能喝得太多，为了不让自己到早晨还烂醉如泥地躺在床上，他只为自己准备了这些小瓶装酒，并且每晚都把它放在自己摸黑也够得到的地方。只有在节假日轮休的时候，他才让自己彻底放纵一回。不错，他是个酗酒者，却是一个相当克制的酗酒者，几乎没人知道他人生的这一缺陷。

他把空酒瓶扔到地上，复又躺倒在床上，慢慢地闭上眼睛，试着让自己进入酒后的梦乡。然而，回忆却像排山倒海般朝他压来。是的，他拯救的第一个女孩儿便是妹妹小夏。

——“哥哥，快看啊，我有糖豆豆。”五岁的小夏一手捂着衣服口袋，一手举着一块包着红花纸的糖果，跑向村头，迎接从镇中学回家过暑假的小春。

小春边张开双手抱紧妹妹，边贪馋地看着妹妹手里的糖果。

“这一块给你。”小夏将手里的糖果塞到小春手里。

“哥不要。小夏吃吧！”

“我还有好多呢！”小夏用小手撑开衣袋，让小春看里面挤挤挨挨的糖果。

“这么多啊？哪弄的？”小春随口问道。

小夏得意地：“是爸爸给我买的。”

“爸爸给你买糖果？”

小夏忽地用小手捂住嘴巴：“不是爸爸买的。”

小春上前一步，拽下妹妹的手，拿眼瞪着她：“说，到底是谁给你买的？”

小夏怕怕地，却又是半遮半隐地：“哥哥，爸爸不让我告诉你和妈妈，爸爸说这是我和他之间的秘密。”

“秘密？买个糖果还是秘密？”

“不是啦！不是糖果。”

“那是什么？快告诉哥哥。”

小夏忸怩而又不无自豪地：“爸爸说他喜欢我，他夸我又聪明又漂亮。你和妈妈不在家的时候，爸爸就把我抱在怀里，亲我的嘴，脱下我的裤子，摸我的小屁股……有时，有时和我一起躺在我的小床上……爸爸说只要我保守秘密，就给我买糖豆豆……”

“狗杂种！”小春咬牙切齿地骂道。爸爸那冰冷的面孔，在他的眼前幻化成一张猥亵的脸……

“哥哥，你骂谁呀？是骂爸爸吗？哥哥坏死了，爸爸是最好的爸爸，爸爸说我是最可爱的小女孩儿。”

小春慢慢松开了搂抱妹妹的手，一下瘫倒在地上。他觉得自己头顶上的那片天塌下来了，眼前黑漆漆的什么也看不见了。

小春和小夏不是爸爸的亲生儿女。他们的父亲因工伤亡故后，母亲带着他们嫁给了现在的爸爸。爸爸是个性格冷漠的男人。他对小春和小夏并不厌恶，却也没什么好感。在小春的记忆中，这个男人从没给兄妹俩买过礼物，哪怕是一支微不足道的铅笔或是一块小手帕。当小夏在外面受了欺负，大哭小叫时，爸爸总是板着面孔，一副烦不胜烦的样子……倒是妈妈总是在小春面前说爸爸的好话：他抚养你们两个不容易，供你们吃供你们穿供你们上学读书。你要把他当成亲爸爸。不知小夏是怎么想的，反正小春对爸爸是无论如何也爱不起来。去镇中学住校前，小春在爸爸面前总是谨小慎微的，一来是为了妈妈，二来也是为了自己和妹妹。他知道如果没有了爸爸，母子三人的生活会变得多么艰难。因此，尽管在爸爸面前他觉得压抑，郁郁寡欢，但他都忍了。考上镇中学的住校生，他真是欣喜若狂地离开了这个有爸爸的家。期间，一般一个月他回家一趟，住一晚上，第二天一大早就匆匆返校了。虽然每次小夏都寸步不离地黏着他，两人在一起待的时间也极有限。妹妹总是在晚上八点就被妈妈逼上了床。

小春做梦也没想到，自己冲出牢笼后，却把妹妹推进了火坑。是他害了小夏，如果他不去住校，那个色狼——从这一刻起，他开始把爸爸叫成了色狼，就没有机会把爪子伸向小夏，即使他想，他也不敢……毕竟，小春已经十二岁了，小春比村里的同龄孩子都要成熟……

“哥哥，你怎么啦?”隐隐地，他听见小夏细细柔柔的声音。紧接着，一双小手捧住了他的脸，他恼怒地把小夏推开了。

小夏嘤嘤地哭了起来。

他这才爱恨交加地把小夏揽在怀里：“是哥哥的错，都是哥哥的错。”他失魂落魄地说着。

“哥哥要和小夏一起保守秘密。别让爸爸知道我大嘴巴。”小夏边哭边说。她还惦记着自己在爸爸跟前许下的诺言。

小夏的眼泪让小春心疼，他最不愿看到的就是妹妹的眼泪，他只想让妹妹开心、快乐。“以后不许单独和爸爸待在一块儿。”过了一会儿，小春说。

“我喜欢爸爸。爸爸也最喜欢我。爸爸说别人家的女孩儿都是这样和爸爸在一起的，和爸爸有许多小秘密。”

小春看着小夏天真无邪的小脸，无可奈何地：“哥哥不喜欢你和那个……爸爸单独待一块儿。你答应哥哥，哥哥就不会把你的秘密告诉别人。你也不要再跟任何人讲这个秘密，好吗?”

小夏点点头，立刻破涕为笑了。是的，对小夏来说什么也没发生。她转过身去，飞快地朝着家跑去，还不时回过头来喊着：“哥哥，你来追我呀！快点儿啊!”

——“小夏，哦，小夏!”男人从回忆中醒来，失声喊着。

没有小夏，眼前只有无边的黑暗和如泣如诉的雨声。他把头埋到枕头上，禁不住呜咽起来。

职校胡老师的办公室兼宿舍，面积虽小，却像一个大蒸笼。胡老师将对着窗户的一把木椅让给小赵，自己则坐在单人床边，手里拿块湿毛巾，不停地擦着满头满脸怎么也止不住的汗水。

这是两天里小赵第二次来职校。

昨天，他是作为卢伟的助手而来。暑假里留校负责处理一般事务的教导处副主任老唐一开口，他就知道要白跑一趟了。

“这个女生根本就没来学校上几次课。混个脸熟都达不到，走在校园里，恐怕她的班主任也认不出她。要不是已经交了一年的学费，我们早就把她除名了。”

既然大家都不认识常晓源，当然也就没有谁跟她走得很近了。

回到局里，小赵打开电脑，正想重新梳理一遍技术人员拍下的常晓源遇害现场照片，看会不会有新发现，手机就响了。

电话是他的老同学胡老师打来的：“我从外面刚回来。老唐说你来我们学校了，为那女孩儿的事。听说她脖子上有一排‘狼齿’，这倒让我想起一件事，电话里说不清楚，明天你能抽空来我这儿一趟吗？”

小赵满口应允。

小赵刚坐下，胡老师就进入了正题。

“三十年前，也就是上世纪的一九八二年，听说小胡庄也发生过一起类似的事件。被狼咬死的是一个五岁的小女孩。这事，我是听奶奶说的。”胡老师回忆着，那本就细长的眼睛，此时眯成了一条缝。

胡老师的这一番话，立刻引起了小赵的注意。

“你奶奶现在哪儿？”他追问道。

“她老人家两年前去世了。”

“小胡庄还有谁知道这件事？”

“恐怕也没几个人知道。这种令人伤心又恐怖的事，老一辈人都不愿多说。我奶奶是在七十五岁生日那天，突然跟我母亲提起这事。老人家显得很憋屈，她说她不相信小女孩儿是让狼咬死的，她的娘家是邻村，嫁到小胡庄生活了五十多年，加上她的奶奶、老奶奶，一百多年了，从没听说过有狼咬人。因此，小女孩儿出事后，她心里一直犯嘀咕。遗憾的是小女孩的妈妈接受了这个事实。山高皇帝远嘛，再加上当时的交通比现在还要不便。村里连个电话也没有，报警还要翻过一座山，去邻村的马格庄借用。于是，小女孩儿就这么稀里糊涂地让家人给火化了。不过，这事后来还是让镇派出所知道了。”

“那派出所来人调查了吗？”

“来是来过了。派出所很重视，又向县局报告。县局来的两名警察在村里做了些家访，由于死者已火化，没有留下任何有价值的线索，也只能作罢。”

“那小女孩儿的父母呢？他们现在哪儿？”

胡老师无奈地摇摇头：“这我就更不清楚了。我甚至都不知道小胡庄还有这样一家人。我奶奶说出这事时我倒是在场，但只当故事听了，根本没往深里想。包括我母亲，也只是附和着老人说了几句，随后便忘到爪哇岛去了。”

“可三十年后，‘狼’又出现了。是神的巧合吗？”小赵若有所思地问。

“确实很不寻常。”胡老师边擦着脸上的汗水边说，“你说这会不会是同一条‘狼’？应该不会吧！那可是三十年前发生的事啊！不过我觉得凶手的作案手法却是相同的。你说这会不会是某种邪教杀人仪式?"

老同学的一番推理，让小赵惊诧不已。

小赵带回来的“故事”，引发了马森一系列的联想。但他不赞同小赵的“邪教仪式说”，因为他不相信某种邪教会在小胡庄周围潜伏三十多年。让马森惊出一身冷汗的是，假如胡老师奶奶的看法是正确的，小女孩儿绝非死于狼口。那么，三十年后的今天，小胡庄再次上演的“狼吃人”的悲剧，会不会是当年的“狼”又回来了呢……

马森苦苦追寻着答案。

不过，小赵的“故事”总归为破案带来了希望。至少，它让“妖狼”与小胡庄有了某种联系。在眼下案件调查毫无头绪的情形下，如果回溯到三十年前“狼”出现的前前后后、林林总总，是不是会有新的发现呢?

雷声滚滚，大雨如注。

小会议室里，门窗紧闭。一台老掉牙的空调发出嗡嗡的噪音，几乎掩盖了窗外的雷雨声。

前来督战的于局长铁青着脸。围坐在长条木桌旁的专案组成员，个个神情沮丧，全都低头耷脑的。“妖狼”案件已过去五天，挂板上仍孤零零地画着小胡庄和常晓源遇害的位置，旁边那一行“凶手、常晓源——小胡庄——?”也显得格外刺眼。

面对会议室里可以称之为肃穆的气氛，马森忍不住清了清嗓子说:“嘿，打起精神！事情还没糟糕到毫无进展的地步。也许小赵听到的‘故事’，能带给我们一些启发。”

大家不约而同地抬起头，看着坐在马森右边的小赵。

小赵有些腼腆地红了脸:“马警官，还是您讲吧！”

作为刑侦队伍里的新兵，在同行面前讲这么长的“故事”，小赵不禁有点儿怯场了。于是，马森朝桌对面的秦力笑笑：“还是你来讲吧。”

昨天，听完小赵的讲述之后，马森当即把电话打给了秦力，两人还对“故事”进行了简短的讨论。

一直在外奔波劳顿的秦力，显得相当疲惫，他习惯地抬手梳理着蓬乱的头发，目光与马森对视了一下，轻轻点了点头：“怎么说呢？虽然这‘故事’听上去有些遥远，但还是有必要讲给大家听听……”

记忆力超强、语言组织能力又好的秦力，很快将小赵的“故事”复述了一遍。让马森颇感意外的是，专案组成员中，没几个人赞成他的看法，更不同意以小赵的“故事”线索展开调查，尤其是于局长，竟然带头反对。

“马警官，你的意思是说，‘妖狼’有可能是三十年前的那个凶手复又转来，凶手是连环作案？这样的联想是不是也太荒唐了？”比马森年长的于局长用极其不满的口气说道，“‘妖狼’一案从三十年前开始调查是绝对不可以的。当然，你对小胡庄的现状并不了解。那里的老住户大都搬到山外了，你找谁去问三十年前的事？结果只能是旧案一无所获，新案子也搁置了。‘妖狼’案在全县已经传得沸反盈天了，咱们不能尽快破案，对上级对老百姓，怎么交代？”

“这不是没事找事吗？去扒三十年前的旧案！”有人小声嘀咕着。

庄泉则气呼呼地大声说了出来：“这叫头痛医脚。谁能肯定那小女孩儿不是被狼咬死的！就凭道听途说的一个离奇故事，就去调查一起三十年前虚无缥缈的所谓案件？”

这样难堪的场面小赵还是头一次经历，他的脸红一阵白一阵。他真想说点儿什么，可又不知道该说什么，只是偷偷拿眼去看马森和秦力。这二人倒是挺能沉住气，既不插话，更不辩解，只是神情专注地倾听着专案组成员们七嘴八舌的理由。

“说句不好听的，马警官你可别见怪。”卢伟用讥讽的腔调说，“咱们这会儿去调查三十年前的案子，且不说劳民伤财，当年办案的同行们也会有看法：就你能！你是大侦探福尔摩斯，我们都是草包狗熊……”

卢伟欲言又止。马森当然知道他下面想说什么了。但他并不太在意这些酸言辣语。倒是卢伟的“同行”二字，给他提了个醒。

“卢警官，听说你在县局年头最长，你知道当年去小胡庄调查的两位警察都是谁吗？”

马森的突然发问让卢伟一怔，紧接着便说：“这本来就不是什么大案要案，我来警局这二十几年，就没人提起这码事。再说啦，就是知道是谁，你能去问人家吗？这不是羞辱人吗？”

马森并不理会卢伟的情绪：“那就上网查查，看能不能找到当年的办案警察？”

秦力不经意地半举着右手。于局长生气地瞪了他一眼，又不得不耐着性子问马森：“你真的认为这两个案子之间有关联？”

“没错！”马森毫不迟疑地答道。

于局长紧追着问：“哪种关联？”

“狼齿咬痕。还有，都发生在小胡庄附近。”

“又是狼齿咬痕！三十年前是真狼，这一次是假狼，两者之间有什么共同点？”

“这正是我想寻找的。”

对于马森的执著，自尊心极强的于局长有些愠怒：“如果你硬要这么牵强附会地把两个案子搅和到一起调查，那我也表个态：不同意！”不待马森开口，他站起身说，“散会后，大家仍然各就各位，按既定的调查方案进行。”

马森情不自禁地朝着秦力望去，刚好对方也在看向他，二人目光对视的刹那，仿佛一切都在不言中了。

三、杀死一只知更鸟

他又梦见了那个地方。

——悬崖上。电闪雷鸣中，他紧紧地抱着妹妹。

“哥哥你哭了？哥哥生我气了？”小夏伸出小手，替他抹去脸上的泪水。

“哥哥没有哭，是雨珠儿滴在哥哥脸上。哥哥也没生小夏的气。”他把头埋在妹妹的肩上，失声抽泣起来，“哥哥喜欢小夏，小夏是哥哥在世界上最亲最爱的人。”

“我也最爱哥哥。不对，还有爸爸。”

又是“爸爸”！小夏的话像钢针一样扎得他的心鲜血直流。他不由捧起妹妹的脸，用泪眼久久地凝视着这张美丽生动的小面孔，“没有办法了，只能这样了”。他颤抖着双唇，“只能这样了。”

“哥哥你在说什么呀？”小夏好奇地问。

“哥哥要送小夏去一个地方。”不等小夏问，他又接着说道，“去一个美好的地方。小夏在那里，哥哥就再也不用替小夏担心了。”

小夏仍然用好奇的目光看着他。

他把妹妹轻轻放到草地上，然后，脱下衣服，包住自己的脸。他闭上眼睛，这样，他就看不到妹妹的脸，妹妹也看不到他脸上淌着的泪。

“哥哥要玩捉迷藏吗？”躺在草地上的小夏不解地问，“天快黑了，要下雨了。我想回家。”

“哥哥要和小夏玩一种新游戏，必须在黑天、雨天玩。小夏要躺好，把眼睛闭上。”

“然后呢？”

他摸索着把双手放到妹妹的脖子上：“然后哥哥用手抚摸小夏的脖颈，轻轻地，轻轻地……对，就这样，就这样，很温柔地……没有痛苦，半点也不疼……”

没有挣扎，没有尖叫，甚至没有呻吟一声。小夏再也没有开口。他这才慢慢地松开双手，依然紧闭着双眼，将妹妹小小的躯体推下了悬崖……

“小夏……”——他终于喊出声来，与此同时，他也从惊恐万状中大汗淋漓地醒了过来。

七十一岁的江老太身板还相当硬朗。常年的体力劳动和经久的风吹日晒，让她那瘦削干巴的四肢甚至通体，都有着一种坚固的质感。

在这个五口之家里，江老太不仅是主心骨，还是壮劳力。七年前，儿子、儿媳就双双去深圳打工了，留下她和瘫痪在床的老伴，照看着正上小学三年级的孙子。让江老太更辛苦更劳累的则是对那五亩责任田的春种秋收。日子没有尽头，岁月流逝似乎对江老太的心理也没什么影响。她从来没有时间像城里养尊处优的老太太那样悠闲地坐在沙发上，去追忆昔日的事，去叹惜远去的青春花样年华。其实，江老太在小胡庄也是风光过的女人，三十年前，她曾是村小学的民办教员，在村民中有着很高的威望。可如今，正在走向风烛残年的江老太，已将曾经的荣耀交给了似水的年华流走了，所有的往事都被尘封在忙碌的晨昏里。

在这个仲夏的黄昏，江老太担着两只装满肥料的大桶，呼呼喘息着，两腿弯成弓形，吃力地爬向山腰。山路陡峭，几乎无路可走，被江老太天长日久踩出来的逼仄小道，歪歪扭扭，还没有一脚宽。即使想搁下担子歇口气，也没有放桶的平地。因此，两腿发颤的江老太只能挑着担子，站在陡坡上喘息。

虽然天色还没全暗下来，但山野里已经静了下来，除晚风掠过树枝发出的沙沙声外，大山里万物都做好了沉睡的准备。江老太仰头望向山顶，没有一个人影。就在几天前，一个脖颈上留有狼齿咬痕的女孩儿躺在了这个山顶南边的悬崖下，而山顶上，便是江老太家的玉米田。江老太并不惧怕。哪片黄土没埋过死人？江老太清楚地记得，三十年前有一个女孩儿小夏也是被狼咬死在悬崖下。这山，这悬崖，这静寂，她早就习惯了。大多时候，她都趁着丈夫和孙子吃饱喝足全都安顿好的这个时辰来干农活。

江老太再次抬起沉重的双腿往山上爬行时，肩上的担子突然轻了，就像被风吹走了一般，她不知所措地回过头——一个男人像老鹰捉小鸡似的，将她肩上的担子抓到了自己的肩头。

江老太惊得几乎五官移位。

男人没有说话，只是大步大步地如履平地般地朝着江老太家的农田走去。

江老太惶恐地念叨着：你是谁呀？这是咋回事呀？一路踉跄着追上来。

男人将担子放到农田里，然后一直往前走，站到田埂的边缘，两眼直瞪着脚下的悬崖，轻轻摇头，仿佛在感叹着江老太的不易。

跟上来的江老太也站在自家农田的田埂，满脸诧异地看着眼前的这个男人。

男人应该还很年轻，他穿一身轻薄的黑色衣裤，轻便的黑色胶底鞋。这套装束在山区是常见的，可以说是再普通不过了。让江老太惴惴不安的是男人脸上戴着的黑色大口罩和大墨镜，两件饰物把男人的面孔遮得严严实实，再加上一双黑色的塑胶手套，男人就像电视中演的那些黑道上的人一样，江老太不由警觉起来。

“你是……”江老太试探着问。

“江老师，你不认识我了？”男人开口问道。与此同时，男人仿佛看透了江老太的心思，倏地摘下了脸上的“面具”。

听男人喊“江老师”，仿佛时光倒流，江老太一下回到了三十年前。她揉揉眼睛，上下打量着男人：“想起来了，你是小春。”

男人笑笑：“你的记性可真好，一眼就认出我了。”

江老太的神经松弛了下来：“我教过你整整四年。你一直是班里学习最好的孩子。”说到这儿，江老太的脸上复又露出迷惑的神情，“你现在哪儿工作？你怎么会来这儿？你家又搬回来了？”

男人没有理会江老太的话，却反问道：“你估计村子里还有谁能认出我？”

“恐怕没有了。我们那辈人大多都去见阎王爷了，剩下的几个，也跟着儿女搬到山外了。”江老太再次眯缝起眼睛，看着男人，“我记得你家搬走时，是一九八二年的夏天，学校正放暑假。时间过得真快，眨眼工夫，都三十年了。”

“你连我家哪年搬走的，也还记得？”

“怎么能忘了呢？当年发生了那么大的事，怎么能忘了呢？你妈向我告别时，拉着我的手，哭得那个伤心啊。她说一安定下来，就给我写信，可这么多年过去了，我从没收到她的片言只语。她过得怎么样？还和你继父在一起吗？”

男人指指田埂：“咱们坐下来聊聊吧。说实话，我来找你，也是想说说当年那件事。”

江老太边偷眼看着男人，边坐到了长着厚厚野草的田埂上。男人坐到她旁边，侧过头，望着她。

听男人说要聊聊三十年前的那件事，江老太又隐隐地感到莫名的不安："小春，那事都过去这么多年了——"

"听说最近又发生了狼咬死人的事。"男人解释说。

"是呀。你也听说了？这事传得可真快。对了，你家搬到了哪儿？离小胡庄远吗？"

"哦，其实我们不过是搬到了山外，离小胡庄并没多远。"

"你妈为什么不跟我联系？在村里当民办教师那会儿，她和我的关系最铁。"说到这里，心直口快的江老太面带愠色。

"你得原谅她。遭遇了那样的不幸……"

"唉——你妹妹如果活到现在，也早就嫁人了……偏偏那该死的狼……"

男人突然变得不耐烦了，他皱紧眉头，有些生气地打断江老太的话："小夏不是被狼咬死的。"

"什么？你说什么？"江老太不敢相信地直视着男人。

"小胡庄根本就没有狼。咬死小夏的不是狼，是色狼，一条大色狼……"男人着了魔似的嚷着。

被唬得灵魂出窍的江老太只是木木呆呆地看着男人一张一合的嘴巴。过了一会儿，她说："那是你记错了。当年你才多大呀！十二岁，对不对？"

"嗯，十二岁——一个无法保护妹妹的小笨仔。"男人咬牙切齿地说。

听着男人几近疯癫的话，江老太再也坐不住了，她浑身颤抖着，想站起来，想躲得远远的。她突然感到眼前的这个男人不是小春，不是她班里最优秀的学生，是她认错人了。

男人抬手轻轻按住她的肩膀，改用温和的口吻说："江老师，你一定要听我把话讲完。就算我求你。如果你不听我说，恐怕这世上再没有人能了解我的心意。也可以说是动机。你知道我不想被人误解。”男人语无伦次地说着，右手神经质地拍打着膝盖，显得很激动。

江老太复又心惊肉跳地坐了下来。

“我必须拯救小夏。”男人轻哼了一声，“可十二岁的我，没有能力对付色狼，也不知道该如何对妈妈开口。你知道我妈妈是什么样的人，她的性格中就没有‘担当’这个词。她太依赖她那个色狼男人，只想让日子过得安逸舒适。我心里很清楚，即使我把小夏的事告诉了妈妈，她也不会离开色狼，反之，她会来一番欲盖弥彰，会把这一切归结于我的敏感和多疑。同时，我还在担心着小夏会把这可鄙的秘密讲给她的小伙伴们听，担心着我和妈妈、小夏成了全村人的笑柄，担心着那不可收拾的残局。整个假期，我都像油锅里的鱼一样受着难忍的煎熬。终于，有一天，鱼蹦出了煎锅，鱼腹大爆炸。我撞上了最可耻的那一幕——色狼赤身露体地躺在小夏的床上……我一下变得十分冷静，仿佛受到天启，我突然明白该怎么做了。色狼走后，我告诉小夏要带她到山里采野果子。就是在这里，就是在这块田埂边……小夏得救了。”

江老太不由惊惶失措，她骇然地朝着脚下深不见底的悬崖觑了一眼：“这不是真的。我知道你有多爱小夏。再说，我们找到小夏时，她的脖子上的确留着深深的狼咬过的牙痕。”

“小夏脖子上留下的狼齿咬痕，是我妈妈的杰作。”

“天哪！”江老太像是被屁股下面的地雷击中，霍地弹跳起来。

男人强摁着她坐下。

“那天傍晚，我回到村里，带着正在寻找小夏和我的妈妈来到悬崖下面，我把发生的事情原原本本地讲给她听。她居然没有哭喊，也没有扑上来打我，而是猛地跪到小夏的尸体前，低下头去，朝着小夏的脖子张开了嘴……”

“老天爷啊！”这一次，江老太只是用苍老的声音向天祷告。

“不是吗，小胡庄没人见过狼，更没人见过狼咬死的孩子是什么模样。后来，妈妈慢慢把小夏放回原处，把我拉到近前说：‘记住，小春，小夏是被狼咬死的，无论别人怎么议论，你都不能改口。’说完这些，她才撕心裂肺般地嚎哭起来。”

江老太脸上的皱褶瞬间扭成了一团，莫大的恐惧在她的面部迅速蔓延。这突兀到来的真相在让她难以置信的同时，她不啻也听到了死神的召唤。

四、可怕的游戏

“小春，天要黑了，要下雨了。”

“天黑、下雨，这样的天气对我来说就是黄道吉日。”

“黄道吉日——这么说前几天那女孩儿……也是你干的……”

“你还想知道什么？不想知道自己的死期吗？”

当江老太知道自己走进了他设下的圈套，死神正在朝她招手时，她哭了起来，求他放过自己。他却斩钉截铁地告诉她，这绝不可能，因为她会阻碍他完成拯救的任务。但紧接着，他又用温和的语调安慰她说，一切都会非常温柔体贴地进行，她会死得毫无痛苦。不知是畏惧他的强壮还是他的安慰起了作用，就像妹妹、常晓源一样，江老太也同死神讲和了，没有反抗，甚至连半点儿挣扎也没有，就那么任由他摆布了……

——房间的角落里传来一阵啜泣。这是江老太的哭声，粗糙沙哑，时断时续。

他心神不宁，大汗淋漓，赶紧打开了灯。电灯光霎时驱除了房间的黑暗，角角落落都呈现在光亮里，哭声戛然而止。他不由长舒一口气，他是在自己的家里，这里不可能有江老太的哭声，刚才所经历的只能是一个噩梦的新版本。

他伸手从柜子上抓过酒瓶，但这一次他没有像以往那样拧开瓶盖，灌下两口，他只是摸了摸光滑的瓶颈，就又慢慢地放了回去。他记起自己还有太多的事情要做，关键时刻，他不能用酒精麻醉自己。他坐在那里，大瞪着眼睛，努力挖掘着拯救常晓源时带来的那种幸福感。

又困又乏的马森从县局招待所的单人床上醒来时，床头柜上的电子表时针正指向下午一点。他以为自己睡了很久，其实还不到两个小时。严格地说，马森是被一阵窸窣声惊醒的，他吃力地睁开粘了糨糊一样的双眼，朦朦胧胧的，看到床头边站着一个人。

“谁?”黑白已经颠倒且神经高度紧张的马森浑身一颤，嗖地坐了起来。

“嘿，是我！看房门虚掩着，就进来了。”秦力应声说，“你没去餐厅吃午饭，我给你带了一笼包子。”

秦力将一只大饭盒放到桌子上，随手揭开了盒盖，一股猪肉韭菜蒸包的香味，立刻让马森饥肠辘辘。

“谢谢你！刚才倚在床头上想事情，也不知怎么就睡着了，还真错过了吃午饭的时间。”马森又是难为情又是感激地说。

秦力将方便筷子扯开，递给他：“快吃吧！你是太累了，人累过头了就会这样，陷入一种麻木的状态。”

马森接过筷子，狼吞虎咽地吃了起来。

秦力就势坐到了靠墙边的单人沙发上。待马森将饭盒里的包子吃得快要见底时，他才缓缓地说："我查到当年那两位警察的名字了。"

马森立刻放下筷子，迫不及待地："是谁？"

"其中一位叫周福文的，已经去世了；而另一位叫卢坚志的，就是卢伟的父亲……"

"难怪呀……"马森禁不住自言自语道。

"还要往下查吗？"秦力像是在问马森又像是在问自己。

马森沉默了一会儿才说："卢伟肯定会千方百计地阻碍我们去见他的父亲。"

"我也是这么想的。不过，你这专案组的头儿只要想查，渠道还是有的。"

"查阅卷宗。"

"咱们俩想到一块儿了。既然县局立案了，还派员前去调查了，就肯定有卷宗存档。按规定，这属于永久保留的卷宗。"

"应该是这样的。"

"不过，这也得背着于局长和卢伟偷偷进行。尽管你是头儿，如果让人发现，还是不好向于局长交代。"秦力苦恼地说。

马森点了点头："的确是这样。所以我们才公开干公活，偷偷干私活。对了，小赵讲的那条线索，你觉得有希望找到知情者吗？"

"这是私活，查起来比较麻烦。"

马森张了张嘴，还想再说什么，就在这时，他的手机响了。

马森接手机的当儿，秦力站起身，想要离开，但随即被马森喊住了："小胡庄又有人遇害了。于局长刚刚接到村长的报案。"

秦力蓦地回过头："是'妖狼'干的吗？脖颈上有狼齿咬

痕吗？”

“没有。”

“没有？”

马森焦躁不安地叹了口气：“完全不同的作案手法：用绳子勒紧喉咙造成窒息后，推下了悬崖。”

两人心事重重地走了出去。

江老太遇害是否“妖狼”所为？围绕着马森给出的这个命题，从现场回来的专案组成员又进行了一番争论。

基于现场勘查——江老太和常晓源在同一地点、同是雨夜被害。凶手作案手法老道，跟杀害常晓源的现场一样，什么都没有留下。因此马森认为江老太应该死于‘妖狼’之手，也就是连环杀手作案。

卢伟的看法则完全相反：他认为杀害江老太的凶手不过是想模仿“妖狼”而已。因为常晓源和江老太之间没有任何相似之处。不少史上影响重大的案例证明，连环杀手的作案目标一般都是同一类人，比如臭名昭著的“开膛手杰克”，他于1888年8月至11月期间，在伦敦东区的白教堂一带，专门杀害妓女，至少有五名妓女被残忍地开膛破肚。

当然，卢伟引经据典说得很有道理。五岁幼儿、十五岁少女、七十好几的老妪，三个不同年龄段、人生完全没有交汇点的女性，却被同一凶手杀害，其中有很多地方讲不通。可直觉又告诉马森，这三起案件之间铁定有关联：“不错，两名死者、不，应该是三名死者看似没有共同点，但我还是坚持这是连环杀手作案。江老太的遇害与三十年前的旧案有着必然的联系——江老太是旧案的知情者，而杀人灭口应该就是‘妖狼’的动机。”

卢伟刚想争辩，于局长抢先诘问：“好吧。就算江老太是因知情遇害，那么‘妖狼’杀害常晓源的动机又是什么呢？”

马森不由张口结舌。他实在不知道该怎么回答这个同样苦苦困扰着自己的问题。

这时，一直在笔记本上写着什么的秦力抬起头说：“动机，这应该是侦破此案的关键所在。如果是连环杀手作案，他的不断杀人，会不会就是在宣示一种动机——这就像电脑游戏一样，应该如何破解，设计者心明如镜，而玩游戏的人却始终蒙在鼓里。一旦找到了动机，游戏也就结束了。不是吗？”

“你的意思是说，如果我们知道了凶手的动机，凶手就会停止杀人？其实，凶手是在跟我们警方玩游戏？”一直侧耳聆听的小赵禁不住问。

“对，我就是这个意思。”

“把杀人当游戏玩？”始终没有发言的庄泉，忍无可忍地用了嘲讽的口气。

“这一点你理解错了。游戏只是个比方。但凶手的确希望他的杀人动机能昭告天下。”

“那……凶手是精神病患者吗？”小赵又问。

秦力将手中的笔放到笔记本的右侧，就像举行讲座一般，有条有理地给小赵分析着：“连环杀手一般分为两种类型：精神病患者和反社会者。精神病患者通常是环境适应不良的人，没有工作，没受过教育，有犯罪纪录和各种社交问题。反社会者就不一样了，他们比一般人聪明，事业成功，过着普通人的生活。我认为如果‘妖狼’是连环杀手，他应属反社会类型。你在课堂上应该接触过国外心理学家有关连环杀手的分析吧？”

“接触过。”

“还记得连环杀手每次作案经历的心路历程吗？”

“记得。这个历程共分为六个阶段……”

“如果马森警官的推理成立，那么，这个‘妖狼’应该已进入了第六个阶段，也就是沮丧阶段。沮丧阶段会导致新的酝酿阶段发生，他的嗜血程度持续升高，他已失去了自制力，会变得越来越残暴。”

马森不由打了个寒噤。

刚才还七嘴八舌的争论也戛然而止，大家的目光不约而同地转向秦力。

秦力继续说了下去：“对了，刚才我们讨论的是‘游戏’，这就联系到反社会杀手的特点。他们通常很自信，因为他们的智商高于常人。所以，他们喜欢跟警方玩游戏，在密切留意调查工作进展情况的同时，还会利用各种机会亲自靠近调查工作。我想他们应该很享受这种游戏。”

于局长不以为然地问：“那你认为凶手杀害常晓源的动机是什么？”

“此案最匪夷所思之处在于，凶手并未性侵被害人，这很蹊跷。也许动机不是性……但如果从泛指的意义上说，动机一般都与性有关，没有例外。”

马森若有所悟。

于局长却是一脸似懂非懂的样子：“秦力你扯得也太远了。这些教科书上的高深理论对咱们破案有什么用？屁用也没有。”

倒是听得入迷的小赵意犹未尽：“秦警官，你觉得下面我们应该三案并查吗？”

秦力讪笑着：“三案并查，证据呢？的确，我讲的全是书本上的东西，具体的侦破行动，还是得听于局长的。”

渐入佳境的小赵仍不肯罢休，憋足了劲要讨论下去。

于局长急了：“闭上你的嘴，该干嘛干嘛去！”说着，又转向众人，“三案并查，只会让案件的侦破进入死胡同，虚无缥缈、高深莫测的所谓推理，对侦破案件没有任何帮助。眼下十万火急的是从速将两名杀人凶手抓捕归案。别的，等没事干了再闲扯吧。”

大家散去后，马森仍怔怔地站在原地，思索了很久。他的脑海里久久回响着秦力的话：他们喜欢跟警方玩游戏，在密切留意调查工作进展情况的同时，还会利用各种机会亲自靠近调查工作……江老太遇害，是不是与“妖狼”靠近警方有关？也许从现在开始，调查应该更隐秘且更具独立性。马森对专案组的其他成员并没有太多的了解，但他也绝不会无端地去怀疑自己的同行。然而，除此之外，警察不是生活在真空，每个人在警局之外都有亲戚、朋友或是老同学，倘若这其中的某一个人就是杀手，从不经意的闲聊中探听案情，当是很简单的事。因为，法律章程只适用百分之九十九的情况，在至亲好友面前，它往往丧失效力。

马森看着会议室挂板上几天来一直孤零零的那一组图、一行字，直觉被压得透不过气来。按秦力的分析，连环杀手正在磨刀霍霍，可怕的是于局长并不这么认为，而拒绝三案并查，必然给连环杀手太多的喘息时间，这样他就可以从容计划着下一个作案目标。

马森拿起笔，在挂板上写下：三十年前——妖狼——三十年后——妖狼……

三十年前，由于某种原因，那只“妖狼”顺利地逃脱了，随着时光的流逝，这么多年来，一切都进入了常态，“妖狼”像所有正常人一样生活在我们中间。只是，只是为了什么，又触发了他再次作案的念头……

这样想着的时候，马森又在下面画了一个大大的问号。

五、“妖狼”的影子

今夜，他终于又找到了那种幸福感。这让他睡意全无。

他趿着拖鞋，坐到桌前，打开了笔记本电脑，输入密码，点开搜索引擎，用双拼快速地输入“红蔷薇的眼泪”，于是，被十几支蜡烛环绕的常晓源的头像出现在屏幕上。他轻声问了一句“你在天堂还好吗”，就像一页已经翻过去的书，没有留恋，便按住鼠标，一直往下拖，如饥似渴地浏览着长长尾巴般的跟帖。当他看到第十条跟帖时，不由挺直身子，眼睛一下瞪大了，整个人像饿狼般扑向电脑屏幕——小桃夭夭，环山县一中女生，与常晓源相同的命运，即将随母去到白云山区的继父家……

“我要拯救她！我要拯救她！”神圣的使命在向他招手，这让他激动万分。他飞快地将小桃夭夭的跟帖复制下来，放到了桌面的一个文件夹里。这个名称叫“拯救者”的文件夹里，赫然出现了小夏、常晓源两个虚拟的头像。小桃夭夭被放在最后，他又打了两下回车键，将其与死者间隔开，以示“备用”。

“就等‘雨夜’这个黄道吉日了。”他嘴里咕噜着，仿佛收获了战利品般心满意足。

傍晚时分的县公安局办公楼笼罩在一片橘黄色的夕阳中。下班时间已过，不少办公室都大门紧锁。马森拿着从档案管理员小何那里悄悄讨到的钥匙，来到二楼走廊尽头的档案室。

房间里空荡荡的，一面墙顶天立地摆放着几排带有暗锁和环型把手的铁皮柜子，正中央是一张笨重的黑漆木桌和两把木椅。马森打开墙壁上的电灯开关，一只挂在天花板中央的小灯泡晃晃悠悠地亮了。他赶紧关上了档案室的门，将自己反锁在里面。

马森将并未上锁的柜门一一打开后，立刻被柜子里面的杂乱惊呆了。这哪里是档案柜，简直就是一个杂货铺，分隔的铁架子上，到处都塞满了纸箱或是盖着厚厚尘埃的卷宗。没有年代标识，没有分类备注，就像一堆废品，堆放在里面。你必须认真仔细，否则，一不留神就会有纸箱或是卷宗滚落下来。马森渴望着在某个角落发现自己要找的东西，然而，仿佛在比赛哪个柜子更杂乱，映入眼帘的黑压压的“废品”，让马森烦躁的情绪也上升到了极点。

看来要把这几柜子的档案全部翻完，仅仅一个通宵是难以完成的。也许要开一个星期的夜车，才能有个结果。

秦力的电话是在十点半左右打来的。那会儿，马森正把自己埋在黑漆木桌上的一堆高高的卷宗里。经年的尘埃呛得他不停地咳嗽，闷热的空间让他几乎窒息。蓝格子短袖T恤早就被汗水浸透了，从脊梁到腋下，都是湿乎乎的，令人难受。

手机就放在桌子的一角，铃声响起时，他从一摞卷宗的封面上抬起头，瞟了一眼屏幕，便很快地站起身，按下了接听键。

“马警官，我是秦力。你睡下了吗?”

“还没有。”

“那你能到我办公室来一趟吗？有点儿急事。”

“好的。我马上过去。”

马森将自己搬到桌上的卷宗重新放进柜子里，关好柜门后，才离开了档案室。

秦力和同事老陈的办公室，在县局院内的一所做仓库的平房里。因为二人来局里较晚，大楼上的办公室都已名花有主，因此只能让他们屈就此地。

办公室黑着灯，秦力站在虚掩着房门的暗影里。

“这么晚了，你还没睡？”马森关切地问。

“我有东西给你看。”秦力边说边引着马森进屋，并随手关上了门。秦力拧亮办公桌上的台灯，用钥匙打开抽屉，从中取出一沓泛黄的卷宗。他让马森坐到对面老陈的座椅上，然后将卷宗推到他面前。

“这是什么？”

“一九八二年刑事档案卷宗。”

马森惊讶地：“你从哪里找到的？”

“档案室。”

“小何没说你去过档案室。”

秦力微微一笑：“我不想让任何人知道。所以，对她下了封口令。你不也一样吗？”

马森没有否认，只是越发好奇地问道：“你是怎么找到的？档案室里乱七八糟。”

“我原以为找到它很难，孰料，它就在第一只柜子中格的最上层，仿佛一直候在那里等人去取。”

马森伸手将档案夹拉到面前：“你能找到它真是太好了！”。

秦力却神情凝重地摇了摇头：“可惜我们又晚了一步。有人赶在我们前面将有关那起旧案的十几页材料撕掉了……”

仿佛三九天遭到了冰水浇头，马森感到了侵入骨髓的寒意。

“会是谁干的？”马森眉头紧锁。

“我不想随便怀疑自己的同事……你知道档案室并不似我们想象的那样管理严密，实际情形是，只要你想进去，总能找到机会，房门的钥匙就挂在小何办公桌旁的墙上，里面的柜门锁也早就坏了。”

“会是‘妖狼’吗？”马森又问。

秦力没有回答。过了一会儿他才说：“我们不能无端地怀疑任何人，但发生了这一系列事件后，也有充足的理由不去相信任何人。”

“我理解你的意思……”沉默了片刻，马森抬头看着已显疲惫的秦力，“总有办法找到线索。今天已经太晚了。你赶紧回去休息吧，免得家人惦记。”

“好的。”秦力将目光投向窗外。

马森站起身。

秦力像是突然想起了什么，他从窗外收回目光，望着马森说：“也许我们应该换一个角度调查。”

“你是说……”

“如果能找到遇害小女孩儿的父母家人，不是更好吗？既然她是‘妖狼’的第一个目标，总归是有原因的。”

马森的眼前一亮：“你说的原因也就是动机。只是，这一家人现在哪儿呢？”

“只要他们还在这个世界上。不过会耗些时间罢了。”

“我们连这家人的姓氏都不知道。”

“是啊。难度会很大，需要秘密暗访、调查。不过，只要有你的指令，事情就会好办得多。你为什么不让小赵参与呢？上次专案组开会时，于局长认为他的‘故事’是无稽之谈，弄得他很没面子。当然，最重要的是保守秘密，不能当大嘴巴。”

“这真是个好主意。瞧，你还是信任我的。”马森不由调侃了一句。

“可我还是得叮嘱你一句，不能相信任何人。包括我在内。”秦力说罢，也哑然失笑。

六、老刑警的憾事

真扫兴，三天之内，小胡庄那边都是晴天。

深夜，坐在电脑前的男人查看完天气预报后，长叹了一口气，真希望“黄道吉日”早点儿到来。他不想让天气破坏自己好容易找回来的那份心情，他想让这种幸福感持续下去。

男人禁不住又打开了“红蔷薇的眼泪”网站。还好，小桃夭夭在新帖中说，因妈妈患了重感冒，远嫁的日子可能要推迟几天。这让他先是松了一口气，紧接着，又狂躁不安起来。这要等多久呢？也许应该抛开“黄道吉日”，抓紧拯救，拯救的人越多，幸福感就越强。那样一来，长夜将不再漫漫，噩梦将不再光临，有的只是神圣的职责和伟大的成就。

男人眼睛盯着“小桃夭夭”几个字，开始谋划着新的行动。

天气阴沉沉的，黑压压的乌云紧贴地面，似乎正在酝酿着一场暴风雨的来临。在这样的天气里，本就荒凉异常的山野，更是人迹难觅了。

小赵汗流浃背、几乎是手脚并用地爬上陡峭的水库大坝，举目四望，视野里是一片空荡荡的寂寥。他深吸一口气，拍了拍裤角上的泥土，整了整便装的衣角，然后信心满满地挺起胸，朝着水库坝顶走去。

——一位年近七旬的老人，手拿钓竿，神情落寞地坐在水库大坝的副坝上。他的身旁放着一只红色塑料桶和一个黑色背包。

老人听到身后有脚步声，慢慢地回过头来。用久经历练的目光打量着小赵那张稍显稚嫩的脸。

“您是卢大叔吧！”小赵彬彬有礼地问。

老人将钓竿放到坝边，站起身说：“卢坚志。你是哪位？”

“同事都喊我小赵。我是从环山县局来的。”

老人握住小赵伸过来的手：“是我儿子让你来的？”

“不，卢警官不知道我要来找您。我先去了您乡下的家，邻居给了我您女儿家的地址。”

“这就对了。我没有向儿子报告行踪的习惯。我们父子俩不对脾气。”老人讲话很直白。他拉小赵坐到了副坝的草地上，马上关切地问：“大老远地跑来，你找我有什么事？”

“小胡庄附近接连发生了两起命案……”

“我听说了。那个被害的女孩儿，脖子上留有塑料狼齿咬痕。”

“我就是为这事来的。”

老人不愧为是经验丰富的老警官，立刻心领神会地：“不错，三十年前，我参与调查过一起类似的案件。遗憾的是，此案无果而终。”他的脸上露出愧色，陷入遥远的回忆之中。

小赵并不急于追问，只是静静地等待着。

许久，老人才用埋怨的口气说：“主要是那家人不配合。”

“你指的是遇害小女孩儿的父母？”

“是的。首先，他们匆匆火化了女孩儿的遗体，没给我们侦破留下一星半点儿线索；再就是我们一提及女孩儿的死有疑点，她的母亲就气急败坏，说她已经够不幸了，请求警方别再打扰她的生活。当时，那家人已搬到了五龙县男方的老家，也是山区。上世纪八十年代初，警局就一辆摩托车，我们办案全凭两条腿。好几百公里路，山里不通客车，去一趟来回要三四天。这样来来回回折腾了一阵子，局里见没有半点进展，就让我们撤回了。不过，这案子就像一块心病，想想就难受，越琢磨疑点越多……”

“都有哪些疑点？”这次，小赵还是忍不住跟上了一句。

“此后，那个山区在这三十年间，再也没发生过狼咬死人的事；而再往前追溯到三十年，也没发生过此类事。还有小女孩儿的母亲，为什么不去深究女儿的死因，反而阻挠警方的调查……”老人欲言又止，似有难言之隐。

“您心中应该有过嫌疑人的大致轮廓？”小赵试探着问。

老人迟疑了一下："其实，跟你说说也无妨。当时，我一直怀疑是小女孩儿的继父干的，只是苦于没有证据。我跟他有过两次交锋。他年纪跟我相仿，却比当年的我要沉稳，在那种场合，讲起话也让你无懈可击。"

小赵先是为之一震，但随即又情不自禁地摇了摇头："她家里还有别的人吗？"

"有一个十二岁的哥哥。当时正在南方的外祖父家度暑假。"

"这家人现还住老地方吗？"

"一年后，他们又搬走了。不瞒你说，后来，我又私自去找过他们两次。我思忖着他们是为了躲避什么，所以，搬得杳无踪影。不过，要真是公开调查，还是能找到的，那会儿局里已将此定为死案，我没有理由再继续去追查他们的行踪。"

小赵犹豫了一下，也讲了实话："眼下，我们对这个案子的调查也不能公开。"

老人点了点头："我明白了。你的意思是局里没有授权。我想，我儿子就会是第一个反对者。这些年里，每每我提及这个案子，他就会讥笑我'胡思乱想'。他是科班出身，瞧不起我这种从基层干起的土老帽。"说到这里，老人怏怏不快地打住了话头。

"其实，丰富的经验是从教科书上学不来的。"小赵真诚地说，"您认为小胡庄刚刚发生的命案跟三十年前那个案子有联系吗？"

"不知为什么，这塑料狼齿咬痕，让我一下子就回想起三十年前的那起命案。尽管我也知道，女孩的继父现在当是七十多岁的老人了，他应该没有这个作案的能力。"

"您还能记住小女孩儿父母的名字吗？"

"记得，记得，小女孩儿母亲叫杨秀秀，继父叫袁少清。两人都是教师。我在案卷中多次提到他们的名字和职业。你们查过当年的案卷吗？”

小赵对此不置可否。马森的确没对他讲案卷丢失的事。

“当然，他们也许早就改名换姓了。”

“有这个可能。”

“不过，你们可以上网查，也可以通过周边县局的熟人查。我估计他们走不远，当年户口迁移不像现在这么容易。再后来，他们没了动静，人也上了年纪，应该也就安顿下来了。要是三十年前有互联网、摄像头什么的，办案就不会那么艰难了，一些案子也不会成为死案。”老人感慨万端。

小赵与老人互留了手机号码，握手告别。

七、不归之路

马森驾车一路追踪着摩托车留下的车辙而行。好在山区全是土路，也少有人行走，因此，细细的黄土上，摩托车留下的车辙十分清晰。

山路越来越陡，也越来越窄，有好几次拐弯时，桑塔纳轿车都险些偏离路基。马森无奈地把车子停在路边，并熄了火。

他心急如焚地打开车门，边用衣袖擦着满头满脸的汗水，边急急地搜寻着摩托车的辙印。毫无疑问，摩托车是一路狂奔地向着悬崖方向去了。

突发事件让马森措手不及地驾着一辆轿车，穿着一双硬头皮鞋就上路了。毕竟，凌晨从环山县出发时，他脑袋里装的全是与杨荷见面要问的诸多问题，他渴望能从杨荷那里弄清小女孩儿的真正死因。但他也知道杨荷不会轻易说出实情，否则，她就不会这么多年隐居小镇，销声匿迹。然而，不管此行与杨荷的对话有多艰难，他都必须全力以赴，他决不能让常晓源、江老太被害沉睡在一摞厚厚的档案里。打开杨荷尘封了三十多年的嘴巴，也就是为这两起案件辟开了一条蹊径。想到结局，又让马森有了一股跃跃欲试的冲动。

可以说，他是满怀着希望而来。不料，他在柳树镇的一条长长的小巷内找到杨荷居住的幽静院落时，两扇铁门扣上却穿着一把环形锁。

小巷口，一环卫工人说杨荷好像是出远门了，刚刚看见她坐在一辆摩托车的后座上，那摩托车一路驶向柳树镇通往山区的唯一一条土路。

马森边点头边在心里思忖着：现在还不到清晨六点，杨荷就出远门了？更大的可能，是她已经出事了，就像小胡庄的江老太一样。

小赵从退休老警察卢坚志那里带回来的“真经”，让马森看到了侦破“妖狼”一案的新契机。这一切，也都在印证着三案并查的合理性。

马森本想将小赵取来的“真经”电告正和卢伟一起在外查访的秦力，但考虑到案情的隐秘性及秦力的“忠告”，就又放弃了。

小赵回来的当天晚上，马森便窝在宿舍里上网，他点开了公安部的户籍信息网站，查找杨秀秀和袁少清的信息资料，遗憾的是查到的名字一串串，却没有一个人符合那对夫妇的条件。看来卢坚志说对了，他们确实已经改名换姓。于是，马森和小赵又各自给在周边县局的校友和熟人发去邮件，让他们帮忙查访杨秀秀和袁少清的下落。想不到，第三天便有了结果——马森的好友、兰南县局的文警官那边传来了好消息：接到马森的邮件后，做事认真的文警官根据邮件中提供的有限的几条线索，又电告了其在兰南县乡镇派出所工作的几个好友，柳树镇派出所所长很快就回电说，该镇有一对夫妇很像马森要找的人——他们搬来柳树镇的时间是一九八四年五月。年龄、职业也跟杨秀秀、袁少清吻合；两人曾分别在镇上的小学、中学教书，男人去世后，退休的女人仍独自生活在镇上。只不过名字不符。女人叫杨荷，男人叫袁文凯。

这真让马森喜出望外。文警官的电话是这天下午的五点半钟打来的，兴奋异常的马森当即决定连夜上路。可就在他放下电话，准备动身的当儿，手机又响了，于局长打来电话，让他晚饭后去会议室汇报案情进展。

从接到兰南县局文警官的电话，到凌晨独自驾车上路，已经过去了十几个小时。这期间，马森没跟任何人谈论此事，奇怪的是那个“妖狼”很可能又抢到了他的前面……

这样想着的时候，马森不由加大油门，朝着中年妇女指点的那条进山土路狂奔。

摩托车在死样寂静的山谷间穿行，轮胎辗压土路发出的沉重喘息声，显得分外刺耳。扬起的尘土像浓雾一样，在四周弥漫，透过烟尘，万物都屏气凝神，紧张地瞪大了眼睛，偷窥这搅乱了生存环境的不速之客。

摩托车在山腰的一处弯道旁停了下来。男人猛地扒开后座上老女人死死揽着他腰部的手，先从驾驶座上跳下来，然后，朝万籁俱寂的四周看了看，才将后座上惊魂不定的老女人拉下车。趁老女人坐在地上的当儿，男人把摩托车推到路边的树丛中，藏匿起来。

老女人眼巴巴地看着男人，希望他能说点儿什么。男人却双唇紧闭，上前拽起她，就往山顶上拖。

老女人一看就是那种养尊处优的类型。尽管六十多年的岁月在她的额头上刻下了几道浅浅的印记，却仍是明眸皓齿，头发依然乌黑水滑，皮肤白嫩细腻，透着红润的光泽。一路的长途奔波，老女人神情显得有些疲惫。她抬起保养得如少女般的纤纤素手，揉着被阳光刺得昏花的双眼：“这是在哪儿？”她问。

“你不记得这地方了？小胡庄南边的深夼。”

老女人哆嗦了一下。她慢慢挪开遮住眼睛的右手，用忐忑的目光看着男人，什么也没说。

“我就知道你早把这地方丢到脑后了。你是那种善于忘记一切不幸的人。对所有的人和事，你都秉持一个原则——只为自己着想，只为自己能够安逸地活着着想。”男人语气蛮横，目光冰冷。

老女人用眼角的余光瞟着男人，不由反唇相讥：“你为别人着想了吗？你为我着想了吗？这么多年过去了，你在哪儿？如果我不为自己活着，不活在自己营造的世界里，我早就因精神折磨而死。”

男人厌恶地瞪着她：“你还是这么自私，甚至对小夏的死都没有半点儿愧意。现在说什么都晚了。当年如果你能把小夏放在心上，如果你能不为肮脏的情欲而迁就怂恿那只色狼，结局就会是另一个样子……”男人的喉结抽搐得说不下去了。

老女人脸上的表情由平静变成了愤怒：“他有什么错？我又有什么错？是你杀死了小夏，是你亲手杀死了自己的妹妹！”

“是你逼我这么做的！我不能眼睁睁看着五岁的妹妹成了色狼纵欲的工具，我必须拯救她。”男人大声地嚷着。

老女人扭过头去，像是自言自语般：“你做到了。你送小夏去了天堂。那你还有什么可抱怨的？”

“真的吗？你真这么想吗？”男人先是咄咄逼人地质问，紧接着又绝望地连连叹气，“没错，她就是这么想的，她从来不让自己有半点儿负罪感，小夏是被狼咬死的，小夏的妈妈两手干干净净地扮演着伤心母亲的角色，再以后，就是一刀两断地遗忘，所以，她才能在小镇上像上等人那样安度着晚年。”

“你不也一样吗？你受到惩罚了吗？这些年，你不是活得好好的吗？倒是我，为了帮你掩盖罪行，不得不孤苦伶仃地一个人生活……”大概是想起了那段不堪回首的往事，老女人终于自哀自怜地抽噎起来。

男人并没被老女人的眼泪所打动，反倒更加恼火了：“我没有受到惩罚吗？你以为我活得好好的？你……我之所以把你带到这里，就是要告诉你，由于你——一个做母亲的自私和无耻，是如何毁掉了你的两个孩子。”男人感到了万箭穿心般的疼痛，不由哼了一声，“是的，小夏已经不在人世了，可我呢？我还活着吗？的确，我还活着，可我活在哪里？地狱！你亲手把我送进了暗无天日的地狱。我的整个人生都浸泡在没有未来的污水里。生不如死，这就是我的人生写照，没有人比我更深谙这句话的含义。”

老女人停止抽噎。她像是在凝神聆听男人的倾诉，脸上的表情开始急剧地变化。

有那么一会儿，男人也沉默了不语了。他看着脚下的悬崖，凝思了片刻，又开口了，但语气平静了许多：“对了，有一件事，我一直很迷惑，小夏让我‘送走’后，你为什么不选择报案？反而还要做出更恐怖的事。”

老女人的神情变得有些诡异，细长的眼睛眯成一条线状：“我全是为了你，为了保护你。我已经失去小夏了，如果再失去你……我不能没有你。当然，你是无法理解的，为了保护自己的孩子，身为母亲可以做任何违反常理的事。”

“真的吗？”男人用蔑视的目光瞪着老女人，刚刚熄灭的火焰又被点燃了，他冷笑了一声：“你说得比唱得还好听。那小夏呢？你保护她了吗？如果你想保护她，只需离开色狼就行。”

仿佛心底最神圣的东西给玷污了，老女人一下被激怒了：“谁是色狼？你说谁是色狼！我不许你污辱他！我不相信他会做出这样的事。我了解他是怎样的一个人，我从来都不怀疑他的人品。不错，我知道你爱你的妹妹，爱得痴狂，你是因为妒忌而疑神疑鬼，患了心病，开始妄想的。这就是我决不离开他的理由，没有他，我根本无法生活。我……有些事也许应该让你知道了，事情过去这么多年，我再也用不着遮遮掩掩了——四十多年前，我作为上海下乡知识青年，来到小胡庄插队落户。小胡庄是你外祖父抗日战争时期曾经战斗过的地方，他执意让我离开上海知青去往北大荒的群体，独自到小胡庄接受贫下中农的再教育。这里贫瘠落后的生活你也看到了，十七岁的我一个人住在一间四面漏风的破屋子里，没有电灯，没有书籍，没有可以交谈的朋友，孤独、寂寞，再加上粗劣的饮食和难以想象的繁重体力劳动，彻底摧垮了我的意志……为了得到小胡庄民办教师的职位，我委曲求全地嫁给了村支书的儿子，紧接着先后生下了你和小夏。尽管我和你父亲的结合动机并不纯洁，不过，你父亲包括你父亲的一家人都对我挺好，但你那虚伪的外祖父却一百个瞧不起他们，根本就不承认我和你父亲的婚姻。直到‘文革’结束，知青开始返城，他都不许我踏进家门半步。我留在了小胡庄，本来，我已死心塌地要跟你父亲过一辈子，偏偏，他从建筑工地的脚手架上摔下来，在镇医院躺了两天，便不治而亡。我是个弱女子，担不起照顾你们兄妹两个孩子的艰辛。这时，在镇中学教书，曾经追求过我的他朝我伸出了援手。他爱我，这是真的，他还发誓要把你们兄妹培养成有用的人才，也是真的。我，我也是非常非常爱他的。你强加于他头上的罪名，都是妄想症作怪。孩子，你有病，我不能把一个病人的话当真，反之，我必须保护他……”

“这回你算是说了实话。归根结底，你是为了保护色狼，是为了继续享受有人为你遮风挡雨的日子。如果你报案了，丑闻立刻会风传开来，诱奸幼女的色狼也难逃坐牢的厄运。所以，你发疯般地张开大口，咬住了你亲生女儿的喉管……”

老女人像是被一场暴雨冲刷的泥胎，訇然溃败，她瘫倒在地，把头伏在膝盖上，小声哀求着：“别说了，求你别说了！”

“你终于如愿以偿了。小夏死了，心头隐患被送到了远在数千里之外的上海，这个祸根等于连根拔除了，从此，你可以开开心心、高枕无忧地和色狼一起夫唱妻随地生活了。”

“哦，孩子，”老女人带着哭音说，“我知道你一直为此怨恨我。可我实在没有别的办法。我不能把你留在身边，那样的话，事情迟早都会败露。为让你外祖父收留你，我甚至在他面前整整跪了一天。还有，为弄到一个上海户口，让你能像上海孩子那样上学读书，我的亲人们动用了一切可以帮上忙的关系，连你的外祖父都卑躬屈膝到了极点。”

“是吗？这么说我还应该很虔诚地说一句‘谢谢你’。”男人的语调冷酷得像嗖嗖作响的刀锋利剑，“甚至还要向色狼深深地鞠一躬。只是，色狼他现在哪儿？你们为什么分开了？这些年，我从南方到北方，煞费苦心地一点一点地靠近事发地，就是为了找到你们俩。”

老女人的嘴唇动了动，像是要哭的样子：“你不用找他了，早在十二年前，他就去世了。是死神将我们分开的。”

“真的吗？这太遗憾了。他应该由我亲手送往地狱才对。”男人咬牙切齿地说。

“你不应该活在仇恨里。要恨，你应该恨你自己的年幼无知，恨你病态的占有欲。”老女人也愤愤地说。

“这就是你自我解脱的理由？”

“事情都过去三十年了，小夏也许在天堂过得很快乐，她早就把我们忘了，可你还活在那事的阴影里，为那事纠缠不休。你的一生该怎样度过，是你自己的选择。你满可以选择另一种活法，忘记过去，轻松地前行。你的先天条件很好，仪表堂堂，天资聪颖。你的所有任课的老师都非常喜欢你，都认定你会有一个远大的前途，光明的未来。遗憾的是，你选择了黑暗。这怨不得我，怨不得任何人……”

男人断喝一声，粗暴地打住了老女人的话：“你……闭嘴吧！从现在开始，我再也不想听到你的声音！明白吗？你的每一句话都让我恶心！”

老女人的嗓音颤抖着，极力躲避着男人的目光：“可我还能说什么？你想让我说什么？”

老女人张了张嘴，突然害怕起来，她惊恐地四下看着，当目光与悬崖下的深谷相接时，她的两腿不由筛糠似的抖动着。她几乎是哀怜地嗫嚅着：“孩子，如果你认为那都是我的错，是我害了你和小夏，我……请你原谅……”

老女人恐惧地抽泣起来。

“太晚了，现在你说什么都晚了！何况你满嘴的假话连篇。你可真不愧是教语文的老师，故事编得有板有眼，滴水不漏。可有一点，你是无法解释的，那就是这些年你和色狼为什么要隐姓埋名？你们在躲避谁呢？心里没鬼，为什么不敢直面自己的亲生儿子……苍天有眼，让我终于找到了你！我真的不想再跟你费口舌了。”男人抢上前，扯起老女人的胳膊，将她拖到悬崖边。

老女人努力止住哭，脸色如纸般苍白，她倏地扭过头，与男人对视着：“你……也要杀死我吗？杀死你的亲生母亲？”

“没错。”

“天哪……小春……”老女人发出一声撕心裂肺的哀号，

“救命啊！救救我！”

八、无法挽回的悲剧

一条弯弯曲曲的摩托车辙，在山腰消失了。的确，再好的骑手也很难登上山顶。然而，马森在山腰既没找到摩托车，也没发现车主。他正狐疑地四处张望着，就听见山顶隐隐传来怪异的声音：哭中带着喊，悲中夹杂着绝望。马森立刻明白自己马上就要与劫持了杨荷的凶手遭遇了，这让他浑身上下的每个细胞都绷紧了。

迎着正午耀眼的阳光，马森忙手搭凉棚，朝声音传来的方向望去。于是，他看见了悬崖边的两个一高一低的身影。有那么一会儿，像是遭了雷击般，他的脑海里一片空白，过去、现在和将来，仿佛摁了删除键般，变成了一张白纸。愣怔了半天之后，白纸上开始有笔画在跳动，是问号，无数个问号，重重叠叠——秦力，那个居高临下摁住另一人肩膀的身影不就是秦力吗？他怎么会在这儿？蓦地，仿佛有一道闪电照亮了脑海中那片笼罩在雾霭中若隐若现的地带，一个个问号随着雷鸣般的炸响，变成了一个个答案，清晰地在他的脑海里排列开来：常晓源遇害案现场没有留下任何作案痕迹——而秦力是第一个出现在现场的刑侦警察——紧接着，小赵讲起从胡老师那里听来的三十年前小女孩被狼咬死的惨案——不待马森将寻访知情人的计划实施，江老太遇害——此间，秦力对连环杀手的一番入骨三分的分析，让马森已觉察出凶手似乎就在附近。因此，他独自去查阅一九八二年的旧档案，秦力却把一份残缺卷宗推到他的面前——正如秦力在专案组会议上坦诚的那样，他始终在跟马森玩游戏，出谋划策、处心积虑，设计一个又一个“希望的亮点”，一旦马森靠近，他便抢先一步。接下来，又是在兰南县局文警官的帮助下，找到杨荷的下落。奇怪的是，这一次，秦力又是怎么得到消息的……

然而，眼前的险境却没留给马森多少反思的时间，眼前的一切也验证了秦力所言：凶手已失去了自制力，变得越来越残暴。什么雨夜、狼齿痕，这些作案模式统统抛弃，杀人成了唯一的目标。

“秦力——住手！”马森竭尽全力朝悬崖方向呼喊着，边喊边向着山上攀登。

由于是背对着阳光，秦力扭头便看见了正往山顶跑来的马森。与此同时，杨荷的求救声越发尖厉起来。

“别上来！”秦力一反常态，凶狠地朝马森做了个决断的手势。

马森不得不停下脚步。此时，悬崖已近在咫尺，他已能看清秦力那张曾是英俊的此刻却已扭曲得有些陌生的脸，但他不敢贸然上前。马森很清楚一旦对方认为你违反了他的游戏规则，即刻会变得多么凶残。

“好的。我就站在这儿。”马森极力让语调显得温和、亲切。

“喏，马警官，我把‘妖狼’逮到了。这个曾是我母亲的女人，就是你要找的‘妖狼’。”秦力一把将老女人的头扳过来，朝向马森。

“你的母亲？”看着老女人惨白如纸、失魂落魄的面孔，马森不由一惊，“秦力，能否告诉我，这是为什么吗？你知道，我不敢相信你就是……”马森终没说出“妖狼”两个字。

见马森不再向上攀登，秦力的情绪也平稳了许多：“你不明白，你不会明白的。”

“的确，我不明白。我想知道你想宣示的……动机。为什么？”马森下意识地省略了“杀人”二字，却不由加重了语气。

也许撕扯的双方都累了，也许马森的到来，让杨荷以为自己将会得救，因此，她已不再呼号，而秦力也慢慢地从她的肩上挪开了一只手。他直起身子，甚至轻轻吁出一口气。他的眼睛依然泛红，却像着火一样，有亮晶晶的光点在燃烧着。

“我是为了把常晓源从色狼的口中拯救出来。事情明摆着，那女孩儿很害怕很担心随母亲去继父家，那就是入了狼口。遇到这样的女孩儿，我义不容辞地要拯救她。”

“你是怎么做到的？我指的是常晓源从舞厅跑出来后，深更半夜地，怎么会跟你来到这里？”

“其实，当时我就在舞厅外。”

“你跟踪她？”

“是的。你忘了案发时我正在休假。”

“为什么？”

“又是为什么？其实事情很简单。网络这么发达，我又是这方面的行家。我在一个“红蔷薇的眼泪”网站发现了她，也可以说是找到了她，她每天都上来哭诉自己糟糕的处境。就在那天晚上，她留下了即将随母嫁人的信息，并表示自己很害怕，不知道那个该死的继父会是怎样的一个人……跑出舞厅后，这个外强中干的女孩儿就蹲在街角的黑暗中哭泣。我驾着摩托走过去，对她说，来吧，上车，我带你去兜风。她就这么乖乖地上了我的车。于是，我载着她从没有摄像头的小巷冲出县城，又沿小路狂奔……其实，她死得并不痛苦，因为，我就像对我的亲妹妹那样，下手极其温柔……”

马森“唉——”了一声：“秦力，我怎么也不会想到凶手居然是你！你是一个很称职的刑侦警察，有着光明的前途和未来，我真是为你感到惋惜啊！”

“生活就是这么残酷。三十年前，十二岁的我，为了拯救我可怜的妹妹，不得不……亲手杀死她……”他边呜咽着边讲述着那不堪回首的往事。而后，便用鄙视的目光久久看向杨荷，咯吱咯吱地咬着牙关。

一个家庭的罪孽竟然隐匿了这么多年——性侵继女的继父，杀死妹妹的哥哥，咬住女儿喉咙的母亲……这一切让久经沙场的马森也感到了无比的震惊，但他仍努力保持镇静，决定利用这难得的时刻说点儿什么。

“秦力，你和妹妹童年所遭遇的不幸，太让人痛心了。只是，将结束生命作为解决矛盾的手段太过极端。你妹妹和常晓源……按你的话说是得到了拯救。那江老太呢……还有你的母亲，你都没给她一个辩解的机会。无论她的罪恶有多深重，你也没有将她置于死地的权利。这你当然懂得……”

“江老太是我完成拯救之路的障碍，必须扫除！”秦力粗暴地打断了马森的话，用手指着杨荷，“对她，我有这个权利。我当然有这个权利，她——咬死了我的妹妹，毁了我的生活，她必须付出生命的代价。说到这里，我还应该感谢你，马警官，因为是你帮我一步步找到了她。”

“我不明白你的意思？”

“为了找到隐名埋姓的她，我从南方辗转到北方，想不到得来全不费工夫。就在昨晚，我从小胡庄回来，去招待所找你，想了解你下一步的动作，无意当中发现了兰南县文警官给你发来的邮件……”

这么说文警官打完电话后，又发来了邮件？

“其实，是你偷偷地打开了我的电脑！”马森的语气里有了愤怒的成分，“你竟然……”

“我告诫过你，不要相信任何人，包括我在内。”也许是记起了马森对自己的信任，也许是良心受到了谴责，秦力的嗓音霍地变得柔和而富有磁性。“对不起！马警官，你是个好兄弟，更是个好警察。如果不是这多舛的命运，我真想一辈子和你做搭档。”

听着秦力这番真情流露的话，马森忙接上去说："一切都还来得及。我想上去和你谈谈，行吗？就像一对好搭档那样交谈。"

有那么一会儿，秦力像是在思索，随即，他突然爆发了，嘶哑着嗓音开始咆哮起来："你他妈的想好事，谈谈，谈什么？有什么好谈的？我们之间有什么共同点？我是连环杀手，你是警察，水火不容的两个人。"他终于撕下了双面人的假面具，还原成了杀人魔鬼的嘴脸。与此同时，他再次扭住了一直跪在悬崖边的杨荷的胳膊，"我们走吧！"

"你……小春，我们要去哪儿？"杨荷战战兢兢地问。

秦力朝崖下用力地劈着另一只胳膊："天堂！去和小夏团聚。我本打算让你一个人先走，因为我还有许多女孩儿需要拯救。这倒霉的生活，导致了太多的离异家庭，我不能眼看着那些可悲的女孩儿投向狼窝。遗憾的是，我的计划让山腰的那个人给打乱了……那就一起走吧。"

马森则不顾一切地向着悬崖上攀登。然而，一切都无可挽回了——随着杨荷的一声惨叫，两个身影就像两片树叶般朝着崖下跌落，无声无息地跌落。

"秦——力——"马森用尽平生力气喊了一声，然后才颓丧地掏出手机，他先拨通了于局长的电话，请求增援。在等待后援警力的当儿，马森又拨通了文警官的电话，向他通报了案情。

"你终止了连环杀手的杀戮罪恶。否则，他还会继续杀人的，并且会越来越疯狂。"文警官说。

"可是……"

"听得出你很自责。但不是所有的悲剧都能挽回。马警官。"末了，文警官以劝慰的口吻说。

"不是所有的悲剧都能挽回。"马森仰头凝视着头顶之上的悬崖，在心里久久思忖着文警官的话。

妖 鼠

一、为什么

两个民警搀扶着醉汉般脚步踉跄的男人，把他带到躺在湖岸边的溺水女孩儿身旁。

“是她父亲？”

刘凯将探询的目光投向正在接受警方询问的报警人田医生。

“是他。李启明。”

刘凯带田医生快步赶了过去：“李先生，请打起精神，确认她是不是你的女儿。”

男人用痴呆呆的双眼瞪着面前的尸体，突然两腿一软，瘫倒在地上，可他还是一点一点地往前爬，嘴巴张得大大的，许久才哭出一声：“为——什——么？我想知道这是为什么？小冬，告诉我到底是为了什么？谁能告诉我？为什么？为——什——么——”男人用嘶哑的嗓音大声喊着。

刘凯的眼睛就在这不经意间变得一片模糊，泪水遮住了他的视线，那个静静躺在水晶湖边的女孩儿变成了一团白雾。唉，正值青春年少，到底是为了什么，走上了这条不归路？

这个名叫李小冬的女孩儿，今天清晨被遛狗的田医生发现漂浮在湖面上。确切地说，是她的小狗虎丽捕捉到了湖面的异样。住在月季花园的田医生喜欢在黎明时分到水晶湖边遛狗。这天，以往跑前跑后的小虎丽突然趴在水草旁不动了，她急回头看——晨曦中，一个火红的东西在湖面上轻轻地荡来荡去。瞬息的紧张过后，田医生用手机拨打了110报警电话。

李小冬被救生员一拖上岸，田医生就赶上前，准备施救。然而，她只看了一眼，便惊叫起来："天哪，怎么会是她？李小冬，白云第七中学高三（4）班的学生。她爸爸叫李启明，她妈妈叫王秀芳。"

田医生一口气说出这一串名字，把旁边几个警察都搞糊涂了。

"你和她家……"刘凯问。

"她妈妈是我们康复医院的病人。好几年了，小冬和她爸常去探望。我想不明白这孩子为什么要这样！她妈妈的病已基本好转，再观察一个星期，就准备出院了。"

"你有她父亲的联系电话吗？"刘凯忙问。

唏嘘不已的田医生费力地点了点头。

开长途货运的李启明经年在外奔波劳顿，他身材高大魁梧，皮肤黝黑，满脸胡子拉碴。女儿的溺水，让这个健壮的汉子精神几近走向崩溃的边缘。才一天一夜的工夫，眼窝便深陷进去，头上的白发也添了许多。

李小冬的溺水，按法医的鉴定报告，做自杀结论是没有问题的。但技术人员勘查现场时，在潮湿的灌木丛中获取的一枚四十四码耐克运动鞋印，让警方欲罢不能了。由此，在自杀还是他杀都不明朗的情形下，白云刑侦支队成立了以刘凯为组长的专案组，首先围绕着李小冬的亲朋和七中高三（4）班展开调查。

遭遇不幸，还要面对警方的询问，看似苛刻，却又是谁也无法忽略的程序。刘凯和马森必须找到李小冬溺水的原因，尽快写出结论报告。

好在李启明在外地的姐姐已经赶了过来，朴实的中年女人忙前跑后，让这个失去爱女的家显得不那么清冷、凄凉。

“除了她，我还有什么呢？出车在外，风里雨里，被呵斥，被罚款，吃尽了苦头，一想起她，就什么都不在乎了。”李启明双手蒙脸，眼泪从指缝间溢了出来，“这下，我老婆的出院也遥遥无期了，唉……”

简陋但并不凌乱的小客厅里，一台落地电风扇呼呼地开着。离正午还早，室内温度并不高，两位警官难耐的是这令人窒息的气氛。三个男人对坐无言，李启明的呜咽声，也让刘凯湿了眼眶。人到中年，女死妻疯，这个男人将要面对的生活让人不敢往下想。

姐姐用一个塑料托盘端来三杯茶，放在茶几上。然后轻轻拍了拍弟弟的肩膀：“好啦！好啦！警察同志还有好多事要忙，你就先忍忍吧！”

姐姐哄孩子似的温言温语终于让李启明止住了哭。他挪开捂着脸的大手，难为情地搓着。

“尸检报告已经出来了，没有外力伤害的痕迹，没有性侵，现场勘查，暂时也没发现有价值的线索。等打捞员找到你女儿的手机，也许能得到更多信息。”马森边打开笔录本边缓缓地说。

提到手机，李启明的眼里又注满了泪水。

“手机是刚买的苹果四，降价处理的，可她还是欢天喜地，像是得了宝贝。她是个活泼开朗的孩子，爱说爱笑。不错，她妈妈进康复医院好几年了，这对她不能说没影响，有时也会抹眼泪，不过一哄就好，她就这么个习性。听田医生说，妈妈很快就能出院，她那个高兴劲儿啊，恨不能让全世界都知道……难道她不想让妈妈回家？不愿和妈妈生活在一起？难道是我太粗心，这么多年，都没看清楚孩子的心思？她在我面前的快乐只是装出来的，只是为了让她常年在外辛苦劳作的爸爸高兴，却把更多的苦装在心里？我是个不称职的爸爸，这我知道，不仅给不了她好的物质生活，就连和她一起吃饭散步聊天，都少得可怜。”李启明内疚地喃喃着。

“你带她去过水晶湖吗？”

“去过一次。很偶然的机会。年前我从外地带了些土特产给田医生。那天她轮休，在水晶湖遛狗，我俩就找了过去。”

“七月十六号，你是几点回到家的？”马森又问。

“上午九点多钟。去公司刚交完车，手机就响了。”

“十五号夜里，你住在哪儿？”

“住在坊县城外的一个小旅店。叫什么来着？多福来，对，就是这么个店名。其实，也没睡几个钟头，晚上十点多住进去，凌晨四点就上路了，急着往家赶。”

“你最后一次和女儿通电话是什么时间？”

“我入住旅店后，给她发了一条短信，告诉她明天上午到家。她没回复，我也没多想，以为她已睡下了。”

“你和女儿吵架吗？”刘凯像是突然想起来了。

李启明怔了一下，便承认了：“吵过。”

“都为了什么事？”

“鸡毛蒜皮，琐琐碎碎。我真的记不清了。”

“最近一次吵架你总该记得吧。”

“最近一次？哦，想起来了。她有一个好朋友叫江琳琳，两人自小学开始一直是同班同学。小冬对江琳琳很崇拜，那劲头儿真像粉丝眼里的歌星，到了是非不清、盲目服从的地步。小冬认为班里女生孤立江琳琳，是妒忌江琳琳家有钱。我说一个巴掌拍不响，江琳琳可能也瞧不起家境不好的同学。就为这，我俩便低一句高一句地争论起来。我并不想干涉小冬跟谁交往，只是希望她能有独立的人格。”

马森在笔录本上记下了江琳琳的名字。

“你女儿有什么心事，会告诉江琳琳吗？”马森拨弄着手里的笔套问。

“我想她会。女孩儿大了，总有些事情不方便对父亲说。”

“我明白了。”作为另一个女孩儿的父亲，刘凯心有灵犀地淡淡一笑，“你知道江琳琳的住址吗？”

“知道。也是环山北路，不过，512 号在最北头，到郊区了。是盖在山根上的独栋别墅。”

“谢谢你。”

“我们可以看看你女儿的卧室吗？”

刘凯的这一请求，让李启明顿露难色：“我说过，我这个做父亲的很失败。为给妻子筹钱治病，我把原来两室一厅的房子卖了，换了这个一室一厅的鸽子笼。小冬没有什么卧室……”说到这儿，李启明的嗓音又哽咽了，“一间小屋，她和我轮流住。我出长途，她睡里屋；我回来了，她就睡客厅的折叠沙发。”

李启明站起身，打开半掩着的小屋房门。

小屋大约有十平方米，一张单人床，一个写字台，一个壁橱。所有家具一目了然。

刘凯翻看着写字台上一摞小冬的课本和作业本。没有课外书，书本中间也没有夹带任何具有个人色彩的文字。

李启明坚持送两位警察到门外。

“你请回吧，多保重！”刘凯说。

李启明仍站在门口，目送两个警察离去。

“这个家的确是完了。”马森感慨万千，“不知为什么，我有一个奇怪的想法，如果李小冬不是自杀，也许李启明的心里会好受些，至少，他不会这么自责。”

“对了，你留意他脚上黑便鞋的码数了吗？”

“四十二码。我一进门先目测了他的脚。”马森又补上一句，“你怀疑他吗？”

“我们还有许多细活要做。坊县的多福来旅店要派人跑一趟，运输公司这边也需要确定一下时间。”刘凯模棱两可地应了一句。

二、孤独的心

环山北路位于近郊，不依海，但靠山。地处偏僻，少见楼群，形不成小区，多是上下两层的独栋别墅，零零散散，一家一户自成院落。

可能是年龄的原因，人到中年的刘凯对独栋别墅没有什么好感。在他看来，两三口人住在三四百平方米的宅子里，应该是既孤独又不安全的。年轻的马森却喜欢别墅的舒适和私密性。他俩就这样讨论着来到了环山北路512号。

“请问，这是江琳琳同学的家吗？”站在一座独栋别墅的门外，马森边按门铃边彬彬有礼地问。

门内的门链搭扣拉开了一道缝，一个面容姣好的中年女人站在里面。

“你们是……”中年女人疑惑地看着门外两个穿便服的男人。

马森掏出警官证：“我们是白云刑侦大队的警察，刘凯、马森。”

“哦，是警察先生！”门链哗啦啦一阵响，门开了。中年女人客气地将两位警官带到客厅里，并请他们在沙发上落座。

“应该怎么称呼你呢？”还是马森问。

“我叫江枫，是江琳琳的妈妈。”江枫微笑着说，“要喝茶吗？”

刘凯连连摆手。

刘凯上下打量着这个衣着考究、举止优雅的女人：“江女士，李小冬溺水的事，你应该已经听说了？”

“信息时代，无论好的还是坏的消息，都会不胫而走的，不是吗，警察先生。昨天上午，七中高三（4）班家长们的微信圈就传开了。”江枫神情不由黯淡下来。

“噢。家长们在微信上都说了些什么？”

“说什么的都有。”

“你怎么看呢？”

“应该是自杀吧！也许你们已经知道了，那孩子的妈妈……小小年纪却压力山大，小冬太不容易了。”江枫的眼圈红了。

刘凯点点头，不是肯定也不是否定，只算是一种回应：“听李小冬父亲讲，李小冬和你女儿很要好。”

“啊，是的，她俩关系不错。”

“你女儿在家吗？我们想跟她谈谈。”

“她在后院看书，要我喊她进来吗？”

“如果你不介意的话，我们想去后院和她单独谈谈。只是例行问话，七中高三（4）班男女生都要谈一遍。”

“没关系。那你们去吧！”江枫指了指客厅一侧的后门，“不好意思，警察先生，我工厂有些事情急需处理，失陪了。”她说着，就拎起了放在沙发角的手提包。

马森和刘凯站起身，朝着后门走去。

女孩儿坐在杨树下的一把竹编摇椅上，身体来回晃动着。她赤着双脚，粉色亚麻拖鞋像是用脚甩出去的，一只与她相隔有二三米，另一只有三四米。女孩儿耳朵里塞着耳机，眼睛微眯，想是在听心仪的音乐，神情是那么悠然自得。一只小鸟驻足在杨树的枝杈上，偷偷地窥视着渐渐走近的不速之客。它锁住歌喉，躲在浓密的叶子后面，小爪稳稳地钉牢在枝杈上。小家伙有点儿不知所措，黑眼睛里充满了惶恐。

女孩儿对两位警官的到来却浑然不觉。不用问，音量开得太大，她又听得太专注。

刘凯和马森来到摇椅旁时，受惊的小鸟倏地飞走了。

终于感到异样的女孩儿，这才取下耳机，塞进衣袋，慢慢抬起头来。

女孩儿上身穿一件欧莎字母印花黑色短袖T恤衫，身前有两只大口袋；下身穿一条李牌牛仔裤。这简简单单的打扮，再配上脑后的小把子辫，显得既清爽又洒脱。她个子不高，比溺水的李小冬至少要矮五公分。偏瘦的身段看上去比较小巧，精致的五官尤其那双又圆又亮的眼睛，也为她增加了不少颜值。

马森掏出证件：“如果我没猜错的话，你应该就是江琳琳同学吧！”

“我是江琳琳。你们是警察叔叔？”女孩儿从摇椅上站起身。在陌生人面前她显得落落大方。

小院有近二百平方米的样子，零星地长着几棵后天移栽的杨树，没有种植花草，石板铺成的甬道上散落着星星点点的小石子。三人在杨树下席地而坐，马森将笔录本翻开新的一页。

“是小冬爸爸让你们来找我的？”

马森和刘凯对视了一下：“没错，在谈到李小冬时，他多次提到你……”

“其实，他一直反对小冬和我交往。”

“为什么？”

“自卑加红眼病，自己没本事，又看不得别人好。”

“这些你是怎么知道的？”

“小冬告诉我的。”江琳琳捡起一颗小石子，“随他去！我和小冬都不在乎。如果我们在乎，就会被人踩在脚下。在高三（4）班，我们俩……我们俩本来就是边缘人。”毫无征兆地，她狠狠地将手里的石子扔向杨树。

“边缘人？”

“就像卡夫卡和凡·高，为世人所不容，独处仅属他们的‘鼠洞’中。我和小冬则为高三（4）班所不容。”

“这为什么呢？”

“因为我们的家庭都有问题。我是单亲家庭；小冬的妈妈患有精神病，长年住康复医院……算了，不说了。”愤懑让她欲说还休。有两颗亮晶晶的东西在她眼里闪烁，她扭过头去，避开了两位警察的视线。

“你喜欢读卡夫卡的作品？”待江琳琳回过头，重新直视他们时，刘凯岔开了话题。

“喜欢。只要能买到的，我全读过。”

“李小冬呢？她也喜欢读卡夫卡吗？”

“是的。就因为爱好相同，我们才成了最好的朋友。”

“你熟悉的李小冬有自杀倾向吗？”马森直截了当地问。

江琳琳凝神思索了一会儿：“她有吗？如果孤独是一种自杀的理由。”

“孤独？”刘凯重复了一句。

“是那种灵魂深处的孤独，那种与恐惧联系在一起的孤独。你们警察肯定不会有这种感觉。”

“偶尔也会有那么一点点。大多时候，案件一个接着一个，你根本没时间孤独。”

“这真让人羡慕啊！而我和小冬，几乎每时每刻都被孤独包围着。往往，半夜从噩梦中醒来时，茫然四顾，感觉自己仿佛置身于空旷的阔野里，无依无靠。”

马森不禁被女孩儿强烈的孤独感所震撼，他张了张嘴，想说点儿什么，江琳琳却没给他机会：“我毕竟还有妈妈，小冬呢，大多时候都是一个人。小冬曾经问我：我们为什么要活着？我们活着的意义何在？”

“你是怎么回答的？”刘凯问。

“我觉得这样的情绪很危险，却无力开导她，反而和她产生了共鸣。”江琳琳不无懊悔地低下头。

就在这时，她衣袋里的手机响了，一个嗓音颇有磁性的外国男歌手声情并茂地唱着。

“胡里奥的《鸽子》。”酷爱音乐的马森情不自禁地小声嘟哝着。

“不，是我妈妈。她总是这样，人刚出家门，电话也就跟着来了。”江琳琳对来电颇有微词。

刘凯诧异地看着她：“你不接吗？”

她把手放进衣袋里，却没有掏出手机。歌声戛然而止。可能不想再被打扰，她在衣袋里摸索着关机了。

“请继续吧！”她说。

“很快就完。”刘凯随即从衣袋里掏出一张名片，递给江琳琳，接着问道，“李小冬溺水那天下午，你和她在一起吗？”

“没有。”

“你在哪儿？”

“我在妈妈的工厂干活。”

“李小冬经常到你家来玩吗？”

“以前常来。这个暑假，我们各有各的事情要忙。”

“哦。”

“你也去李小冬家玩吗？”

“不。我很少去她家。”

两个警察一齐用不解的目光望向她。

“我就直说吧。她家住得条件太差，跟我家没法比，我不想让她难堪。”

“你有多久没和李小冬碰面了？”

“多久？也说不上多久。对了，暑假第二个星期天，我们还一起逛过书店，在那里泡了三个多小时。”

刘凯对书店的话题很感兴趣，又穷追不舍地问：“光泡不买吗？”

“也不是为了蹭书看。小冬要买一本有关精神病遗传方面的书，所以，她一直在卫生健康书架前翻找。”

“买到了吗？”

“买到了。”

“什么书名？”

“我忘记了。应该是一本学术专著吧。那天她好像很不开心，一副心事重重的样子。买到书后她才告诉我，听医生说，她妈妈患的是心境障碍精神病。心境障碍是遗传性很高的精神病，如果父母中一方有心境障碍，子女就有27%的患病概率。”

“哦哦。”刘凯边应着边想，这也许就是压倒李小冬的最后一根稻草？他记起一部曾获奥斯卡金像奖的瑞典影片《犹在镜中》，片中的女儿正是由母亲遗传，成年后，无法遏制地演绎着当年母亲变疯后的言行举止。人在恐惧中时，会无限度地放大危险性，虽然子女患病的概率只有27%，李小冬很可能把这个数字扩大了好几倍。

“她说她很害怕，担心有一天，会像妈妈一样……”江琳琳神色凄然。

“这事还有谁知道？”

“在高三（4）班，她只有我一个朋友。”

“她父亲知道吗？”

“应该不知道吧！他是个开大货车的粗人。”江琳琳的语气里满是不屑。看来她和李启明互抱成见。

“平时你们怎么联系？发微信吗？”过了一会儿，马森问。

“对。有时也会在微信上聊天，语音啊、视频啊什么的。”

“李小冬最后一次给你发微信是哪天？”

“我记不太清了。”

“我们想知道确切的时间。你查查看。”

谈话一直都很顺畅，但马森这样要求时，江琳琳迟疑着，似有难言之隐，半天才吞吞吐吐地：“已经查不到了。我……我不知道自己这样做对不对，可我还是这样做了。一接到小冬出事的微信，就把和她的聊天记录全部清除了。这也是我妈妈的意思。她说留着一个死人的微信太不吉利，也很恐怖。”

“是这样啊！”

江琳琳愧疚地颤声说：“对不起。请谅解。家里只我和妈妈两个人，这么大的别墅，白天倒也没什么，夜晚很空洞，任何一点儿响声都会引起不安。一个发生意外的朋友的微信如果还留在手机上，就好比她就躺在你枕边一样。”

马森与刘凯心照不宣地对视了一下。因这验证了刘凯的理论：两个女人住独栋别墅，安全系数的确很低。

大概江琳琳以为自己说了不该说的话，她站起身，突然焦躁不安起来：“还有要问的吗？”

“没有了。只是别忘了穿拖鞋啊！”刘凯提醒她。

三、自酿的苦酒

专案组其他成员从七中高三（4）班带回来的信息，真是五花八门：自杀说、他杀说、魔咒说、精神分裂说……同学们口中的李小冬也是百变千面。有人说她活泼可爱，有人说她没心没肺，有人说她缺乏教养，有人说她口无遮拦，也有人瞧不起她。最严重的是一个名叫李梅的女生，指责她巴结江琳琳，就像江琳琳的一条狗。从这海量的信息里，当事人简直是面目全非。倒是班主任孙老师比较客观，她说，小冬就一个挺普通的女孩儿，没哪方面太出类拔萃，也没什么大毛病。小毛病是有的，比方说她去办公室，常常忘了敲门；她去你家，很少预约，而是想来就来了。她说话总是高声大嗓，不懂得收敛。我想，这与她从小没有母亲在身边指导有关。有些同学就是鸡蛋里挑骨头，看不惯她爱说爱笑，认为她妈妈都那样了，她就该成天愁眉苦脸、以泪洗面。反过来说，这证明小冬的内心足够坚强，没有因家庭的遭际被压垮。作为老师，我倒是很喜欢她这一点。至于李梅指责她是江琳琳的一条狗，这是殃及池鱼了。其实李梅是对江琳琳不满，你也知道这些年社会各阶层贫富差距拉大，富家女的骄横奢华往往让穷孩子心理失衡。平心而论，李小冬不是那种趋炎附势的女孩儿。我想，退回几年，江琳琳家也富不到哪里去。她父母离异后，母亲带着她独自生活，日子也够难的。家访时，她母亲跟我聊起当年的艰辛，还是眼泪汪汪的。总之，无论什么人什么事，都有他的前因后果。小冬总不能因为江琳琳家富裕了，就疏离她吧。那么，李小冬到底会不会自杀？提到这一悬案，就连挺有智慧的孙老师也说不出个所以然来：我觉得她不会。在我的印象中，李小冬就一说说笑笑的模样。人心隔肚皮，坚强的外表也许包藏着一颗脆弱的心，谁知道呢？

总的来说，这一圈话问下来，只有江琳琳和孙老师说得还比较详细靠谱。但在李小冬到底是自杀还是他杀的问题上，还是难下结论。手机打捞无果，业已停止了打捞。现在唯一的线索就是追踪到那枚四十四码鞋印了。

刑侦大队不少人已默认自杀说。私下里，大家都在等待着刘凯写结论报告。然而，刘凯的心思谁也摸不透，他仍在按部就班地调动着各路人马，有条有理地布置着调查任务。

“还要继续吗？”待办公室只剩下他们两人时，马森问。他可不想看着老搭档栽跟头。除了鞋印再无他杀线索，自杀的理由却渐显清晰。如果继续兴师动众地调查，倘若凶手子虚乌有，岂不授人以柄？

刘凯语气平静地回答：“无论如何，也要等鞋印查出结果再说。”

“这可是个大工程。在茫茫人海中做鞋印比对……万一鞋印不过是游人留下的呢？”

刘凯把两页打印稿递给马森：“肖建国和曲世杰干得不错。他们还写了报告。很认真的两个家伙。”

马森小声读着“报告”——我们围绕着从湖边潮湿灌木丛中采的耐克运动鞋印，展开了大范围的调查。现已查明白云市区共有三十七家耐克鞋专卖店，在就近的凯东店，我们用鞋印和实物做了比对。这是一款新上市不久的运动鞋，黑白纯色帆布面，白边，黑底，波浪花纹，跟部是一个白色的耐克标志。据店主介绍，买四十四码鞋的人并不多，该店进了二十双，到现在仅卖出去三双。这让我们看到了希望，又对白云三十七家专卖店的进货记录做了归纳和排除，最后确定本市有七十二人在穿这档同款同码鞋。下一步，我们首要的调查对象，还是七中的男生及与李小冬有交集的其他人……

“调查的路子没错，只是，恐怕不止七十二双吧。要把七十三七十四甚至一百双考虑进来，出差旅游在外的人，随手购双鞋，并不是难事。”马森把“报告”放到桌子上。

“没错。我会提醒他们。”

“得抓紧点儿，压力会越来越大。在市里办案，人多嘴杂。”

“我知道。”刘凯用感激的目光看着马森，“你相信预感吗？”

马森不置可否。

“我相信。”刘凯说，“虽然这种感觉还很模糊，但我确信李小冬的溺水，决非表相那么简单。”

“问题是，李启明的几个疑点已澄清，再也找不到其他嫌疑人了。”

刘凯微笑着：“要沉住气啊！”

谁也没想到，在电脑前查看监控录像的杨丽丽，竟给案件的侦破带来了峰回路转——这个走出警校才两年的女孩儿，对刑侦有着极大的兴趣，亦是玩转电脑的高手。在专案组里，算是一等大忙人。

杨丽丽是从取自月季花园附近一家小超市的监控录像中，发现那辆可疑宝马车的。就在李小冬溺水那天的凌晨时分，这辆车牌清晰可见的宝马车缓缓驶向小区的大门，很快地，又原路返回，停在了路边，一个身着灰白条纹T恤的男子下车后，径直向水晶湖边走去。过了二十分钟左右，男子又重新出现在画面中，他一改此前的犹豫不决，匆匆忙忙地打开车门，车子刚刚发动起来，就一个急转弯，朝着市里飞驰而去。

杨丽丽扬起细长的眉毛，异常激动地冲进刘凯的办公室，喜形于色地嚷着："组长，找到凶手了。这人的出现和李小冬的死亡时间相差无几。看录像，我没法确认他穿多大码的鞋，如果是四十四码，那就百分百了。"

刘凯和马森把这段录像反复看了几遍。

"通过车牌找人。小杨，你继续查!"终于有了新的线索，马森又跃跃欲试了。

杨丽丽很快查明：车主名叫余聪，三十四岁，毕业于南方某大学中文系，后通过公务员考试，进入市直机关做秘书工作至今。没有犯罪前科，甚至没有违章驾驶的记录。

马森根据宝马车主留下的手机号码打了过去。出乎意料，他在电话里刚一亮明身份，对方就焦急万分地问："出什么事了?"

"你说呢?"马森反问了一句。

对方欲言又止。

"你过来一趟吧!"

被请进询问室后，刘凯客气地让余聪先坐下："有几个问题想问你。"

余聪坐了下来，却是一副魂不守舍的样子，目光闪烁不定。

马森再次确认他的身份，并一一输进笔记本电脑。

刘凯端详着坐在长条桌对面的余聪。三十四岁，应该说已不再青春年少了，但良好的生活条件，让他看起来像个刚出校门的大学生，皮肤白净，身材颀长，胖瘦适中，标准型男模样。

"七月十六日凌晨时分，你在水晶湖边干什么?"马森直奔主题。

余聪愣了一下，然后才说："闲逛。"

"闲逛?"马森恼火地瞪着他，"你家住市中心的云海区，深更半夜地跑到市郊的水晶湖闲逛?而偏偏在你闲逛的那一刻，有人溺水身亡……”

“什么？”余聪的脸刷地变白了，差点儿蹦起来，“你说谁溺水身亡？”

刘凯朝他做了个冷静的手势：“你认识一个叫李小冬的女孩儿吗？”

“不认识。你为什么要问我这些？”

“就是这个叫李小冬的女孩儿溺水身亡。”

不知为什么，闻听死者的名字后，余聪与先前简直判若两人，紧紧张张的神情荡然无存，还不自觉地朝后仰了仰头：“这与我有什么关系？”他讲话的语调也变得有些不恭了。

“当然有关系。”马森从笔记本电脑上抬起头，“因为她溺水的那天晚上，你就在现场。”

“这只是一种巧合而已。”余聪理直气壮地分辩着，“女孩儿溺水当然是一个悲剧。可我和她素不相识，就像两颗各有轨道的行星，在某一瞬间突然相撞。对了，她叫什么名字？”

“李小冬。”

“我可以对天发誓，此前我从未听说过这个名字。”

“余聪同志，我们侦破案件尊重的是事实，而不是赌咒发誓。”刘凯严肃地提醒他，“两个行星相撞，总有原因的。毕竟，你与一场命案扯上了关系，仅用‘闲逛’两个字是难脱干系的。”

刘凯这番软中带硬的话，终于让余聪感到了事态的严重性。有那么一会儿，他低下头，摆弄着手里的车钥匙，缄口不语。

“我可以信任你们吗？”半晌，他抬起头，眼巴巴地看看刘凯，又瞅瞅马森，脸上浮现出难以言表的羞愧，“这真的很难启齿，万一传出去，对我对她都是灭顶之灾。”

——也许，这段婚姻从一开始就是个错误。她长得不仅漂亮而且气质非凡，是那种走在大街上回头率特高的美女。我和她是在朋友婚礼上认识的，几乎是一见钟情。我父母一百个反对，认为这样的女人像花瓶，我供不起。我还是不管不顾地和她领了结婚证，婚后，当我正沉浸在对爱情和美丽的享受中时，却从她的脸上看到了不尽的失望，那怨艾加愤懑的眼神，仿佛受了天大的欺骗。事实也的确如此，她误以为开宝马车的男人肯定腰缠万贯，却不曾料到，这车是父母为了让我能体面地在市政府大院进出，才倾全部积蓄购置的。接下来的日子变得非常难熬，婚姻面临的问题，无法摆到桌面上，我们俩都是有苦说不出，索性打起了冷战，谁也不理谁。

分手，应该是迟早的事。经常夜不归宿的她有外遇，也是明摆着的事，可我就是不愿承认。这让我更加畏首畏尾地听之任之，生怕她喊出“离婚”二字。当她不再对我说谎时，也就是她不再拿我当回事了。可我对她的爱半分也没有减少，依然以她为自豪。同事、朋友甚至我父母也以为我俩很恩爱。戏是演给别人看的，而我一人饱受着对她的爱恨、担忧的夜晚，悲凉还是像暴风骤雨一样不期而至。

那天深夜，我独自躺到床上，翻来覆去，仍是睡意全无，索性翻身下床，摸黑从沙发上抓起外衣，套在身上，走了出去。

站在空空荡荡的街头，此刻，我心里只有恨，是那种欲爱不能的恨。我从衣袋里掏出手机，手指在她的号码上轻蹭了一下，就又缩回去了。这样的动作我不知重复过多少回了。我深知她不可能接电话，还会更加瞧不起我。

此时此刻，她又在哪里呢？真的会在妹妹家留宿吗？我叹了口气，又摇了摇头。我自艾自怜地往回走着，这当儿，像是神差鬼使，就在我路经停车场的时候，一个可怕的念头不经意间浮上心头：去月季花园找她，也许能跟她碰个正着。

强烈的妒忌心让我顾不了道德——就在前不久，我跟踪过她一次。那天我提前下班，把车停在她单位附近一个隐蔽处，坐在车里等她。果然，走出单位大门的她，没有到公交车站乘车回家，而是抬手招来一辆出租车。就是这辆出租车，把我引到了月季花园……看着她下车朝月季花园深处走去，我怏怏地驾车而回。

然而，七月十六日凌晨，我再度在妒火难平中，莽莽撞撞地驾车来到了月季花园……我婉转地向门卫打听她的去向，对方却是一问三摇头。

就是在这种情形下，我到水晶湖附近转了一圈，期待着能碰到那对野鸳鸯。

没有路灯的水晶湖四周一片漆黑，阴森恐怖。我有点儿胆怯，赶紧离开了。

“这就是我去水晶湖的原因，请你们千万为我保密。”

自始至终，余聪都以“她”来代替妻子的名字。两个警察理解他的良苦用心，所以，也故意忽略了这一细节。

“后续调查如发现你说了假话，那你就必须向警方做个详细的交代了。”刘凯话有所指。

余聪的讲述，就像是为录像配音那么合情合理合拍。更重要的是，他穿着一双四十一码的真皮船鞋。刘凯递给他一张名片，说有事还会同他联系，就将他送出了门。

这样的结果让杨丽丽有些沮丧，好看的细长眉毛弯下来了：“讨厌！白费了我的眼力。”她自己也说不清该抱怨谁。

“还没完呢。”刘凯半是安慰地说，“我们只是不能拘留他，可也不能完全相信他的解释。随后，我们得查清他所说的每一个细节。”

“要把余聪列为嫌疑人吗？”回到办公室，马森问。

刘凯莫名地叹了一口气：“说实话，我很矛盾，内心也很挣扎。我想过把他列为嫌疑人，只是，该从哪里查起？他说的就像一个故事，大部分是心理活动，小部分是独自行动，没有他人可以证明，却也找不到任何破绽。在没有充分证据的前提下，我们不能随便把一个没有犯罪前科的人扯进来，一旦搞错了，他和她的名声就全毁了。我想等小肖那边的调查有了眉目，再决定余聪该排除还是列入。”

“要不要派人监视他？”

“暂时没有这个必要。”刘凯困乏地坐到椅子上，微眯着眼睛，“有件事我想不明白。李小冬母亲入康复医院多年，为什么要出院了，才有人向她透露母亲的病会遗传？”

“这倒是个问题。”马森思忖着，“只是，这与案情没什么关系吧。即使有人这么做了，也不能与教唆自杀画等号。”

刘凯自嘲地拍了拍脑门：“哦，我想表达的不是这个意思。思维全乱了。今天就到此为止吧！”他看着被晚霞映红的玻璃窗，打趣说，“你该回家了！好饭好菜该等不及了！”

“嫂子旅游还没回来吗？要不，你去我家吃晚饭吧！好酒好菜会欢迎你的。”

“不啦！我还要打几个电话。”

“要我帮忙吗？”

“不用。是些琐碎的事情，医院、书店那边需要进一步确认。”

第二天，一男一女坐在接待室的长条凳上。两人年纪相仿，都是二十七八岁的样子。两人的穿着打扮也颇相似，白色T恤，超薄八分裤，黑白纯色人字拖。男女长相都不难看，但就是让人觉得怪怪的。总体可以用“细长”两个字来形容，身材细长，手脚细长，脸型细长，就连眼睛也是细长的。无论从哪个方位端详，他们都像是兄妹或是姐弟俩。一样的发型，男的长女的短，一样的精神委顿。还有一个最显著的特点，就是弱不禁风，恐怕三级风力也经不起。

刘凯和马森走进接待室。

“你们好！”刘凯先同他们打了招呼。

可能是过度紧张，两人紧绷着脸，没有回应。

“请问你们的姓名？”马森坐到桌前，从一个文件夹中取出询问笔录本，又随手拿过一支签字笔。

“她叫黄美秋，我叫刘明明。”男的一边用手搓着衣角，一边说。

“发生什么事了？”刘凯问。

男的看向女的：“你先说吧！”

女的望向男的：“还是你说吧！我的普通话不好听……”果然，女的话语间带有明显的外地口音。

男的轻咳了一声：“其实也不算是命案。到现在为止，我们还拿不准她是不是真出了事。她以前也这样过，赌气不理人，打手机不接，微信也不回……”

“就是命案！她要是没死，咋会不送钱过来？她把我从乡下带到城里，向我保证在我找到工作之前会养活我的。”女的大概觉得男的表达得不够清楚，就抢着说开了，“每月十九号，她都会送钱过来，这是天经地义的。今天都二十二号了，我上个月欠的房租还没交呢。她是不同意我和明明在一块儿，说养不起我们俩，可房子是我一个人租的，房租总得交吧，这她比谁都清楚。她不是死了才怪呢……你们快给查查吧！”

“你说的她，是你的什么人？她总该有名字吧！”刘凯忍无可忍地问。

“我姐。黄美春。”

“女，三十二岁。”男的补充说。

刘凯“哦”了一声。马森认真地记录着。

“你们联系不上她有多久了？”

“有四天了吧。这之前，为我跟明明谈朋友的事，她跟我吵了一架。她不联系我，我也懒得联系她。就因为给了我几个臭钱，就要我听她摆布，没门儿！要不是房东要赶我走……”女的一说起来就喋喋不休。

刘凯只好打断她的话，转向男的：“你能说清楚有多久没跟黄美春联系了吗？”

男的用细长的手指揉了揉惺忪的眼睛：“我想想，吵架那天是……应该是十二号吧！那天是我妈的生日，我回家了一趟，回来就发现家里闹翻了天……”

马森记了下来。

“黄美春在哪儿上班？”

“她是七中的外语老师。”女的说。

刘凯浑身一震，情不自禁地“唔”了一声，但他很快就强迫自己镇定下来。

马森也在心里嘀咕了一句：怎么又是七中？

“你去学校找过她吗？”

“去了。看门的说都放假好些日子了。学校也没什么集体活动。”

“她会不会去哪儿旅游了？”

男的附和着："你别说，还真有这个可能。"

"才不会呢！"女的立刻否定，"她哪来的钱旅游？这样的好事她连想也别想。"

"你为什么这样说？"刘凯的目光转向女的。

"不怕你笑话，她每个月都是入不敷出。工资倒不低，可她要混充白富美，花销就大了。剩下的钱，能帮我交上房租让我吃上饭就烧高香了。"

"黄美春有男朋友吗？"刘凯又问。

女的拍着手大笑起来："有啊，有啊，不是男朋友，是丈夫。我怎么就忘了她是已婚女人呢！"

刘凯立刻紧追着问道："她有丈夫？她丈夫怎么说？"

男的摇摇头："我们根本就不会去问那衰人。黄美春早就不拿他当回事，去哪儿也不会告诉他。"

女的又忿忿不平地尖着嗓子嚷："我姐真让那个假大款给骗了，开着个破车把我姐的眼给晃花了，还以为他是个钻石王老五呢！"

"一个小公务员，挣那一吊钱，有什么好牛的！"男的撇着嘴，不失时机地插上一句，算是吐了口恶气吧。

男女齐上阵，仿佛在开声讨大会，幸亏那个做丈夫的不在现场，否则，真会让这一对凶巴巴的宝贝给生吞活剥了。

刘凯再次拦腰截断了他们比天高比地厚的仇恨："我看你俩还是先去问问黄美春的丈夫。说不定她哪儿也没去，就在家里待着呢！"

男的和女的对视了片刻。

"那这条微信是怎么回事？"女的说着，就从衣袋里取出手机，用鸡爪样瘦削的手指在屏幕上划拉着，男的也凑上去，饶有兴趣地看着，"在这儿，找到了。"女的将手机递给刘凯。

“这不是回了微信吗？为什么不早说？”刘凯有点儿窝火。啰唆了半天，黄美春还在和她微信互动呢！

“就这一条。是她发的，不是回的。”

微信名“海伦娜”，一朵鲜红的玫瑰旁边连着一条微信：速速想办法凑两万块钱，我有急用。就转我工资卡上，切切。

刘凯和凑过来的马森一起读完这条微信，又把手机还给女的：“你知道你姐的工资卡账号？”

“当然知道。我姐用这个账号绑定支付宝，有时，我也会用她的这个账号上网倒腾点儿便宜货。”

“哦哦。”刘凯连声应着。

“这是不是挺奇怪的？”女的问。

刘凯轻描淡写地说：“我看不出这有什么好奇怪的。你姐遇到困难，让你想办法救急，这是理所应当的。”

“你还是没弄清状况。”男的颇有耐心地解释着，“关键的问题是，我女友没有工作，她唯一的经济来源就是黄美春每月十九号送来的那点儿钱。这回你明白了吗？除我之外，我女友在白云也没朋友，她到哪里搞到两万块钱。即使去卖……”男的自觉下面的话太粗俗，就没有再说下去。

“这条微信真不像是她发的。”女的撇着嘴，一脸大彻大悟的样子，“不是她发的。绝对不是她发的！”

“那是谁发的？”刘凯故意反问道。

男的像是突然开窍了：“会不会是你姐跟人合伙勒索我？明摆着，要想搞到两万块钱，得我去骗我父母。”

“你胡扯什么呀！”女的很不爽地白了男的一眼。

男的很不服气地瞪着女的：“怎么是胡扯？你姐这个人你又不是不知道，阴阳脸，人前装得像个高傲的公主，背地里，肮脏得很，见了有钱的男人就穷追穷赶的，就连妹妹的男朋友也不放过……”

“别说啦！”猛地，女的一声野兽般的长啸，紧接着就以迅雷不及掩耳之势扑向男的，张开两只利爪，狠命地去撕扯那头长发，边撕扯边尖叫着，接着，便倒在地上翻滚、抽搐、挣扎、哀嚎……

眼前这猝不及防的一幕，令久经沙场的刘凯和马森也震惊不已。两人联手，才将她制服。男的也上来帮忙，把她抬到长椅上躺下。这场恶仗的战利品是，两个警察大汗淋漓；男的长发被揪下几缕，脸上留下道道血痕。

“她经常这样吗？”

“啊——不。”男的已经吓傻了。

“用不用送她去医院？”

“她姐说过不用。”

“你呢，要去医务室处理下吗？”

“不用。”男的站在那儿，捂着半边脸，一副欲哭无泪的样子。

好半天，女的才慢慢坐起来，大口喘着气，不时还会发出微弱的尖叫声。

《犹在镜中》，刘凯的脑海里浮现出影片中的相似画面。毫无疑问，女的患有某种精神疾病，极易歇斯底里。这应该就是姐姐供养她的原因，也是姐姐不同意她找男友的原因。这之后，恐怕男的真要离开她了。对一般人来说，发病的情形太可怕了。

有那么一会儿，刘凯完全走神了，思绪漫无边际地游荡着，他想起了李小冬，女孩儿小小年纪就要经受母亲的疯癫，经受父亲为制服母亲的厮打场面。李启明说她不往心里去，这可能吗？刚刚发生的那一幕，对他和马森来说，印象是深刻的，经久都不会消失。这样想着的时候，他又可怜起黄美秋来，年纪轻轻，长相可人，却从父母的某一方遗传了无法治愈的精神疾病。而那个叫黄美春的姐姐，恐怕要面对的是家庭中的两个精神病人。唉，也难怪在人前为自尊她要高傲，在背后为了钱，她又要自卑……

马森看出这两个人什么事情也做不成，就把笔和本推到男的跟前说："把黄美春丈夫的名字及单位写在这上面，我们去跑一趟。"

男的拿起笔，随口问女的："那衰人叫余聪对不对？"

"余聪？"刘凯的漫游思绪凝固在这个名字上，马森也愣住了，不等女的回答，回过神的刘凯就说，"名字不用写了。请把联系方式和家庭住址写在你们自己名字的下面。如果没有别的问题，你俩可以走了。"

两人同时站起身。

男的好奇地问刘凯："你认识余聪？"

刘凯没有回答，警察没有义务告知这些。

女的已恢复原状。她侧着身子，拿眼瞟着刘凯："你说我姐是不是已经死了？"

说来奇怪，成天与命案打交道的刘凯，却最忌讳死这个字眼。他有意忽略了她的问题，只说："回家等着吧，一有黄美春的消息，就通知你们。还有，黄美春发的那条微信千万别删除，明白吗？"

听到余聪的名字，刘凯已巴不得马上把这两个人打发走。

"余聪对我们隐瞒了一些东西。"看着两个报案人一前一后明显生分的背影，刘凯若有所思地说，"一开头，我并没认真对待，听他俩东扯西拉，忽高忽低不着边际，还以为在弄玄搞虚呢。直到说起余聪的名字，我不由就紧张起来了。"

"他们提到七中时，我觉得不太对劲。不过，细想想，黄美春与溺水的李小冬怎么能扯一块儿？她也许只是想教训妹妹才玩失踪、求救助的，说不定这会儿正优哉游哉地在外面逛街呢！自从有了微信之后，说谎造假就再也不用打草稿了。”

“关键是余聪，关键是黄美春的丈夫出现在李小冬溺水的现场，而黄美春的妹妹又报案姐姐失踪。这里出现了两个交会点：七中——黄美春和李小冬；水晶湖——余聪和李小冬。走吧，我们去见余聪。如果他能把黄美春安然无恙地带到我们面前，他自己也就平安无事了。兴许李小冬溺水案也结了。”

听刘凯这样说，马森吃惊地看着他：“你改变主意了？”

“目睹黄美秋发病，我想了很多。一个成年人都难以承受的痛苦，李小冬又该怎样呢？不过……”

“不过我们还没吃午饭。”

“这的确是个问题。”刘凯一语双关。

“走吧，去吃凉面。”马森不由分说地先出了门。

马森在市政办公楼对面的公园里给余聪打了个电话。片刻工夫，他就从办公楼里匆匆走出来。

见到刘凯和马森，余聪半点儿也不吃惊，脸上的表情甚至还有一种“我正要去找你们”的意味。

果然，他先开口了：“你们不来找我，我也准备去找你们。要不是局长那边急着发文件，我这会儿已经在你们那儿了。”

刘凯找了个僻静处，指指石条凳，三人围圈坐下。

马森打开笔记本。

“发生了一件诡异的事。”余聪继续说道，“自七月十四日那晚开始，她再也没有回过家，也可以说我没有她的任何消息。那天你们找我谈话后，我终于耐不住了，给她发了一条微信，问她现在在哪儿。结果，她很快就回复了，长长的一段，通篇都洋溢着满满的幸福感。她说正和一个朋友在外地旅游，恐怕要等开学才能回家。说他们住在高级宾馆里，吃着山珍海味，玩着名胜景点，日子就像天堂般美好……她的微信让我越看越不是滋味，当时也没顾上多想，只是身心都被浸泡在醋缸里。直到昨天，我再次收到她的微信，才感觉有什么地方不对劲儿。首先，她是不会主动给我发微信的，更不会一而再地发。其次，她发微信很少用标点符号，句与句之间跟天书似的连成一片。而这两条微信逗句感叹，甚至分号都用上了，行文非常规范标准。种种疑虑，让我做出了一个大胆的决定：直接拨语音视频。铃声响个不停，可就是没人接听。我又给她打电话，结果关机了，一直关机。我分析有两个可能，一是她的手机在那个男人手里，微信是男人发的，所以不敢和我语音视频。这当然是往好处想啦！往坏处想，就是她出事了，人和手机分家了……”

余聪滔滔不绝地说个不停，刘凯和马森只是静静地听着，始终没有插话，直到对方不敢往下分析了，刘凯才问：“上次约谈，你隐瞒了些事情。”

仿佛被一个石子击中了要害，余聪立刻心虚地躲开了刘凯的目光：“啊，我……”

“说吧！别再拿假话蒙人！”马森狠狠地瞪着他。

“事到如今，我也没什么可隐瞒的了。你们猜得没错，上次约谈，为了保护我可怜的自尊心，我编了些假话。我没想到事情会发展到这样的地步，当时以为她很快就会回来，日子还得照样过下去，所以，得给她和我都留一丝颜面。老实说，我一直偷看她的手机微信，久而久之，可以说偷看上瘾，无论她和我亲近还是疏离，我每天都会想方设法查看一遍。她似乎毫无察觉，也许是她根本就不把我当回事，也许是在她的心目中，我还算是个堂堂正正的男人。总之，她对我并不设防，手机经常出现在我唾手可得的地方。最近一段时间，她和一个微信名叫‘黑月亮’的人关系暧昧，互发微信很肉麻。

“七月十四日，‘黑月亮’在微信中约她去位于月季花园西南角的一号别墅见面，时间定在晚上九点，说那时老人和孩子都上楼睡了，他会在水晶湖边等她。微信写得很详细，主要是讲去他家的路线，让她乘 56 路公共汽车，在离月季花园一公里处的五林站下车，然后，沿着一条南北小路往前走，会直达湖边。我猜测这是他第一次邀请她去家里，此前的微信中，男人时有回复都是‘感谢你这么欣赏我’之类的敷衍之词。看来他终于抵挡不住她的诱惑了。七月十五日晚上，我再也无法忍受内心的煎熬，沿着微信中‘黑月亮’画的线路，驾车去了水晶湖。后来发生的事，你们在监控录像中都看到了。只是，在月季花园我找到的一号别墅里，住着一对老夫妻。这是我后来才弄清楚的。你们说这条微信是怎么回事，是她被‘黑月亮’忽悠了，还是我被她忽悠了？”

余聪眉头紧锁，垂头丧气。

“这次你没编故事吧？”刘凯语气严厉，“欺骗警方，影响案件侦破，是要负法律责任的。我想这你应该懂的。”

余聪连连道歉：“对不起，真的很对不起。请你们原谅我。”他说着，就掏出手机，“我说的全是实话。你看，我怕走错地方，就把这条微信拍了下来。‘海伦娜’是她的微信名，‘森林鸟’是我的微信名。”

刘凯首先读的是“海伦娜”发给“森林鸟”的微信小短文，的确，用词造句、标点符号都精确到了百分之百，就像中学生的作文，不，就像优秀中学生的作文。一般家庭成员甚或朋友同事之间发微信，是不会这么讲究的。

“我需要把这些微信拍下来。”等看完“黑月亮”发给“海伦娜”的约会微信后，刘凯对余聪说。

“可以，可以。只要是对找到她有帮助。”

拍照完成后，刘凯把手机还给余聪。对方又困惑地问：“这不是她发的？”

“现在还很难说。”

“她一定是出事了，对不对？”

“现在下任何结论都太早。”

刘凯打量着这个被刘明明称为“小公务员”的仪表并不委琐的男人：“如果七月十六日凌晨，你在水晶湖边遇见了黄美春，你会怎么样？”

“你已经知道她的名字了？是谁告诉你的？”余聪惊讶不已。

“请回答我的问题。”刘凯不由加重了语气。

余聪苦着脸：“我不知道。我是个懦弱的男人，我很爱她，也许我会求她上车，带她回家。”这样说着的时候，他又用恳求的目光看着刘凯，“要是……要是……能不能……”

“你直说吧！”

“我不想把事情闹大。倘若她只是跟那个男人在外面旅游，警察大张旗鼓地找她，满城风雨的，让学校知道了，她还怎么为人师表？”

对余聪的请求，刘凯不置可否，他只是面无表情地说了下面的话：“有一个对你对我们都不好的消息，我想应该让你知道。你妻子和那个溺水女孩儿是同一学校的，不知你注意到没有？”

“什么？”余聪错愕万分。

“你的手机要保持畅通，我们会随时联系你。”马森语气生硬地说。

余聪倒吸一口凉气，就差没哭出来了。

四、复制的微信

不幸事件接二连三地发生。李小冬的死因还没查清，黄美春又无端地失踪了。如果用焦头烂额形容刘凯此时的心境，是再恰当不过了。结束了对余聪的问话，从市政那边往专案组赶，人在路上，趁着堵车的当儿，他便在电话里给杨丽丽简单地讲了讲案情，让她立刻上网查询“黑月亮”和“海伦娜”的详细资料。

“同一学校几乎是在同一时间发生师生一死一失踪，没有关联是难以置信的。一个是任课老师，一个是普普通通的中学生，就是这样两个人，仿佛有约似的，一个在水晶湖溺水，另一个有迹可寻，从微信看，应该也是水晶湖。那里成了她们的契合点。”坐在车子后排的刘凯继续琢磨着拍照微信。

“要不要去56路公交车调车载监控录像？”马森问。

“看小杨从网上能查到些什么再说。”

驾车的马森回过头来：“她们还有一个契合点——一个是母亲，一个是妹妹，患的是同一种精神疾病。”

“两个契合点都朝着复杂的方向延伸。这些微信既不像是黄美春发的，也不应该是‘黑月亮’所为，除非他是疯子。”

“你的意思是说还有第三个人？”

“还有别的解释吗？我不想再迁就余聪那点儿可怜的自尊心了。两案合并侦查吧。关于黄美春和李小冬的关系，我们应该再去找江琳琳谈谈。”

车子重新发动时，二人都陷入了深深的思索之中。

路上堵车，耽误了太多的时间。刘凯和马森泊好车子，沿着小径走向环山北路512号时，天色已近黄昏。

老远，他们就看到了江琳琳的背影。她站在自家门廊一侧，正在打电话。听到脚步声，迅速回过头来，通话随之终止。

“你要出门？”刘凯问。

“今天是我妈妈工厂出货的日子，我要去帮忙。”

“这么晚了，要加夜班？”

“对对！”

“我们只耽误你几分钟的时间。”

“要进屋谈吗？”

“不用了。这儿挺凉快。”

三人站成三角形。

“还是为小冬的事？”江琳琳的双脚来回动着，像是在踏步走，“刚才同学来电，说警察在查穿四十四码鞋的男生，整个七中的男生都要查一遍。”

“不仅七中的男生，恐怕白云穿四十四码鞋的男人都要接受调查。”刘凯说。

“这可真够麻烦的。”

“破案就是这样，总要给人添麻烦。这不，今天又要麻烦你了，没办法，谁让你是李小冬的好友呢？据你了解，李小冬和老师们的关系怎么样？”

“没什么好也没什么不好。大家都一样，和老师不即不离的。”

“哦。她有没有特别的爱好科目？比如喜欢学英语或是数学什么的。”

江琳琳摇摇头：“没发现她有偏科。”

“有没有哪个老师是她比较喜欢的？换句话说，也就是哪个老师比较喜欢她？”

江琳琳讳莫如深地一笑：“你是指男老师吗？这属于私密的

范畴。其实，高中女生嘛，每个人都有自己的秘密。比如暗恋某位任课老师，单恋某个男生。这些只会藏在心底，关系再铁，也不会讲出来。”

“具体点儿说吧，据你了解，李小冬和黄美春老师交往密切吗？”马森觉得江琳琳理解偏了。

“你是说海伦娜？我们都习惯了她的微信名。”

“那就叫海伦娜吧。”

“才不呢！海伦娜自以为是七中的美女，从来都是以高冷示人，走路目不斜视，在课堂上也是鹤立鸡群的样子。小冬最讨厌她了。”

“唔。李小冬跟你议论过海伦娜吗？”

像是被什么东西触动了心灵的一角，江琳琳突然缄默了。她紧抿着嘴唇，半晌，又咬了咬嘴唇，最后，像是终于拿定了主意。她抬眼望向黛黑色的远山，并不看刘凯和马森，仿佛这样就能减轻心底的踌躇：“我不知道该不该把这件事告诉你们，也不知道小冬是否允许我讲出来。只是，你这样问了，如果我隐瞒不报，就是对警察说谎，就是犯罪，不是吗？”

刘凯和马森都没有搭话，只是严肃地看着她。

江琳琳的目光依然停留在别处。她接着说了下去：“就在不久前，细算算大概快有两个月了。是个星期天，从康复医院回来的小冬跑来找我，一脸的神神秘秘。她说，琳琳，你猜我在康复医院见到谁了？尽管当时客厅里就我们两个人，她还是凑到我耳边悄声说：我看见海伦娜了。别胡说了，我不相信地推开她。她不由提高嗓音说：来看医生的当然不是海伦娜，是她妹妹。我越发惊奇了：她的妹妹有精神病？小冬点点头，转而又一脸懊悔地恳求我：可别说出去啊，琳琳。千万千万别说出去。海伦娜发现我窥见了她的秘密之后，把我叫到一边，就差没给我跪下了，那个可怜兮兮的样儿，跟在学校时真是判若两人。瞧瞧，我们都以为海伦娜过的是白富美的生活，没想到，她的日子比我还难熬。至少，我不需要对任何人隐瞒妈妈的病，她呢，还要挖空心思地用假象蒙骗所有人，你说这有多累啊！

“小冬倒不是想让海伦娜出丑，真的，她只是有点儿大嘴巴，心里存不住事。我猜这事她还是忍不住跟别的女生讲了，因为我发现女生们看海伦娜的眼光变了，再不是羡慕嫉妒恨，而是轻蔑、嘲笑和不屑。”

说完这些后，江琳琳不由长舒了一口气，仿佛卸下了一个压在肩头的大包袱。

“海伦娜怨恨李小冬吗？”刘凯问。

“不知道。”

“如果这事发生在你身上……”

“我会很生气。”

“会找她理论吗？”

“难说。”江琳琳突然咧嘴笑了，“海伦娜肯定也很生气。”她补充说。

不大不小的雨滴滴答答地下了一夜，刘凯也辗转反侧了一夜。女儿大学毕业后，留在外地工作；正在休假的妻子和同事一起去了哈尔滨旅游，当进进出出只有他一个人时，两室一厅的小屋骤然变得空空荡荡，再加上这阴沉沉的天空和连绵不断的雨，心情真是糟透了。孤独感？他不由将自己哂笑了一番——这是卡夫卡、凡·高——对了，还有江琳琳、李小冬们独拥的尤物，你一个老刑警哪来的闲情逸致？归根结底，还是这缠手的案子，搞得人心烦意乱。

天刚蒙蒙亮，他就起床了，冲了个冷水澡，给自己热了杯牛奶，倒进一些麦片搅匀，又从冰箱里取出两片妻子走前备下的面包，坐到桌前吃了起来。

面包还剩下一片时，手机响了。

“组长，顺丰快递送来一个你的快件，上面写着‘速拆’。”手机那边响起杨丽丽的声音。

刘凯抬眼看着墙上的挂表：“才七点多钟，你这么早就到单位了？”

“昨天电脑罢工，任务没完成，今天得补上。”

“哦。快件你先替我收着，我马上到。”

“要是礼物，我也有份啊！”

“当然。糖果之类就全归你了。”刘凯打趣说。

李小冬的手机。这真算是一份礼物。

手机装在一个普通的旧纸盒里，外包装是两层白塑料袋。盒子的上方是一封电脑打的信。写信人称呼刘凯为尊敬的刘警察先生，落款匿名为果粉。信中内容没有涉及性别，男女无法确定。该人说手机是在某个公交车站捡到的，由于爱果心切，就三下五除二地删除了一部分微信，想等关机数日后，再做细节处理，留为己用。后来，从电视上看到机主溺水的消息，害怕了，担心自己和一个命案扯上关系。该人说一开始删除微信时，完全没有关注内容。得知机主出事后，才偷看了剩下的部分微信，不是全部。窥探别人隐私，这很不道德，可也是没办法的事情。末了，该人这样写道：我只有一个请求，请求刘警察先生不要追查我，请您原谅我的一时糊涂，果迷心窍。

刘凯用戴着塑胶手套的右手，从盒子里取出手机。打开微信，点开“我”，是李小冬的微信名：小叮咚。旁边是一个有着泉水般清澈双眼的卡通娃娃。

接着是通讯录。小叮咚的人缘不错，加她微信的有几十人。

“海伦娜也在上面。”刘凯稍显吃惊地说。

“这没什么，组长，所有任课老师和学生都要互加微信，主要是便于联系，比如布置作业、下个通知、讨论问题、或是吐个槽什么的。”杨丽丽颇为内行地说。

刘凯继续浏览着小叮咚的微信，“我的天——这是什么!”刘凯情不自禁地喊出了声。

“怎么啦，组长？发现遗书了？”杨丽丽也凑了过来。像传染似的，“我的天——”她也喊了起来。

冲击视线的是小叮咚接收的最后一条微信，发信人海伦娜：马上过来！你妈妈又犯病了，现在水晶湖边。我和她在一起。坐56路公共汽车，在五林站下车，然后，沿着一条南北小路往前走，会直达湖边。什么也别问，详情见面后再说。

这是一封被编辑过的和海伦娜收到的如出一辙的微信。发信时间是七月十五日晚上八点半，而晚九点则是56路公共汽车最末一班的发车时间。

“难道……”杨丽丽从齿间迸出这两个字，就没下文了。显然，她还没想明白是怎么回事。

“组长，我们是不是要把那个顺丰快递员找来？”少顷，她犹犹豫豫地问。

“他只是个送快件的。”

“通过他不是一直可以追查到发件人吗？”

“发件人请求我不做追究。”

“那你准备放他一马了？”杨丽丽难以置信地瞪着刘凯。

“没错。”

“为什么呀？”

想不到刘凯完全成了对方的辩护人：“人家把捡的手机还回

来，已经很好了，再去追究，就太不近人情了。谁也不愿意和命案有瓜葛。对了，根据这条微信，你来给发件人做个简单的侧写吧！”

“组长，你都不追究了，还做侧写干吗？”

刘凯高深莫测地一笑。

杨丽丽凝神思索了一会儿：“那我就说了：性别男；十八岁至二十二岁之间；有可能是个在校大学生；性格嘛，有情趣，较幽默。家境贫寒，手头一直缺钱，否则，现在苹果七都上市了，他连个苹果四都买不起。”

“预期的效果达到了。”刘凯说。

杨丽丽不解：“这话什么意思啊，组长？”

“一个穷孩子，犯了道德错误，当然要原谅了。不是吗？”

杨丽丽就近拉了把椅子坐到桌前，一手托腮，小脑筋也开始转动起来。

“组长！”猛地，她站起身，心急火燎地嚷着，“我还是得去就近的顺丰站点跑一趟。我越想越觉得不对劲，万一发件人就是凶手呢？”

刘凯的眼睛仍盯着手机：“嗯，你先回答一个问题：凶手为什么要把李小冬的手机送回来？按一般常识，地球人都知道警方会顺藤摸瓜，寻找发件人。如此，他岂不是在引火烧身吗？”

杨丽丽那漂亮的细眉毛蹙成一团，苦苦思索着。

“这个就当给你留的作业吧。赶紧回去把黑月亮和海伦娜的个人资料整理出来。”

“好咧！”就像听到了大赦令，一经从问号里钻出，杨丽丽立时又恢复了她活泼的天性。

“还有一件事。”刘凯喊住了已冲到门口的杨丽丽，“李小冬手机的事，除专案组成员外，不要对外人透露。”

“明白。”

不等马森收起雨伞，刘凯已急不可待地把海伦娜和黑月亮的个人资料推到他面前。

海伦娜，本名黄美春，已婚。河北玉田县人。1982 年出生，2006 年毕业于白云大学外文系。2010 年在白云第七中学任英语教师至今。家庭住址：云海区新海中路 249 号。

黑月亮，本名陈锐。离异。江西南昌人。1972 年出生，1996 年毕业于白云大学外文系。2000 年在白云电视台任记者。2004 年始辞职经商。现为百川商贸有限公司董事长，公司详细地址是白云西路 139 号甲。家庭住址：云北区四台路蓝月亮小区 1202 户。

马森从资料上抬起头：“我们是不是应该马上接触黑月亮？”由于案件的主要线索是一系列微信，他也很自然地使用起微信名来，“从他那里如果能查到海伦娜的去向，此案也就打开了一个缺口。”

“这三人的契合点是，黑月亮和海伦娜都毕业于白云大学外文系；海伦娜和小叮咚分别是白云七中的老师和学生。接下来的问题就复杂了：黑月亮给海伦娜发微信，引她到水晶湖；海伦娜复制了黑月亮的微信，经编辑后转发给小叮咚，将小叮咚引到了水晶湖。这个谜团就像哥德巴赫猜想一样令人费解。”刘凯接下去说。

“眼下，我们面对的是三个嫌疑人：海伦娜、森林鸟和黑月亮。仅从微信的层面分析，海伦娜的嫌疑最大。首先，她是小叮咚所在班级的英语老师。其次，小叮咚和她互加微信。第三，她对小叮咚的家庭情况一清二楚。最重要的是，她对小叮咚抱有怨恨。”

“你说的，也正是快递手机的人想传达给我们的信息：杀死小叮咚的人是海伦娜。大概的脉络是这样的：七月十五日晚八时许，收到海伦娜微信的小叮咚急坏了，本来就要出院的妈妈病又复发了，还跑到了水晶湖，她能不心急如焚吗？于是，来不及在微信上和海伦娜交谈，就匆匆赶往56路车站。肯定的，她上了车，她在五林车站下了车，顺利地到达了水晶湖，然后……”

“等在那里的海伦娜把她推入湖中？这是一个顺理成章的推理。假如凶手就是海伦娜，那么，她的失踪也是自然而然的事。畏罪潜逃！”

“设计得有点儿简单化。”

“我也这么想。你不认为这个手机出现得很蹊跷吗？就在小肖和小曲遍查七中男生鞋码的时候，手机快递回来，随机送来的是一条指向凶手的微信。当然，也不排除是一种巧合。”

“发件人在我脑子里一会儿清晰，一会儿模糊，我得再想想。”末了，刘凯说。

五、海伦娜与小叮咚

江琳琳睡眼惺忪地站在门里。

她很有教养地朝两位来访者问好，然后，请他们到客厅的沙发上落座。

“你妈妈不在家吗？”刘凯扫视着客厅。

“她一大早就去工厂了。”

“哦，还不到九点呢。我还以为这个时间能碰上她。”

“你们要找我妈妈？”一丝不易觉察的困惑从江琳琳的脸上一闪而过。

“我只是随便问问。”刘凯一带而过。

杨丽丽用欣赏的目光打量着坐在对面的江琳琳，然后朝她浅浅一笑，便打开笔记本，准备做笔录。作为专案组的新兵，外调场合，她很少发问。

“有一件事，我想应该让你知道。有人捡到了李小冬的手机，快递给我了。”

听刘凯这样说，杨丽丽花容失色。组长居然将这种仅专案组知道的秘密告诉江琳琳，太出人意料了。这是临时起意还是信口开河？她偷眼望向刘凯，就差没喊出声：组长，你没犯糊涂吧？

“小冬把手机掉哪儿了？”江琳琳倒是坦然接纳了这个信息。

“发件人说在一个车站上捡的。”

“噢。不是他偷的吧？”

“难说。不管怎样，能送回来就好。”

“你不追究他啦？”江琳琳问了和杨丽丽同样的问题。

“我已经原谅他了。”刘凯慢条斯理地说，“如果他不清空你们在微信里的聊天记录，我还要感谢他呢。”

“全清空了？”

“还留了一部分。他很自责，说偷看别人微信，是不道德的。”

“虚伪！”

“的确有点儿虚伪。”

“手机上留没留遗书？”江琳琳问。

“没有。自杀的可能性很小。现在看，是海伦娜老师发给她的一条微信，引她去了水晶湖。”

刘凯话一出口，杨丽丽先是瞪了他一眼，忍不住又在心里喊了：组长，你这是违反纪律啊！

刘凯视而不见。

“海伦娜给小冬发微信？”江琳琳好看的小嘴张成了O形，

“然后，把小冬推进水晶湖？”

“逻辑上是这样。”刘凯说。

“太可怕了！你们逮捕海伦娜了吗？”

“还没有。证据不足。”

“那条微信不就是有力的证据吗？”

“这并不能证明什么。私下里说说可以，呈堂的话，就显单薄了。再说，那个四十四码的耐克鞋印不是也很可疑吗？”

江琳琳沿着自己的思绪，急切地说：“可别让她跑了。中国这么大，只要她离开白云，想再找到她就难了。”

“没错。“刘凯回应着。

“组长，手机的事不是要保密吗，怎么随便就说出去了？”两人一坐进车子里，杨丽丽就忍不住开炮了。

“江琳琳是李小冬最好的朋友，手机找到了，不告诉她，有点儿于心不忍。再说，我们每次来，人家都热情接待，这也算是一种回报吧。”刘凯振振有词。

“反正你的爆料不太合适。”杨丽丽嘟着嘴，“我的脑子全让这次问话给搞乱了。”

刘凯依然好脾气：“好啦，我接受你的批评。对了，有件事没来得及告诉你，你在别墅外等我泊车时，我接了一个马森的电话，他和黑月亮联系上了，澄清了一些疑点，也添了一些疑难。”

“他给海伦娜发了那条约会的微信，这没错吧？”

“他说他没发。七月十四日晚，他人在去北欧的飞机上。”

“什么？黑月亮可真是个大滑头，有图有真相也敢抵赖，呔，怕他老婆知道了，罚跪搓板？这叫有贼心没贼胆。男人真的不能有钱，有钱就变坏。哦，对不起，组长，咱们小组的男人除外。”

刘凯任凭她说下去，只是笑而不语。

对这个未曾谋面的黑月亮讽刺挖苦了一番之后，杨丽丽仿佛突然来了灵感："不是他发的，那会是谁发的？他老婆——原配和小三约会——一个诱敌深入的故事。"她说着就吃吃地笑了起来。

"情节不错，题目选得也恰当，可惜他是个离异单身男人，资料可是你在网上搜索的。"

这个包袱抛出来，打击力度太大了，正为自己的杰作得意的杨丽丽一下蔫了："那他总该知道海伦娜的去向吧？"

"约会微信不是他发的，他怎么会知道海伦娜去了哪儿？"

"嗯，也对。只有发那条微信的人最清楚。"杨丽丽眨着眼睛说。

"思路完全正确。"刘凯做了肯定的回答。

城市主干道白云路又堵车了。

"该死！"公认好脾气的刘凯看着自己被前后夹击的桑塔纳，还是冲口骂了一句。

坐在后排的杨丽丽好一会儿没吭声了。刘凯瞟了一眼后视镜，好家伙，她居然睡得东倒西歪了。

刘凯赶紧把车载收音机音量调低了些。

支队长的电话就是这时打来的。

"老刘，你现在在哪儿？"

"车堵在白云路上，我们正往回赶。"

"发生了更糟糕的事。你直接把车开到月季花园辖区派出所，我们随后就到……"

杨丽丽醒了，她不明就里地看着刘凯铁青的脸："怎么啦？组长。"

"不能再糟了。从月季花园辖区派出所传来消息，一群驴友在黄石崖下面的一个涵洞里，发现了一具女尸，派出所的有关人员在死者随身物品中，找到一张黄美春的身份证。经辨认，身份证上的照片就是死者本人。”

“她也死了！是畏罪自杀？”杨丽丽愣怔了半天，才迷迷瞪瞪地问。

“不是自杀。脑后有钝器击打的伤痕。”

杨丽丽用力晃着脑袋：“什么？居然是他杀？我要崩溃了。”

刘凯无暇回答，他已拨通了马森的电话：“……增派的四人马上就到……从现在开始，跟踪监视余聪……彻查黑月亮的家庭背景、社会关系……百川商贸每个人都要问话……当然不能拘留他……我知道他人还在国外……”

听着刘凯和马森的通话，杨丽丽的心跳突然加速，霎时感到了一种临阵前的紧张气氛。

六、木偶操纵者

阴凉的涵洞让尸体在三伏天的腐败程度降到了最低，法医的尸检报告很快便放到了刘凯的办公桌上。

被钝器击伤，脑部有淤血等等，都是耳熟能详的技术术语。让专案组始料不及的是海伦娜死亡的时间——七月十四日晚九点到凌晨两点之间。也就是说，海伦娜早在李小冬溺水的前两天，就已被人杀害。

随着海伦娜死亡时间的确定，案情来了个一百八十度的大转弯。嫌疑人海伦娜成了被害人；那么，把小叮咚推进湖里的人是谁？又是谁杀害了海伦娜？

两起震惊白云的命案，让专案组及增派人员压力空前。

这个七月末的前一天上午，专案组所有工作看上去都跟昨天没什么不同。调查在蒸笼般闷热的天气里如火如荼地进行；办公室里电脑开着，电话、手机铃声不断。刘凯给自己泡了一杯茶，没顾上喝一口，便坐到电脑前，查看各路人员反馈回来的信息，当他看到吴启顺刚刚发过来的“黑月亮手机失控调查详情”时，眼睛不由瞪大了，呼吸也变得急促起来。他抓起电话，有些激动地对马森下达着指令：“马上申请一张搜查证，搜查黑月亮的住所……传唤他的家庭成员到专案组问话。还有，撤销对余聪的跟踪监视。”

他放下电话，长舒一口气，端起杯子，美美地喝下一大口热茶。

七月末的最后一天清晨。

刘凯召集专案组及全体增派人员到小会议室开会。

室内的气氛依然压抑沉重。

最沮丧的要数肖建国和曲世杰，七中上下都排查遍了，圈定了三个穿四十四码鞋的男生，结果都有不在现场的证据。他们正在扩大调查范围，准备继续查下去，偏偏刘凯叫了“暂停”。

“组长，这条线索要放弃了？”肖建国亮着粗嗓门质疑刘凯。

的确，没人愿意做前功尽弃的事。

“我们已经找到嫌疑人了。”

“什么？不会吧？”全场一片惊呼。

刘凯没有多做解释，只是拿着一支水性白板笔，来到挂在墙上的白板前。

“怎么说呢？调查正在进行中，叫了暂停，的确欠大家一个解释。但经过我们每个人的努力，将那些看似毫不相干的千头万绪一点一点地剥离，真相就这么突兀地浮出了水面。”

“组长，你快说。”杨丽丽那细长的眉毛又扬起来了。

“该从哪儿说起呢？”刘凯用笔在挂板上写下小叮咚、海伦娜和黑月亮三人的名字，“就从追踪手机开始吧。第一步是黑月亮的手机发微信给海伦娜，引她到水晶湖；第二步是海伦娜的手机给小叮咚发微信，将她引到水晶湖；第三步，有人给我们寄来了小叮咚的手机；第四步，黄石崖涵洞发现海伦娜的尸体。这看似与手机无关，但尸检证明海伦娜遇害比小叮咚早了两天。也就是说，已经遇害的海伦娜不可能给小叮咚发微信。问题来了，海伦娜的手机在谁手里，是谁给小叮咚发了微信？毋庸置疑，持有海伦娜手机的人，就是杀害海伦娜和小叮咚的凶手。”

“凶手是同一个人？”肖建国有点儿不敢相信。

“是，又不是！”刘凯停顿了一下，“这里的凶手另有所指，下面会做交代的。这很像是一幕木偶剧。前台热热闹闹，各色人物都在表演。而后台，只一个人在操纵着。具体到本案，就是操纵海伦娜手机的人。那么，都有谁可能持有海伦娜的手机呢？”

刘凯放下手里的笔，故意给大家一个思考的机会。

没人发言。于是他又在挂板上写下一系列名字：森林鸟——海伦娜的丈夫。黄美秋——海伦娜的妹妹。刘明明——海伦娜妹妹的男朋友。黑月亮——海伦娜苦苦追求的男人。

“下面我们用排除法，来确定海伦娜手机的持有人。”刘凯用笔指着挂板上森林鸟那条线，“直观他拿到妻子的手机极有可能。由爱生恨酿成的悲剧比比皆是。更重要的是，森林鸟去过的水晶湖离黄石崖很近。但经多方调查，他确实与小叮咚素昧平生。因此，不可能编出小叮咚母亲发病的微信。

“黄美秋既有机会拿到姐姐的手机，也有可能认识小叮咚，是最有条件编那条微信的人。但黄美秋是靠姐姐生活的，姐姐遭遇不幸，无疑将她置于无依无靠的悲惨境地。因此，这个嫌疑人可以排除。

“刘明明，作为黄美秋的男友，海伦娜反对他和黄美秋交往，他杀死海伦娜得到手机，理由也很充分。但和森林鸟一样，他与小叮咚没有任何交集，混了个初中文凭的他，也编不出思维如此缜密的微信。

“最后就是黑月亮了。”

“排除所有不可能，剩下一种解释，不管多么不可能，都是事情的真相。”杨丽丽情不自禁地说出了这句刑侦人员常用的警句。

“凶手是黑月亮？”有人嚷起来。

刘凯轻轻摇了摇头：“聚焦黑月亮，只是让我们朝着真相走近了一步。的确，黑月亮的嫌疑最大。事实摆在那儿，把海伦娜推向死神的微信发自他的手机。因此，我们对黑月亮的前世今生都做了详细的调查。”刘凯朝坐在桌旁的马森招招手，“下面你来讲吧！”

马森走上前，把一个轻薄的塑料袋放到桌上，然后接过刘凯手中的笔，在黑月亮的名字下面重重地画了两条线：“微信从黑月亮的手机发出，有森林鸟的拍照为证，但黑月亮从国外发来邮件，对此极力否认。他说当天手机有一个多小时失去控制，原因是他喝醉酒，倒在出租车上不省人事。当晚八点五十分，他和公司副手乘飞机去北欧四国考察。其间，忙着参观游览，无暇关注微信。直到白云警察打来国际长途，他才发现自己手机上有关海伦娜的所有内容全部被清空了。基于此，我们将黑月亮说的手机失控时间和微信发出时间做了比对，二者完全吻合。那么，究竟是谁在出租车上编发了这条微信，也就是说，在手机失控的那个时间段里，他的手机又是由谁操控的呢？黑月亮说醉酒的他什么也不记得。于是，我们给所有出租车司机发了一条短信，请求协查。协查很快就有了结果，开出租的李师傅对黑月亮的醉酒印象深刻：那人醉得一塌糊涂，被一男一女架着进了出租车，路上吐了好几回，把车座罩布都弄脏了。下车时，女的塞给我一百元钱，说不用找了。”

马森拿起桌上的塑料袋展示着：“李师傅是个非常负责任的司机，他甚至还从一卷废旧车票中，找到了打印好准备给黑月亮带走的凭证。车票再次证实微信是从出租车上发出的。那么，这一男一女中，肯定有一个人操控了他的手机……”

“他会不会是故意制造手机失控，买凶杀人呢？”曲世杰提出了自己的疑虑。

“我也想过这个可能。关键是黑月亮没有杀她的理由。不错，黑月亮的朋友、同事都认为他是采花高手，美人靓女对他有一种无法克制的诱惑。他自己在邮件中也承认，和海伦娜在同学聚会上偶遇，就跟遭了电击般，被她的美丽所吸引。但他现在是单身，从道德层面上讲，思想出轨的是海伦娜。单身汉黑月亮可以用海伦娜发的那些微信要挟她这位有夫之妇，海伦娜却没有道德武器攻击对方。也就是说，海伦娜对黑月亮不构成任何威胁。还有一件事，应该做个说明。黑月亮的秘书透露，他之所以没有和海伦娜再进一步，是因为最近一直在考虑和离异的妻子复婚。”

“嗯，有道理。”曲世杰点点头。

马森用笔又在黑月亮下面画了一道杠：“接下来，我们调查了这一男一女。李师傅只记得男的高大威猛，女的小巧玲珑，像是一对年轻的恋人，再也想不起其他特征了。向商贸公司秘书问起此事，她也是一脸懵懂：那天中午，董事长是自己开车走的，他去了哪里，都和谁在一起，我们怎么好打听？不过，末了她追加了一句：会不会是他儿子和女朋友什么的？

“就这样，我们申请了搜查证。昨天下午我和小吴去了黑月亮家，见到了他高大并不威猛的儿子陈宁。”

“四十四码的鞋。我看着站在门里的男孩儿趿着拖鞋的大脚，一下就认准是他了。”吴启顺说。

“陈宁被拘留后，我们请技术部门复原他手机中删除的内容。昨晚我和组长连夜审讯了他。”

杨丽丽急切地问：“两个人都是他杀的？”

“没错。”刘凯说，“都是他杀的。”

“微信呢？也是他编的？”杨丽丽又问。

“另有其人。我认为后者才是真凶。”刘凯进一步解释着，“在审讯室见到陈宁时，打量着这个高大并不威猛、长着一张憨态可掬娃娃脸的男生，我能想象他可以单手把篮球扔进篮筐，却无法想象他能编出如此缜密的微信。就在这时，灵感仿佛一道雷电，穿透谜团，照亮了真相。”

答案即将揭晓，在座的每一个人都屏住了呼吸。

刘凯轻咳一声，清了清有些沙哑的喉咙：“应该说，第一次家访，我就有一种莫名的怪异感觉：躺在后院摇椅上身心放松的姿态；当自己手机铃声响起、西班牙情歌王子胡里奥亮起歌喉时，脸上一片茫然；问话结束时，忘记穿拖鞋，赤足站在石板地上……这让我疑虑重重地多次打电话给康复医院和新华书店，对她讲的每一个‘故事’进行求证。当发现全是谎言时，我不得不找借口三次登门谈话。可问题又来了，她那么娇小、柔弱，怎么可能去杀两个人？因此，在整个案件的拼图上，我一直在等待另一张图片。当陈宁站在我面前时，两张图片的卡口对接了。恰好，技术部门又送来了手机复原的全部内容，妖鼠——这个木偶操纵者瞬间走上了前台。”

“江琳琳！”听众中有人做了补充说明。

“一个小巧精怪的女孩儿。”杨丽丽言简意赅地进行了评判，“她设计出那些微信我并不怀疑，可我还是搞不懂……”

不仅是杨丽丽，在场不少人都是一副丈二和尚摸不着头脑的模样。

“他们是孪生姐弟。”马森说。

“哦。”困惑又变成了不约而同的恍然大悟。

“两个属鼠的孩子，姐姐微信名妖鼠，给弟弟起名小小鼠。七岁那年，父母离异。爸爸带着弟弟离家的那天，强行把不肯就范的弟弟塞进汽车，姐姐在车下追着赶着，一路哭喊，弟弟在车上拼命用头撞窗玻璃，叫着姐姐……爸爸把弟弟带回南方老家，由奶奶带大。这期间，他们再也没有见过面。十一年之后，爸爸带着弟弟回来了，住在离姐姐家八站路的蓝月亮小区。姐姐赶了过去。十一年未见的姐弟仿佛就像昨天刚分开一样，一见面就抱在一起痛哭。爸爸见状，似乎也被打动了。这十一年里，他没少寻花问柳，却难成花好月圆。于是，姐弟俩铁了心要在一起，铁了心要让爸妈复婚。七月十四日的前三天，弟弟发来微信说了爸爸和海伦娜的事。这消息让姐姐五脏俱焚。爸爸要是和海伦娜结合，那他和妈妈的复合就成了泡影，姐姐和弟弟想拥有的家，也变成了无法实现的梦。十四日中午，姐姐和弟弟以请饭的名义把爸爸引到凯乐酒店，将他灌醉之后，查看了他放在桌上的手机。本来只想清除有关海伦娜的信息，但看了海伦娜发来的那些肉麻内容后，临时起意要教训她一顿，让她长点儿记性。因此，在出租车上，姐姐以爸爸的口气拟了一条微信给她发了过去。”

“妖鼠为什么要选择在水晶湖边教训海伦娜?”肖建国问。

“那里人迹罕至，是幽会的好去处。妖鼠去世的外祖母曾住在湖边的一个小村庄。她和弟弟对湖周围十分熟悉。弟弟回到白云后，他们又一起去了那里。外祖母不在了，村庄也不在了，只有湖还是老样子。遗憾的是海伦娜的方向感很差，下车后，她踏上了去黄石崖的路。弟弟只好跟踪至此。杀死海伦娜不是她的本意，她让弟弟带上棍子，打断她的腿或是胳膊，没想到正在拨手机的海伦娜一躲闪，棍子刚好落到了后脑勺……弟弟慌了神，给她打电话，她便让他藏好凶器，拿到海伦娜的手机。然后，把尸体塞进他们不久前刚发现的干涸涵洞里，还伪造了海伦娜跟人私奔、急需用钱的微信，分别发给黄美秋和森林鸟，以期把水搅浑。”

“小叮咚呢？又是为了什么？”听众中有人已急不可耐了。

“的确，小叮咚和妖鼠是自小到大的玩伴，但妖鼠并不看重她，认为小叮咚讲话粗俗，举止粗野，思想粗糙，衣着粗陋，没有半点品位。但妖鼠还是愿意与她保持朋友关系，因为在高三(4)班，没有谁能像小叮咚那样把妖鼠尊为偶像。还是回过头来说发生在小叮咚身上的事吧。海伦娜遇害的第二天上午，不期而至的小叮咚在妖鼠家门口与失魂落魄的小小鼠不期而遇。口无遮拦的小叮咚把小小鼠当成妖鼠的男友，还是一个可能被妖鼠刚刚甩了的垂头丧气的男友……没人知道妖鼠在白云有个弟弟，也正是这一隐秘，让小小鼠有了用武之地。如果这张大嘴巴在不经意间胡言乱语，麻烦可就大了。小叮咚来访，是为了把妈妈要出院的好消息告诉妖鼠，这让妖鼠联想到海伦娜的精神病妹妹，联想到海伦娜除掉小叮咚的可能性——弟弟只需把小叮咚推进湖里，不用借助任何暴力。现场既可以伪造成自杀，也可以伪造成一个女人对另一个女人报复的假象。跟妖鼠设计的一样，来到湖边的小叮咚，不见海伦娜的影儿，便掏出手机，准备给她打电话。这时，埋伏在灌木丛中的弟弟一跃而起，从背后扑上去，一巴掌打落手机，不等她明白过来，另一只手便将她推下湖去……”

“组长，妖鼠为什么要把小叮咚的手机快递给你？”

“发件人不是她？”

“还有第三个涉案人？”

“妖鼠的母亲江枫。”

全场一片愕然。

“收到手机时我就有一种似曾相识的感觉。因为，随机附信的开头，用了‘尊敬的警察先生’。也是白云大学外文系毕业的江枫，在标点符号的运用上，和海伦娜有许多相似之处。”

“她为什么要这样做？”

“为保护孩子。当家长们在微信圈纷纷议论警方查找四十四码鞋印时，她感到纸里包不住火了，便把海伦娜抛出来做替罪羊。如果不是那群驴友发现了海伦娜的尸体，恐怕在相当长的时间里，她都是嫌疑人。”

会场一片沉寂。每个人都在开动脑筋，消化着这漫长而又复杂的案情分析。

末了，刘凯又说：“这就是两起案件的作案过程。利用微信，妖鼠编织着各种谎言，迷惑警方和受害人家属，指挥着小小鼠杀人。”

“组长，妖鼠已经逮捕归案了吗？”后来，不知是谁问了一句。

“如果我预感没错的话，她自己会找上门来的。”

“这……”

“她爱她的弟弟。他们从胎儿起，就相互依存了。”

刘凯的话音刚落，门外便传来一阵熟悉的歌声：“她来了！”

马森走过去，打开门。

江琳琳举着手机，站在门外：“胡里奥的《鸽子》。那天你们走后，我在网上查到了。这是海伦娜的手机。我是来自首的。”她把手机交给马森。

室内所有人的目光都转向门口，难以置信地看着这只小巧精怪的妖鼠。

妖 狗

这真像一个阴差阳错、情节蹊跷的故事。每每回想起案件侦破过程，刘凯总是不由自主地发出这样的感叹。如果不是那条聪明过人的流浪狗，后来被命名“妖狗”的案件（这里的妖字决非贬义，而是隐喻着小精怪般的聪明伶俐），必将石沉大海，那些丑恶和丑闻，更不可能浮出水面。即使若干年后，有人发现了一具僵尸，真相也再无踪迹可寻。

一、女人和狗的前世今生

像以往那样，她将汽车驶向山腰那块隐蔽的洼地，然后便熄了火。她打开了驾驶室的门，却并不急于下车。像是准备要和某人约会，情不自禁地，她从右边座位上拿过香奈尔化妆包，取出里面的小镜子，于是，她看到了一张并不让她满意的脸——作为三十三岁的女人，这张瘦削的脸已显出老相，皮肤粗糙，黄里透黑，窄小的额头上有了细密的皱纹，天生就有点儿下垂的眼皮，如今更是变本加厉地耷拉下来，就像一棵生病的大叶树，透着无精打采。

曾经，她从不在乎这些，甚至都忘记了自己长什么模样。早晨天不亮，她爬起床，套上那件灰蓝运动服，马马虎虎地洗把脸，就开着小货车去海鲜码头上货，晚上等到海鲜店打烊，已是夜半，一身腥臭顾不上清洗，进得家门，便倒头大睡。就这样，没黑没白的，她这个瘦小且其貌不扬的女人，在前几年经济不景气、周围店铺纷纷倒闭的当口，硬是和丈夫一起打拼，不仅保住了两人赖以生存的海鲜店，而且还用余下来的钱，廉价收购了几个倒闭的铺面。那几年，累，是她的生活常态，但她并不怨天尤人，甚至还有点儿沾沾自喜。诚然，娶她的男人并不富有，虽然比她多读了两年大学，拿到了大学文凭，却也是靠着打工及父母的支援，才盘下了临街二十平方米的小门店。一开始，她不过是丈夫雇来看店的帮手，她从未奢望过潇洒英俊的老板会爱上她。不过，在她的心里，的确燃烧着一团爱的火焰，这个比她大两岁的男人在她看来是如此儒雅不凡，她喜欢在心里用“帅哥在民间”，这句俗语形容他，她觉得他就像埋在土里的一颗夜明珠，一旦拂去灰尘，就会光芒四射。她爱这个男人，愿意为他付出一切。同时，她也不断地提醒自己，千万别有非分之想，如果上天惠顾你，让你能一直在他身边劳作，能不时地看到他忙碌的身影，听到他的声音，也就足够了。

老板程佳在男欢女爱方面，并非愚钝之辈，突然有一天，他感到自己离不开她了，这个海鲜店也不能没有她。于是，在她二十四岁生日那天，下班时程佳喊住了她：“如果你愿意，我想……我想我们一起出去吃个饭……”听着老板吞吞吐吐说出的话，她简直不敢相信自己的耳朵，不敢相信这个男人会娶她。但这绝非王子和灰姑娘的故事，更确切地说，这是一个穷小子对一个打工妹的依恋，没有任何精神的成分。就这样，水到渠成，半年后，她成了天天海鲜店的女主人。婚后的日子平淡无奇，尤其对她来说，几乎没有什么改变，她依然干着打工妹的活计，甚至比打工时更辛苦，除了店里的生意，还要料理家务，照顾丈夫的起居。尽管如此，她还是感到了说不出的满足：和自己爱的人在一起，在自己的店里干活，这样的日子就是幸福。

上天再次眷顾她，是在婚后的第三个年头——天上掉下了个大馅饼。城市改造，他们的海鲜店，加上廉价收购的几个不成样子的店铺，成了开发商眼里的黄金宝地，拆迁补偿款竟是天文数字。半年后，他们住进了近郊的一栋两层别墅，有了一家自己的海产加工厂。天天海鲜店被拆的那天，她去了现场，看着建筑工人用锤子捣毁店门时，她感到了难言的痛楚，犹如把自己亲生的孩子送了人，心里空落落的。

工厂开业的前一天，丈夫带她去了市里最大的奢侈品商店——华都广场。丈夫说从明天开始，参加完工厂开业典礼，你就再也不用上班了。这些年，你跟着我这个穷小子吃了那么多苦，要不是你，我真不知道自己能不能坚持下来。我亏欠你太多。从今以后，我要补偿你，要让你过上最好的生活，你喜欢什么尽管开口。她却像是脑子断片了，看着那些不知名的化妆品、手包、时装、名表，茫然不知所措；面对着那么多女人们梦寐以求的奢侈品，她竟毫无感觉。但丈夫还是自作主张地为她买下了几套时装、香奈尔五号、兰蔻系列化妆品和一个古驰手袋。

丈夫把这些她闻所未闻的奢侈品放在沙发上：“这些你明天全都用得上。我要让你成为开业典礼上的明星。”

她打心眼里犯愁，不知道该如何用这些东西装扮自己，却又不愿辜负丈夫的好意。不知为什么，她竟然哭了起来，毫无来由地却又是痛快淋漓地大哭了一场。丈夫被她哭得束手无策，她自己也感到莫名其妙。直到后来发生了那件事，她才明白这眼泪是有缘由的，是冥冥中的某种暗示，也是未来命运的一种预演。

她按照丈夫的心愿，全身糊满名牌，参加了工厂开业典礼，但她并没有成为明星，相反，女人们三五成群地在她的背后指指点点，偷笑、冷眼、窃窃私语，就差没指着她的鼻子说：你个乡巴佬，也配？连桂朵这个名字都土得掉渣，真是鲜花插到了牛粪蛋子上。那一刻，她感到了前所未有的孤独，恨不能地上有个裂缝能钻进去。她木木呆呆地站在那儿，仿佛变成了一个空壳，或者说是一只木偶，没有了思想和灵魂。她不由想起了从前的日子，那些在海鲜码头上货的日子，那些在天天海鲜店卖海鲜的日子，男人和女人们不分老少，都喜欢喊她小桂儿，她从没感到桂这个姓有什么特点，但从他们的嘴里说出来，却是那么甜美动听……不知不觉间，她的眼睛湿润了，但她仍强作笑颜，她不能给丈夫丢脸。

从此，她再也没有去过属于她和丈夫两人的海产加工厂。不过，为了丈夫，也为了那些小瞧她的女人，她决心改变自己。

在将近三年的时间里，她学会了开豪车，学会了逛商店，学会了化淡妆，学会了去健身，学会了养宠物，也成了高档美容美发店的常客。应该说，她已适应了全新的生活，她已全身心地冲上丈夫期望她进入的轨道，沉醉于奢侈悠闲的日子，而丈夫则像脱缰的野马，开创着自己的事业。

可后来，后来……

“汪汪！”按捺不住兴奋的金毛犬吉米在后座上昂起头，叫个不停。她这才想起自己在往事中沉湎得太久了，忙放下手里的小镜子，打开后门，吉米跳下车，但却不敢私自离开，只是围着车子蹿来蹿去。

下车前，她还是毫不马虎地涂了橘红色唇膏，往衣领和袖口处喷了香奈尔5号。化妆，也是宣示着一种生活态度。

吉米立刻凑上前，她弯腰摸着吉米有着深黄色长长毛发的脖颈：“你想去上边玩吗？你已习惯看山上的风景了，是不是？妈妈要等那以后再陪你一起去。妈妈在这儿等你。”

吉米轻轻回应了两声，就扬起四腿，朝着山上狂奔而去。

她的目光追逐着吉米渐渐隐入荒草丛中的背影，脸上难以抑制地露出一抹诡异的笑。

她做梦也想不到，吉米这一去，竟惹出了事端。

就在吉米没入荒草丛中之时，另一条境况截然不同的“土狗”，也开始朝着同一方向进发。

不错，它现在是一条流浪狗，正过着居无定所、吃了上顿没下顿的生活。但这绝不是它生活的全部。曾经，也可以说是大半年前，它还是爷爷奶奶的小宝宝，他们喊它“乖虎”，它认为这就是自己的名字，因此，从这个意义上说，它是有主人有名字的孩子。在那些幸福的日子里，它住在小山村村头一座颇为古老的院落里，白天，它在村街山野里随意玩耍，晚上，便蹲守在矮墙下，为主人看家护院。村里人都夸它聪明伶俐，它不仅能帮爷爷取回忘在田头的烟斗，还能替奶奶去小卖部买来做菜的油盐酱醋。这简直就是乖虎的拿手好戏，你把钱和纸条装在袋子里，它转眼工夫就把要买的东西叼回来了。它真希望这样的日子一天复一天地过下去，好吃好喝好玩，还有村里人的夸奖。孰料，那天爷爷被人从地里抬回来，就长睡不起了。爷爷的葬礼刚结束，奶奶的儿子就要把奶奶接进城里。奶奶的儿子——那个五十多岁的大胖子，不像是坏人，他对乖虎很友好，他说他很喜欢乖虎，也念着乖虎照顾二老的情意，只是他的老婆讨厌狗。还说，等有一天，老婆同意了，他就回来带乖虎。他的话是为了安慰奶奶。奶奶死活不肯和乖虎分开，但最终奶奶还是被她的儿子硬拉进汽车里。天空飘着雪花，天冷得出奇，村街上所有的水洼都冰封成一面面浑浊的镜子。这样的天气，本该趴在灶前取暖的乖虎，硬是追着汽车跑了十几里路……

奶奶再也没有音讯。奶奶的儿子也没有兑现他的许诺。就这样，乖虎开始了它的流浪生涯。

诚然，如果不是因为流浪啊流浪，漫无目的地在荒山僻岭间流浪，土狗乖虎绝对不会和那条贵族金毛犬吉米遭遇，也就不会有后面的故事。事情明摆着，人家是世人公认的十大名犬之一，出身高贵，原产地英国苏格兰；而乖虎是条土狗，是爷爷从山里的草棵里抱回来的。人家是有价格的，买一条要好几千，乖虎呢，要不是爷爷和奶奶收养了它，早就没命了啊！动物世界和世俗的人类世界是没有什么区别的，那些衣冠楚楚、挥金如土的上流社会人士，在高级酒吧跟流浪汉碰撞的概率，可以说是微乎其微。然而，乖虎偏偏就和这条名叫吉米、连名字也洋味十足的金毛不期而遇，并且，还产生了大打出手凶猛撕咬的严重后果。

这天上午，既悲伤又无聊的乖虎独自在山间闲荡着，不是为找吃的，更不是为了找乐子，就是那种心灰意冷地消磨时间而已。往常，奶奶和爷爷从不允许它离家太远，总是告诉它走远了会迷路，再也找不到家了。现在，它没家了，也没有人会关心它的去向，它就这么蹦蹦跳跳地爬坡，溜溜达达地走进林子，走出了林子，穿过一片没过头顶的荒草地，又钻过一丛丛荆棘，不知不觉间来到了山顶。山顶自上而下的小溪里有一股清泉在潺潺流动，乖虎感到口渴，就来到溪边喝水，就在它把脑袋探进溪流时，它听见了同类的叫声，这让乖虎不由勃然大怒：这可是我的地盘，这家伙怎么敢……说真的，这场战事完全是乖虎挑起的，金毛吉米没有半点儿错。那时节，丧家之犬乖虎的心理已大大扭曲，被主人抛弃的悲凄、孤苦无助，让它的心底里积蓄了太多的怨恨，它已一无所有，只剩下这一座座荒山秃岭，竟然还有同类来侵犯？正是这样的坏情绪，让它凶狠地朝着同类冲过去，此时，吉米正蹲在一团藤蔓中狂吠不止，像是发现了什么目标。乖虎可没心思去猜测它狂吠的原因，趁其不备，就一个俯冲，猛地扑了过去。尽管吉米身高体胖，长发飘飘，金毛油亮，保养得像个绅士，而乖虎身形瘦小，浅黄色的毛发脏得成绺成团，一副猥琐模样，但乖虎却毫不示弱，跳到吉米身上又撕又咬。可怜的吉米从未见过这种阵势，它不知道自己招谁惹谁了，为什么会突遭袭击？在毫无设防的情形下，它被乖虎咬掉了好几绺漂亮的金毛。它没有反抗，虽然它有能力打败乖虎，可它生性温良，因此，它只是慢慢地往后退着，最终，就退进了山洞里……

乖虎追进山洞，里面竟是一个陌生的天地，动物天生的好奇心和敏感，让它撇下狼狈不堪的吉米，莽莽撞撞地往纵深走去……

看着吉米被撕咬掉一片毛发的脊梁，她禁不住一阵惶恐。山上难道有狼？要不，吉米怎么会被撕咬得这么惨？她摇摇头，又做了否定的判断：如果有狼出没，山下零星的几户人家早就鸡死鸭亡了。

没有狼。什么也不会发生。

她打开后车门，让沮丧的吉米坐进去，自己则站在车下冥思苦想。她压根没料到吉米会被同类伤害，因此，她对乖虎将要做的大事毫无设防。她关上车门，准备下山时，想的是她要不间断地带着吉米过来，直到最后期限。

下了一座斜坡，汽车开始在山脚相对平坦的土路上行驶，窗外闪过陋屋、土坯矮墙和衰败的院门，几只觅食的母鸡，坐在屋檐下痴呆半傻、目光呆滞的老人。这也是她曾经生活过的地方。如今，村落已无迹可寻，童年的欢乐也遗失在重重的年轮间。

不过，一切正常，她想。那一抹诡异的笑，又浮现在她的脸上。

二、山洞里的囚徒

这是个闷热异常、令人慵懒的上午。临时充当专案组办公室的一楼会议室里，空调嗡嗡响着，但还是挡不住窗外的滚滚热浪。

刘凯手执白板笔，站在一块超大白色挂板前。连接在笔记本电脑上的投影仪将一幅山顶洞画面投射在挂板上。

“这就是那座山洞。”刘凯用白板笔指向洞口。

围坐在长条桌四周的，除了来协助办案的古风镇派出所民警曾帆外，其余清一色是专案组成员。大家都神情严峻地将目光凝聚在白板上，随着投影仪的传送：一具躺在担架上，盖有白布单的尸体，缓缓从山洞内移出。紧接着，便是法医、摄影师及其他需要出现在命案现场的技侦勘查人员。最后，停留在白板上的画面是：手术台上，一个全身裸露的女人、一张非常年轻非常漂亮的脸，放在胸前的左手腕伤痕累累，蓬乱的长发散落在肩膀四周……

“这就是古风镇派出所的民警，从山洞里找到的死者。”刘凯用白板笔点了一下死者的手腕“法医鉴定，死者系自杀，山洞就是她自杀的第一现场。另据她用指甲在洞壁上作的划痕，她应该是五月二十五号进入山洞，自杀时间是在五月三十号。采用的自杀手段是用铁盒罐头盖割腕。死者的身份同洞内找到的身份证相附——她叫梅晔，出生于1980年7月，住址是白云市市中区环山北路四十二号阳光佳园小区五号楼三单元402室。工作证上写着白云市民间艺术研究会。根据工作证上的地址，我们已与民间艺术研究会进行了电话联系。接听电话的是一位姓马的女士，她说梅晔眼下正在休假，至于梅晔怎么会在古风山顶洞自杀，她也是百思不得其解。另外，据马女士介绍，梅晔是市人事局退休局长梅吉达的女儿，已婚，有一个三岁大的儿子，丈夫在白云大学历史系任教，四月初去韩国一大学做交流学者，时间是半年。梅晔在白云唯一的亲属是她的父母。至于她失踪这么多天，为什么家人没有报警，随后我们会弄清楚的。这就是我们目前掌握的死者的大体情况。小曾，你给大家介绍一下发现死者的始末。”

曾帆站了起来，向在座的人点头问好。这是个二十多岁的小伙子，身材中等，皮肤黝黑，眼睛特亮，特有神。

“我就从流浪狗乖虎说起吧。如果不是它长跑几十里路，翻山越岭，把那张‘救救我，我在古风山顶洞’的血写字条送到学校看门人手里，恐怕死者要在山洞里躺多少年，都说不准。好在流浪狗乖虎误打误撞地进了山洞，还找到了血写的字条。

“接到学校看门人报案的当晚，古风山地区开始下起暴雨。因为求救人在山洞里的状况不明，为了抢时间，我们派出所集合全部人马，加上一辆救护车，开车至山下，做好雨一停就登山的准备。

“我们是第二天清晨五点多钟到达山顶的。山洞洞口很大，虽然有浓密的藤蔓遮掩，但并不难找。困难的是，我们持手电筒进洞没走多远，一块巨石卡在洞腰，挡住了去路。巨石到洞顶之间有大约两厘米的缝隙，求救的纸条应该就是从那里塞出来的，人要想钻进去是不可能的。所长朝洞里喊话，没有回应。好在我们事先准备了登山用的绳索等家什，于是，大家齐心协力，把巨石移到了洞壁的一边。”

讲到这里，曾帆停顿了一下，大概是为了稳定一下自己的情绪：“死者就躺在巨石旁边的血泊里。我们本是来救人的，看到死者的惨状，大家的心都揪紧了。其实，山洞很浅，如果不是那块巨石遮挡，里面的人甚至能看到洞口的亮光。

“救人变成了命案，我们立刻向市局汇报，请求技术支援……

“把死者移出洞外后，勘查现场的技术人员在洞内找到一只米黄色真皮手袋，里面几乎装着死者的全部家当：身份证、银行卡、医保卡、工作证、钱包、家门钥匙、两包维达纸巾、一小瓶木糖醇口香糖，唯独没有手机。另外，紧贴着洞壁，还整齐地放着八瓶矿泉水、一箱干脆面、四包饼干和六个已吃光的空罐头盒，及几个饼干包装袋。食物和瓶装水都来自白云市，生产日期都是五月初。”

刘凯接下去说：“事情乍看似乎明了清晰：一个女人进入山洞自杀了，就这么简单。但围绕着死者进洞的前前后后，却有太多无法解释的谜团。这也是我们专案组重新集结的原因。”

“首先，她是怎么找到这个山洞的，就是个大疑点。古风镇离白云 127 公里，是白云辖区和 D 市接壤的一个乡镇。”马森边看着笔记本电脑上的白云辖区地图边说。

“会不会跟那条叫乖虎的狗一样，也是误打误撞？只是她进山洞干什么呢？为了自杀？可为什么又要求救呢？”肖建国像是在问自己。

赵小平嘟着嘴想了一会儿道：“寻找民间艺术，这算是一个答案吧？研究民艺民俗的人，不是要经常去乡间采风吗？只是，那么多水和食物，就没法解释了。”赵小平摇摇头，也觉得难以自圆其说。

“会不会是为了某种体验？这也许说得通，她为什么只准备了食物和水，却连地球人都片刻不离的手机却没有带。大致过程是这样的：梅晔把手机放在山下某处，一来因为洞里可能没有信号，更重要的是她担心自己耐受不住，会拿起手机跟外界联系。她带着事先备好的水和食物，钻进洞里，准备在里面待上一天或是几个小时，遗憾的是发生了意外，洞口的巨石突然滑落，顺着坡势滚向洞内，像一扇门那样卡住了出口。”生性腼腆的吴启顺，低头看着自己写在笔记本上的提要，细声细语地解释着。

“某种体验？”刘凯重复了一句，“或者说是心理测试，我在网上看到有人跑到深山老林独自过夜，测试自己的承受力。但一个有丈夫有孩子的女人，独自去偏远山区，玩这类危险的心理游戏，有可能吗？”

“小吴说的偶然性太大了。我觉得是有人把她幽禁在了山洞里。”马森说。

“幽禁？”吴启顺不由涨红了脸，“那你说凶手要有多大力气才能把她挟持上山？”

“这倒是真的。”曾帆深有感触地，“我们上山时，爬陡坡、穿过没膝的荒草丛、枝叶交错的杂树林和扎人的荆棘棵子，人人都是自顾不暇。凶手要挟持一个身高一米七几的女人上山……不可能，百分之百的不可能。”

“梅晔是自己爬到山顶，自愿走进山洞的。但食物、水和巨石，却是有人为她事先准备好的。”马森说。

“你的意思是某人精心设计了一个骗局，一个花了相当长时间布置的陷阱？”曲石杰拧着眉头，“我琢磨着也是这么回事，梅晔是被骗进洞内的，在她还懵懂着往山洞深处走时，凶手就将演练过多少遍的巨石，借助杠杆原理和洞口到洞内的坡度，奋力滚了下去。”

“这么说，梅晔在自杀之前，已知道凶手是谁了。那她在写求救纸条时，为什么不把凶手的名字写上？”赵小平穷追不舍。

“我认为这个问题有多种解释，出于求生的欲望，出于内心的绝望，她不知道纸条是否能传出去，更不知道纸条会落到什么人的手上，所以在焦虑和煎熬中，咬破手指，借着巨石顶端透出的一线亮光，写了那几个字。”曲石杰抢着回答了她的问题。

这时，马森的手机响了，他按下接听键，站起身，朝门外走去。

刘凯再次将白板笔指向死者伤痕累累的左手腕：“我更倾向幽禁说。不错，梅晔最终自杀了，但这是幽禁恐惧症造成的恶果。”

“幽禁恐惧的确很可怕，甚至能让人产生幻觉，精神错乱。”

“听说金三角的毒贩子常常用这种残忍的手段，把出卖他的人扔进狭窄的山洞里，很快的，洞里的人就会在焦虑和绝望中死去。”

大家七嘴八舌地讨论着。

马森走了进来：“是技术勘查组的电话。他们发现洞口的泥土比其他地方要疏松得多，把疏松的泥土挖出来后，坑的直径和巨石的直径完全相同。由此推测有人在梅晔进洞前，将巨石下面的泥土掏空，这样巨石滚入洞内就会事半功倍。由于这期间下过两场暴雨，很难找到更直接的物证。这只能间接地证明，梅晔幽禁于山洞，的确是有人事先做了手脚。”

“那么问题来了，是什么人，有着多大的仇恨，要把她幽禁在山洞里，进行如此残酷的精神折磨？”刘凯接着马森的话茬继续说道。

“这叫精神惩罚，组长。”赵小平纠正了刘凯的说法。

“你说得对，这的确是一种精神惩罚。问题又回到了原点：梅晔触犯了什么人，此人为什么要对她进行精神惩罚？这应该就是本案的侦破重心——接下来，要做的工作千头万绪。咱们先做个大体的分工，吴启顺还是做你最擅长的案头工作，赵小平和曲石杰负责调看监控录像；肖建国要随小曾去古风镇，带上放大的梅晔身份证照片，寻访知情者。”说到这里，刘凯情不自禁地叹了一口气，“我和马森得先去通知家属。”的确，这是刘凯最不愿面对的，可他只能把这样的苦差事派给自己和老搭档。

“没问题。”

“马上开工。”

“小肖，到了古风镇，别忘了看望乖虎。”

几个年轻人大声嚷着，做出积极的回应。

三、剪不断理还乱的亲情

市府大院，是上世纪九十年代的建筑，也是市政多次改造拆迁后，留下的唯一十座独栋小楼。主要是这里地角好，依山傍海，还有一片相当可观的园林。当年，能住进这里，身份应相当显赫。但二十多年过后，基于楼体的破损，楼内各种设施的陈旧老化，大院已是风光不再了。

刘凯和马森向门口的保安出示了证件，把车子直接开进院内的停车场，然后，便朝着东南角的二号楼走去。

梅晔父亲梅吉达是从人事局长位子上退下后，搬到这里的。独栋小楼共两层，住着四户人家。梅吉达住一层201室。

按响门铃后，出来开门的老女人只把有着搭扣的防盗门，拉开一道小缝，利用这点儿几乎是黑漆漆的空间，她不仅看了两位警官的证件，还向他们提出一大堆问题。诸如是谁放你们进来的？你们有什么重要的事？为什么不事先电话联系？刘凯只好耐心向她解释，事情的确重大，电话里说不清楚，之所以要登门拜访，是因为他们的女儿梅晔。不料，梅晔两个字刚一出口，老女人就打断了他的话。

“她不住这儿，她住阳光佳园，你们去她家找她吧！”

马森有点儿忍无可忍地凑上前去：“请问，该怎么称呼你？”

“我是梅局长的爱人。我叫田玉。”

“那么，田女士，我们能进去谈吗？我再说一遍，我们不是来找梅晔的，是为梅晔的事而来。”

田玉这才移开了防盗门的搭扣。

两人跟着田玉穿过又黑又暗的门厅，来到有着落地玻璃窗的客厅，这里不仅阳光灿烂，而且对面就是波光粼粼的大海。

在沙发上坐定后，刘凯才发现这位田女士没他感觉的那么老，顶多五十岁的模样，属短小精悍的身材，穿一件宽松式粉色大荷花连衣裙，头上甚至都没有白发，像是刚烫过不久，发型显得有些呆板。她的肤色白净，脸很瘦，鼻子有点儿尖，嘴唇薄且稍稍往外突，算不上多么漂亮，但也有几分姿色。只是，与她的女儿梅晔相比，在容貌上相去甚远。刘凯霍地顿悟，她应该是梅晔的继母，年龄也就相差十几岁。这也就解释了提到梅晔的名字时，她为什么那么反感。不言而喻，田玉和继女关系紧张。

“有关梅晔的事，你们可以和我谈，我丈夫做心脏搭桥，前天刚出院。”田玉坐到对面的一把红木椅上，冷冷地说。

也许这态度过于冷淡，也许是客厅里空调温度过低，刘凯莫名地打了个寒噤。在说出悲伤的消息之前，这样的场面让人简直无法开口。

客厅隔壁的门响了一声，紧接着传来一个男人的声音：“小田，谁来了？”不等田玉回答，穿着花格子睡衣裤的梅吉达就走了过来。

客厅里的三个人都站起身。

“你好，老局长。”

“是警察同志，你们坐，你们坐！”这个操着浓重白云本地口音的老年男子，待客的态度和他妻子比起来，简直是冰火两重天。

上下打量着梅吉达，刘凯在心里暗忖，他是梅晔的亲生父亲无异。高高的个子，挺拔的腰身，一头浓密的银发，清癯的面容。尤其那双黑而有神的眼睛和饱满的前额，都让人想起身份证上的梅晔。刘凯估计他将近七十岁左右，虽然看上去要比实际年龄小几岁。

梅吉达紧挨着田玉坐下："刚才听你们说，是为梅晔的事来的?"他的脸上露出焦虑不安的神色，"她出事了?不然你们不会登门。是遭遇车祸还是……"他急切地问。

"不是。"马森说。

梅吉达长舒一口气："那就好。没事就好。"

田玉脸上的表情却是深奥莫测，愤怒、惊讶、怀疑、不解。一时间，刘凯很难弄清其间包含的复杂成分。

刘凯张了张嘴，还是说了："她死了……"

刘凯的话一出口，这个瘦高的男人就像遭到了雷击的建筑物，瞬间坍塌。他双眼紧闭，鼻子抽搐着，嘴唇哆嗦个不停，半晌，才哭出声来："我就知道会是这样……我就知道会是这样……"

这么说刚才的轻松全是装出来的，是自己在安慰自己。

田玉站起身，面无表情地："我去给他倒杯水。"也许是不愿面对这种尴尬的场景，毕竟，梅晔不是她的亲生女儿，而且，看上去两人之间并无感情可言，因此，哭不出来的她，又不知道该说点儿什么好，索性，找个借口，进了近在咫尺的厨房。

她能主动离开，当然再好不过。免得他们还要对她说，"介意我们单独谈谈吗"这样的令她恼火的话。

田玉离开后，他们就那么苦着脸，一言不发地坐着。

这样的时刻可真难熬，每一分每一秒，都是令人难以忍受的折磨。

“她长得可真漂亮，像她去世的妈妈，人见人爱的女孩儿，从小到大，我总是担心……”后来，梅吉达喃喃地说，“她是怎么死的？”

“自杀。”马森冲口而出。

“自杀？”

“是在古风山顶洞自杀的……”

马森还想做些说明，刘凯却及时地拿眼神制止了他。作为父亲，知道女儿死了已经足够了，太多细节，只会加深伤痛。

“她怎么会去了那个地方？”

“这我们也不知道。我们正在调查。也许你能告诉我们些什么。”

他叹了口气，又难过地摇摇头：“我就直说吧，我知道的并不比你们多。我已经好几个月没见到她了。”

刘凯和马森面面相觑。怎么可能，女儿和父亲在一个城市里，会数月不见面？

“她母亲去世对她打击很大，我的再婚对她更是雪上加霜。还好，她嫁了个好男人，她和李源十分相爱，这对我算是些许安慰吧。她和田玉合不来，这我知道。她们俩就像两个好斗的公鸡，谁看谁都不顺眼。有一段时间，她们的关系有所缓和，那是因为小两口买下阳光佳园的房子时，我们帮着付了一部分款，用田玉的话说是，花钱买个心静。但好景不长，后来，为了让我们帮着带孩子的事，两人又纠缠不清了。田玉不是不想帮忙，只是担心孩子摔着跌着不好交代。”说到这里，梅吉达连连叹气。

“孩子现在由谁带？”刘凯关切地问。

“送到李源父母那儿了。河北农村，条件很差。梅晔一直耿耿于怀。”

“你说你们好久没见面，那最后一次见面是什么时间？”

“春节。但年夜饭没吃完，她就怒气冲冲地摔门而去。在饭桌上，她说李源学校搬到新校区，离家一百多公里，交通又不方便，想买辆轿车。这话在田玉听来，分明就是对她的挑衅，因为田玉刚刚买了一辆新车，那是田玉自己的钱，跟我无关……不说了，不说了。早知如此，当初真应该帮她把车买下，我们还是拿得出这笔钱的。”

“你们就再也没有联系过？”

“我做心脏搭桥手术的前两天，也就是上月的二十五号，我中午给她打过多次电话，手机是开着的，却总是无人接听。我以为她还在生气，就又给她发了一条短信，告诉她我要做手术，希望手术前能来医院见一面，她也没有回复。我很伤心，为此，田玉也是火冒三丈。”

“你就没往其他方面想？”刘凯试探着问。

“想是想过了。做父亲的，总觉女儿是爱我的，总觉女儿不会这么绝情。”他承认了，“我还背着田玉给李源打过电话，他说他在韩国大学做交流学者，已经快两个月了。做岳父的自尊，让我没好意思说出联系不上梅晔，只是嘱咐了他几句注意安全之类，就放下了电话。不过，心里有点儿不踏实。还是背着田玉，我又给民艺研究所打电话，接电话的人说她在休假。我愈加忐忑了，就偷偷写了个地址，让从乡下来陪护的表侄女去了梅晔家。结果可想而知。我再也忍不住了，就对田玉说，梅晔可能出事了，我想报警。”

“你妻子不同意？”

梅吉达默默地点了点头。

“唉——她有她的理由。不过，如果报了警，也许梅晔还有救。”

“难说。老局长，事已至此，请节哀！多多保重身体！”马森说。

“我只想见见她，她……她现在哪儿？”

马森不由躲开了他哀求的目光。心里却在说，你最好别去看她，她再也不是你记忆中那个漂亮的女儿了。

沉默良久的刘凯则安慰他说：“你会见到她的，但不是现在。等案情大白了，我们就把她交给你们。”

田玉板着脸，端着放有玻璃茶具的托盘走了过来。

“我烧了开水，沏了壶茶。”她几乎是满腔怒火地把托盘放到了长条茶几上。

她恰到好处的出现，以及怒不可遏的态度，都毫无疑问地证明，她一直在厨房门口偷听。

梅吉达做贼心虚似的，背靠红木椅上，半闭着红肿的眼睛，故意不去看她。

刘凯和马森颇不自在地先后站起身：“我们该走了。田女士，你能送我们到停车场吗？我们还有点儿事想问你。”

田玉不置可否地跟着他们走出家门。

来到停车场，他们在离汽车很近的空地上，站成一个三角形。

“你们想知道什么就问吧！”田玉没好气地说。

马森瞪了她一眼：“你对继女的死，好像一点儿也不难过？”

这话太尖刻了。刘凯拿眼暗示马森悠着点儿。

“要我说实话吗？刚才梅局长也全说了，我跟梅晔是一对冤家死对头，这就是做继母的宿命，我没有什么可抱怨的。她不是我的女儿，我们没有任何血缘关系，因此，我不会假装伤心，或是流下鳄鱼的眼泪。这就是我！不过，她的突然离世，我心里也不好过，明摆着，她是家里的独女，梅局长很爱她，视她为掌上明珠，虽然她并不那么值得他爱。但是，我相信在今后相当长的时间里，梅局长都会深深地陷在悲伤里难以自拔，这个家也会沉浸在令人窒息的气氛中，再无欢乐可言。”仿佛点燃了炸药桶，能言善辩的田玉，放连珠炮似地回击了马森。

久经沙场的刘凯完全不去理会田玉的抵触情绪，只是慢条斯理地问：“这么说你丈夫刚才说的话，你全听到了？”

田玉一阵脸红。

“那么，能说说你为什么不同意他报警吗？”

田玉先是张口结舌，尔后，说了下面一番话：“我自有我的理由。好像梅局长刚才也是这么说的，何况，他也同意了我的理由。至于是什么理由，我暂时还不想说。但我的理由也是为梅晔好，再怎么说，她是我丈夫的女儿，我希望她能体体面面地在白云生活，别给她父亲脸上抹黑。你们还有什么要问的吗？”

“应该说是暂时没有了。谢谢你，田女士。如果你什么时候想说，或是我们什么时候想知道，那么，我们还是要再见面的。”

“随便你们！”

田玉转身要走，刘凯又礼貌地喊住了她：“请稍等，田女士。这是我们的联系方式，我们怎样才能联系到你？”刘凯恭敬地递给田玉一张名片，田玉也不得不报了自己的手机号码。连个再见也没说，就一阵风似地走了。

太阳挂在天中央，阳光直射下来，室外的热度不断升高，车内则像个大蒸笼。两人坐进车里，立刻大汗淋漓。马森边打开车载空调，边禁不住骂了一句：“该死的天气！”

“你对这位田女士可不够友好！”刘凯半是认真半是调侃地说。

“她真的很冷血。我倒情愿她装装样子。哪怕是为了她的丈夫。”马森依然愤愤不平。

“她倒是挺坦率的，也振振有词：既然梅晔不是我的女儿，又和我针锋相对，我有必要为她的死伤心落泪吗？”

“话是不是也可以这么说，她是最希望梅晔死的人？”马森反问道。

“这倒未必吧！基于什么理由呢？”

“嫉妒。梅吉达对女儿的宠爱，让田玉妒火中烧。”

“你认为她有作案嫌疑？”

“没什么证据，但她有作案动机。”

“梅晔失踪的那几天，她一直在医院陪她的丈夫，似乎没有作案时间。”

“陪床的不是还有个乡下来的亲戚吗？无论如何值得一查。”

“如果田玉是幽禁梅晔的凶手，必须满足一个条件，和梅晔讲和，取得梅晔的信任，否则，梅晔不会跟她上山。”

“你的意思是说，把梅晔带到山洞的是她的朋友？”

“还是非常亲密的朋友，否则，她怎么会毫不犹豫地钻进山洞里？”

马森没有再说什么。他发动了汽车，缓缓将汽车驶出停车场，汇入环海路主干道。

“逻辑上讲得通。这倒是缩小了我们调查的范围。有着如此亲密关系的人总是少数。”趁着等红灯的当儿，马森又见缝插针地提出了自己的想法，“关于梅晔的朋友，不知你是怎么想的，我觉得对方应该是一男性，而且是一令梅晔痴迷的男性。”

“如果是异性朋友把她幽禁在山洞里，就有可能是为了灭口。像我们以往侦破的那些婚外恋一样，从如胶似漆到反目成仇。”

马森凝神思索着，过了一会儿，他说：“上次讨论时，小赵提出‘精神惩罚’一说。我觉得一般精神惩罚都与道德审判有关。仅仅是为了灭口，有必要把人从白云市带到偏远的山洞幽禁吗？再说，如果是婚外恋，双方在道德的天平上都站不住脚，没有高低之分，激情杀人倒是常见的。这样处心积虑地设下陷阱去惩罚别人，需要多大的怨恨啊！”

“没错，可以说凶手挖空心思想的不是灭口，而是惩罚。换句话说，只有心理极端扭曲的人，才能采取了这种极端的手段。”刘凯接下去说。

马森的眼睛一下亮了：“我怎么突然觉得凶手就在附近，几乎呼之欲出了。”

刘凯拍拍他的肩膀：“说说简单，这可全是纸上谈兵，没有半点儿可采用的证据啊！”他想了想又说，“三两天内，梅晔的丈夫该从韩国回来了，白云大学有关方面已为他的返程，做好了安排。不知从他那里能否问出点儿什么。”

“又是个苦差事。”马森说。

“是啊，又是一个苦差事。”刘凯情不自禁地叹了一口气。

前方绿灯亮了，汽车长龙像决堤的洪水般四下散去。马森把车子驶离信号灯，刚刚准备加速，又被刘凯喊住了：“送我到十一路车站，我坐公交车回专案组。你回家陪儿子吃顿午饭吧，逗逗那顽皮小子，还能换换心情。”

“那你呢？”

“我可没你那福分。我家老太婆一听专案组三个字，就躲我远远的。”刘凯自嘲地笑了。

马森的眼睛却有点儿湿润。

四、往事已然成追忆

她又来了。

车子还没进入盘山道，她便在拐弯处的一小块空地上停了下来。心烦意乱让她再也无力往前开了。

她瞟了一眼放在副驾驶座位上的化妆包，手伸了半截，又缩了回去。这些天来的第一次，来到山下的她没有补妆——计划全被打乱了，这绝非她想要的。离她预定的期限只剩下三天，她甚至想好到时穿什么衣服，化什么样的妆……

她木然地坐在车子里，不知该想些什么，做点儿什么。

吉米在后排座汪汪汪地吠个不停。

“躺下！安静！”她回头生气地下达着命令，“今天哪儿也不去，就在这儿老实待着！”

主人一反常态的强硬，让吉米有些害怕，忙卧倒在后座上，闷闷不乐地闭上了眼睛。

她坐在车子里，透过车窗，望向雾海缭绕的半山腰。什么也看不见，大雾浓浓地把万物都隐藏在其中，包括罪恶和丑闻——梅晔死了，昨天已经被抬下山了。

在这短短的一天里，在经历了震惊、悔恨、悲伤和绝望的轮番轰炸之后，她开始生气，生梅晔的气，太过完美的生命，也太过娇嫩，还有三天，为什么不能挺住？她生警察的气，他们怎么会这么快就找到了梅晔？没人知道那个地方，除了她。还有，警察不该把梅晔抬走，她倒宁愿梅晔一直留在山洞里。她会带着吉米每天来探望，永远永远，就像梅晔曾经对她承诺的那样。

——她的眼前闪过一道彩虹。那是妩媚动人的梅晔——她可真美，不仅仅是眼睛，眉毛、鼻子、嘴巴、肤色，一切的一切都像是画家用笔精心描绘的，着墨恰到好处，不多不少。在白云大学中文系的女生宿舍里，她第一次见到梅晔时，简直疑见天人，都不敢相信世上会有这么漂亮的女孩儿。但让小桂几乎顶礼膜拜的，还是梅晔那颗金子般善良的心。宿舍里的女生大多骄横又势利，对来自穷乡僻壤的学霸小桂又是嫉妒，又是百般挑剌，嫌她长得矮小丑陋，土得掉渣，穿着破旧的衣服，还不讲卫生。她们绝不跟她同桌就餐，也不和她一起散步，更不会与她分享零食。没人发表孤立她的宣言，但确确实实，她在她们的眼里就是一个另类。唯有梅晔，她的上铺邻居梅晔，喜欢大声跟小桂说笑，挽着小桂的胳膊在校园里散步，把周末从家里带回的零食分给小桂一半，还偷偷把自己穿小的衣服塞进小桂的纸箱里。

人在困境中，能有一双手伸过来，那样的施恩会让你永生难忘。两年的大学生活，梅晔给予小桂的，就是这样如沐春风般的温暖，小桂深爱着梅晔，依恋着梅晔，愿为梅晔做任何事，诸如打水、洗衣服、买饭、去阅览室占座位，等等，小桂全为梅晔包揽下来。遗憾的是大二的期末，小桂远在广东打工的父母因误食毒蘑菇，双双丧命。没有了经济来源的小桂，不得不哭着离开白大。和梅晔告别时，她说一找到工作，就会电话告知。可天天海鲜店那不分黑白的辛苦劳作，那平淡无奇的日子，又有什么好说的？自惭形秽让她毅然决然地换了手机号码，斩断了对梅晔和白大的情思。

——九年后，她与梅晔的再次相见，是在D市五星级酒店的大堂里。就像失散多年的姐妹那样，两人紧紧地相拥在一起，脸上都流下了喜悦的泪水。

此时的梅晔依然亭亭玉立，美人如旧。她埋怨小桂不跟自己联系，又惊叹小桂身上发生的天壤之别的变化：“嗬，我真是找不到白大时的小桂了，连影子也找不到了。”梅晔感慨万端。

梅晔是到D市近郊采风的。能在人海茫茫的D市再遇小桂，纯属偶然。这得感谢和她一起下乡采风的同事马大姐。是她途经D市时，给老同学程佳打电话，要他请客。在宴会上，听说梅晔是白大中文系的学生，程佳便随口说道，我妻子也是白大中文系的，只不过她中途辍学了。程佳话音未落，梅晔就喊出了小桂的名字……

自此，梅晔利用工作之便，来来往往，成了小桂家的常客。现在，小桂终于有能力报答恩人了，她为梅晔在楼上布置了最好的房间，送梅晔高档化妆品和名牌手袋，带梅晔去美容院、进高级餐馆。

“我不能再来了，真的，你总这样对我，太让人难为情了。”梅晔满怀歉意地说。

“梅晔，你不知道能和你再次相遇，我该多么高兴。也可以说，上天能让我再次遇见你，是多么幸运。大学两年，我什么都不记得的，唯有和你在一起的点点滴滴。我父母已去世多年，老奶奶也去了天堂。在这个世界上，你就是我的至亲至爱，我的生活中再也不能没有你了。在D市，虽然我也有一两个聊友、玩伴，可怎么能与你相比？同窗好友，那该有多铁，是知音知己，是密不可分的手足。你要是这样甩开我，我……我……”情到深处，小桂哭了起来。

身材修长的梅晔紧紧地搂住了矮木墩子似的小桂：“别哭了，我答应你，我们再也不分开了，永远永远。”

是永远吗？可你还是走了，留下我孤零零的一个人。她徜徉在往事中，眼泪像浓雾一样漫过，遮住了她的视线。

寂静的山野，突然传来一阵哧隆哧隆的响声——是熟悉也是陌生的轮胎碾轧土路沙石的声音。一般情况下，这里很少有汽车开进开出，除她之外。吉米从后座一跃而起，她也警觉起来。

“趴下！咱们走！”骤然而至的不祥预感，让她在倒车时差点儿撞上山石。若不是技术过硬，一场车祸在所难免。

回程路上，刚才被惊出一身冷汗的她，不得不稍稍放慢车速。汽车开出大约有三公里时，一辆吉普车迎面驶来，她娴熟地打着方向盘，往路边靠。吉普车一闪而过，她只看见了脑袋贴在窗玻璃上的小黄狗。

山区的吉普车属警察专用。吉普车和土狗，让她百思不得其解。

吉普车在崎岖而又狭窄的土路上开了将近一个小时。坐在后排靠窗座位上的乖虎显得异常兴奋，仿佛带客人回家的孩子，它不时朝外面瞭上几眼，再回头蹭一下肖建国的腿，然后便心满意足地吠叫几声，似乎在问客人：你喜欢这儿吗？这儿挺好是不是？肖建国真不知道该对小家伙说些什么。他只是亲昵地摸摸乖虎的脑袋，冲它点点头。心里却在想，无论如何，这儿可真不是个好地方，对人类和动物，都过于偏僻荒凉了。

中午，在古风镇派出所食堂吃午饭时，曾帆为他引见了功勋小狗乖虎，肖建国立刻就心痴神迷地爱上了，忙把碗里的几块肉全贡献出来，乖虎也相见恨晚地认了他这个朋友。

“走访调查时，可以带上乖虎。山里人见到我们会有陌生感，看到土生土长的小狗，距离一下就拉近了。”曾帆说。

肖建国正巴不得呢。这样，乖虎便堂而皇之地上了吉普车。

载着吉米的那辆途锐越野车和吉普车擦肩而过时，眼尖的乖虎实际上看到了趴在对方车子里的老冤家，它甚至跃跃欲试地想冲下汽车，向老冤家宣战，再打一个漂亮仗，无奈，两个车子背道而驰，很快就不见影了。

“途锐驾驶员车技不错，方向打得很漂亮。”开车的曾帆说，“在山道上错车，遇上新手。麻烦就大了。”

“好在碰不上几辆车。”肖建国回应着。

“那倒是。平时在外打工的人，很少有空回乡间探望老人。”

肖建国突然脑洞大开：“刚才那款途锐越野少说也得五十万吧。”

“怎么了？”

“觉得有点儿奇怪。开这类车的肯定不是打工的人……你说他车技好，应该对山里的地形也很熟悉吧……”

曾帆心领神会：“你的意思是，我们应该逼停他问话。”

“也许他知道点儿什么。”

“要掉头追一程吗？”

“不必了。车早开远了。”

“没关系。如果他是本地人，很容易找到。古风镇可没几辆途锐越野。”

走访调查是从山脚最末一户人家开始的。这里是每个登山者的必经之路。

杂乱而又衰败的院子里，几只觅食的母鸡听到脚步声，立刻四散而逃。坐在大敞四开院门口的老奶奶，却像是浑然不觉，只是用昏花的老眼，漠然地看着两个快步走近的年轻人，唯有从后面蹿上来的乖虎登场时，她的眼里才闪过一丝欣喜。

肖建国上前亲切地喊了一声奶奶，又说我们是警察，有件事想请您老人家帮忙。

老奶奶不说话，只是点头。

他从上衣口袋里取出梅晔的照片，凑到她跟前：“您见过这个人吗?”

老奶奶张了张嘴:“你见过这个人吗?”她重复着肖建国的话。

“奶奶您好好想想,照片上的女人上山时,必须经过您家门口。”

老奶奶抬起头,浑浊的目光在尚建国脸上停留了许久,然后,又缓缓地移到趴在地上的乖虎身上:“女人,上山,还有狗。”

曾帆有点儿急:“是她吗?奶奶您说的女人是她吗?”他从肖建国手里拿过照片,直接塞到老奶奶的手里。

“女人,上山,还有狗。”老奶奶并不看照片,嘴里只是一个劲地念叨着这几个词。

曾帆收回照片,无奈地摇了摇头:“她有点儿糊涂了。我们走吧!”

肖建国礼节性地向老奶奶道谢,对方却毫无反应,倒是乖虎上前蹭她的腿时,她抬手摸了摸乖虎的头。

肖建国揶揄了自己一句:“出师不利!”

“这才哪儿到哪儿啊!”曾帆安抚他说。

肖建国的那句“出师不利”竟一语成谶。

从山脚的路边延续到掩映在林子后面的有数十户散居人家,他们二人带着乖虎不厌其烦地敲开屋门或是拦住路人,把梅晔的照片拿给人看,竟没有一人能提供点儿有价值的线索。本来这闷热的天气就让人心情烦躁,再加上这毫无收获的走访调查,让人情绪就越发糟糕了。

回到派出所驻地,天已黑尽,四周被大山包围的古风镇,除街心亮着几盏路灯外,黑漆漆的巷子和从平房里透出的幽暗灯光,相互渲染着黑暗和神秘,僻静和寂寥。在外奔波了三天的曾帆，为肖建国安排好单人宿舍，便回了他离镇子二十华里的家，乖虎也在宿舍的角落里睡下，躺在床上的肖建国却是辗转反侧。他倾听着乖虎有节奏的呼噜声，禁不住为自己孤身一人在外自艾自怜起来。的确，他还太年轻，二十二岁，在父母眼里还是个孩子，只身一人来到偏远荒凉的小镇，还是第一次。他不由想到梅晔，想到她独自待在黑暗的山洞里，被无边的死寂包围，当是多么恐怖。

手机铃响了。

他跳下床，抓起手机。

“组长。”

“小肖，吵醒你了吗？”电话那边，响起刘凯关切的声音。

“没……我还没睡。组长，你还在办公室里？”

“我一直在等你的电话。”

“很想给你打电话，可不知道该跟你汇报什么，走访了几十人次……”

“哈哈”刘凯打断他的话，笑了起来，“又是跑断腿，磨破嘴，一无所获，是不是？别心急。跑个十天半月，甚至一年半载，查不到任何线索，也是常有的事。小曲和小赵这边倒是小有收获。他们从调来的监控录像中发现，梅晔五月二十五号的早晨九点十分从小区走出来，在家门口坐上五路公共汽车，九点五十分，在第七中学站下车，径直走向丽海酒店。此后，就再也没有出来。”

“她从酒店搭上了某人直接开往古风山的车？”

“应该是这样。明天他们会去丽海酒店，查看二十四号晚上客人住宿登记，及车辆牌照。”

肖建国的脑海里倏地闪过一个念头：“组长，丽海是五星级酒店，客人入住后，有专门泊车的保安员。问问他们，二十四号至二十五号，有没有途锐越野进出?”

“怎么……”

“今天我们进山时，和一辆下山的途锐越野擦肩而过。我就想……你说过真相往往隐藏在细枝末节中。”

“没错。是途锐越野对吧，我记下了。”

“如果载梅晔离开丽海酒店的是途锐越野，那进出古风山的这类车，都得好好查查了。”

“很好的建议。我会及时把丽海这边查访的结果通知你。”

“如果两车重叠，就真有戏了，对吧!”

“没错。差点儿忘了问你，那条叫乖虎的小狗怎么样了?你见到它了吗?”

肖建国一下兴奋起来：“它真的很乖，今天下午和我们一起去走访调查，可能是累坏了，这会儿正在我宿舍的墙角打鼾呢。”

“你有这么个好朋友，就不寂寞了。我还担心你初次一个人出差，会很不适应。”

肖建国不想让刘凯小瞧自己，就说了另外的话：“组长，等案子侦破了，我想收养乖虎。”

“没问题。只要你爸妈肯天天帮你遛它。”

肖建国乐得笑出了声。

“早点儿休息吧！做个好梦。”

“你也一样，组长，做个好梦!”

做个好梦可是太难了。放下话筒，想到明天要去完成的苦差事，刘凯的心情复又变得沉重起来。他踱到窗前，望着窗外城市的万家灯火，脑海里又浮现出一幕幕失去亲人之痛的凄惨场景，他经历得太多了，又无法排解，常常挥之不去。他不由紧闭了一下眼睛。

五、看不见的阵线

在去阳光佳园的路上，堵车堵得人血压升高。前边刚刚有了一点儿松动，刘凯突然心血来潮：“看到路边民艺研究会的牌子了吗？咱们得进去看看。李源在电话里说他正从学校往家赶，我们还有时间。”

马森只得把车子靠路边停了下来。

民艺研究会是一座颇具风情的欧式建筑，红瓦绿树，淡黄色的墙体，洁白的拱式门窗，显得高贵而又典雅。

这是一个很松散的研究组织，从某种意义上说，算得上是一个养尊处优的所在。刘凯暗忖，梅晔能在这里工作，应该是沾了梅吉达的光。

两层小楼，里面静悄悄的，没有传达室，二人长驱直入，来到一间有空调响声的办公室。

刘凯刚开口作自我介绍，办公室里唯一的中年女人便从办公桌后站起来，微笑着说：“你们是警察，为梅晔的事来的，我们打过交道。”

刘凯立刻想起来了：“你是马女士，那天是你接的电话？”

“没错。轮到我值班。其他人下乡的下乡，休假的休假。”

马女士请他们坐下，又端来了两杯凉白开。

“说吧。有什么我能帮忙的？”心直口快的马女士，在办公椅上坐定后，就直奔主题。

“我想知道梅晔是个什么样的人。在你的印象中。”刘凯用了倒装提法。

马森从上衣口袋里掏出笔和本，做好记录的准备。

马女士的神情变得黯淡下来："我不否认，我喜欢梅晔，她不仅聪慧漂亮，而且性格开朗，对人热情，走到哪里就像一团火，不是一般的有亲和力。"

"那么，你和她算是闺蜜吗？"

"算不上。我们只是好朋友。"

"无话不谈的朋友？"

"也不是。职场无知音，这是一条铁律。我们只是很能谈得来。"

"问一句涉及隐私的话，据你观察，有男士追求梅晔吗？"

"恐怕没有。我们单位总共也就六名男士，且都其貌不扬，再说梅晔已是名花有主，他们根本就没资格做非分之想。"

"那梅晔的私生活……怎么说呢？她有没有喜欢的男人？"马森问。

"你的意思是婚外情？"

马森不置可否。

"除了李源，恐怕白云没有哪个男人是梅晔的菜。我见过她丈夫，那长得可真叫一个帅，白面书生，文质彬彬，才貌双全……"

谢过马女士，两人走出民艺会时，都是一脸的苦笑。这一趟是白跑了。

的确，这个曾经应该是雅致温馨的小客厅，处处留有女主人精心经营的痕迹，现在已变得面目全非——窗台花盆里的多肉植物已枯萎，地板上蒙着一层灰尘，还很新的棉质地毯上，留有一摊污渍，玻璃茶几上撒落着烟蒂烟灰，沙发靠背上的白色绣花巾更是脏兮兮、皱巴巴的一团。

李源站在屋中央，有些难为情地看着刘凯和马森。

"你们请坐吧！不好意思，我刚进门，都没顾得上整理一下房间。”

眼前的李源显得很平静，从他的脸上你根本找不到丧妻之痛，不知是他已接受了事实，还是系领导在谈话时避重就轻。刘凯在心里猜度着。

正如马大姐所说，李源的确是个标准的美男，年过三十的他，岁月没有留下任何痕迹，不仅身材健美，而且面孔非常英俊，五官秀气得酷似女孩儿，浑身都散发着青春的气息。三人落座后，刘凯正踌躇着该怎么开口，李源却抢先了。

“有件事，我想应该让你们知道，我和梅晔分居大半年了，原定我从韩国回来，就办离婚手续。”他很坦然地说。

原来如此。那么，就不必问他为什么不和妻子联系？为什么联系不上妻子也不报警？你妻子和谁有过节？等等。

众人眼里的恩爱夫妻，正在闹离婚，这猝不及防的爆炸性消息，让刘凯瞠目结舌，一时语塞。

倒是马森先扯起了话头：“关于梅晔的不幸遭遇，你还想知道些什么？”

“系领导都跟我说了。我只是想不通她怎么会去那么偏远的地方？”

“你去过古风山吗？”

“没有。”

“你们的朋友中，有去过古风山，或是家在古风山那边的吗？”

“好像没有。我不记得。”李源想了想又说，“听说山洞里有食品，也有充足的瓶装水。这些足以让她撑到被解救的那一天。可她为什么选择结束生命……本可以等待的，都塞出了求救的纸条，哪怕是为了孩子她也应该坚持啊……”他的喉头发紧，说不下去了。

“可能是幽闭的环境害死了她。隔绝声光，极为狭窄的空间，没有任何转移注意力的工具。怎么说呢，这其实是一种精神折磨，孤寂和黑暗一开始让人产生毛骨悚然，紧接着出现幻觉，觉得自己跌入了万丈深渊，或是被冰封在一块冻土里，再无生还的可能。作为一个生活在车水马龙人声鼎沸的城市里的女人，她能坚持五六天已经算是奇迹了。设身处地地为她想想，当时，她是多么恐惧无助、焦虑绝望。”马森耐心地给李源解释着。无论如何，他都不认为死者选择自杀是怯懦的表现。人的耐受力是有限的，当幽闭的环境造成精神崩溃，甚至是精神错乱时，结束生命也许是必然的选择。

李源的脸上笼罩着悲伤的神情。

“你能告诉我们，和梅晔离婚的原因吗？”一直沉默不语的刘凯用平缓的语调问。

“是我有错在先。我经不起诱惑……”

他很坦率，也颇有勇气。刘凯无言以对。

马森迟疑了一下：“你想见你妻子最后一面吗？按惯例，家属要做个确认。”

“不必了。你们不会弄错。我更愿记住她生前的样子。”

真的是无话可说了。

末了，他们查看了梅晔的房间，典型的女人房间，表面很整洁，衣柜及抽屉里很凌乱。床上、床下、衣柜、抽屉，折腾了半天，却没找到任何有价值的东西。两人只得留下自己的名片，又叮嘱李源不要外出，警方随时会联系他，然后离去。

刘凯昨晚又失眠了。天快亮时，妻子蹑手蹑脚地下床，去了厨房，他才沉沉地睡去。

肖建国的电话打来时，他还以为是在做梦。接手大案，他的夜晚常常就是清醒的思索和混沌的梦魇混杂在一起。

“组长，古风山庄的老板娘认出了梅晔。据她说，半年前，梅晔常常和丈夫一起来这里度周末……”

“什么？”刘凯一下从模糊的梦境中醒了过来，“她没认错人吧？”

“她很肯定的，我觉得也不会认错。像梅晔那么漂亮的女人，看一眼，谁也不会忘记。你说是吧，组长？老板娘还羡慕地说，这对夫妻很有钱，开一辆大越野车，出手阔绰，每回来山庄，都住楼上 208 号看山景的大房间。”

“他们最后一次到山庄住宿是什么时间？”

“十月份最后的一个周末。”

这个时间点，倒是和李源说的“分居”契合。不过，情节还是有点儿离奇，他们不是连一般轿车都买不起，居然还开着大越野车，还出手阔绰？还有，李源说他从没到过古风山，朋友同事也和那地方没关联。只是，梅吉达和李源的话，真的能全信吗？

“老板娘对梅晔丈夫的印象如何？”

“好极了。她说很般配的一对，郎才女貌。不对，她说男的长得很俊，白面书生模样，风度翩翩君子。后面是老板娘的原话。我都记在了本子上。”

这描述的分明就是李源。可是，其他的“软件”却很难对上号。我真是无语了，无语了。刘凯在心里说着。

“组长，小曲他们去丽海查得怎么样了？”

“可以说不是好消息。酒店监控显示，梅晔刚走进大厅，手机响了，她接听完电话，就从酒店后门走了出去。一出酒店后门，人就没影了，那边处于监控空白地带。”

“无论如何她是搭载某人的车，去的古风山。”

“现在可以肯定，梅晔是五月二十五号离家的，她究竟搭乘的哪种交通工具，还得从查看公路卡口录像着手，并不排除搭乘大巴的可能性。”

“大巴只到古风镇，去半山腰的那段路，还是要搭出租或者私家车。昨晚，我和曾帆在镇上转了半天，也去了山庄的停车场，始终没找到那辆途锐越野，恐怕是已经离开了。镇上的几位出租车司机也问过了，都说最近没拉过上山的客人。”过了半晌，肖建国突然说道，“组长，你说有没有这种可能，梅晔搭乘的就是她丈夫李源的车？”

刘凯一愣：“韩国到白云，乘飞机还不到三小时，一切皆有可能。”他说。

刘凯吃着妻子备下的早点，就给马森发了短信，让他马上把车开过来，有要事再访李源。

路上，刘凯给马森复述了一遍肖建国的电话内容。马森也认为，突访很有必要，尽管其中有那么多看似相悖的细节，但也存在着李源说谎的可能。在来不及打草稿的情形下，也许能问出点儿什么。

路上堵车，耽误了半个多小时，他们到达阳光佳园小区，已过了上班的时间。

楼道里静悄悄的，马森抬手按响了402室的门铃。接连按过三次，一直无人应门。

刘凯走出楼道，站在院子里朝四楼张望，发现朝南的两个房间，都拉着厚厚的窗帘。这在家家窗户大开的炎热夏季，显得极不寻常。他会去哪儿？像是出了远门。刘凯自问自答，隐隐地有些不安。

马森忙拨打李源的手机，重复拨打多遍，提示音也重复多遍：您拨打的号码已关机。再和白大历史系联系，他们也没李源的消息。

“昨天他答应得很好，说会在家里等案子完结。看来真的是心里有鬼，躲起来了？”马森生气地说。

“我们都没把他当嫌疑人。”

“可他也有百分之百的作案动机。夫妻之间不闹到鱼死网破，是不会离婚的，尤其是一方有了外遇。要去机场调查吗？”

刘凯边点头边说：“我也很纠结。再等等吧，看他怎么说。但愿他能尽快现身，也但愿他别出什么事。”

“他会出什么事？”

“我不知道。可就是有点儿担心。给小曲打电话，让他和小吴马上过来蹲守。”

马森拿出手机时，刘凯的手机先响了。

电话是赵小平打来的：“组长，你们现在哪儿？发现了一件怪异的事，电话里说不清楚。”

“我们这就回去。”

赵小平把刘凯和马森带到台式电脑前，手里来回移动着鼠标。

“五月二十五号中午到下午，驶往古风镇的途锐越野共两辆，其中一辆是D市牌照，我们暂不追究。看到了吗？这辆途锐越野正在驶进古风镇最后一道卡口。”赵小平的眼睛瞪得又大又圆。这是有了新发现时，她的经典表情。

“嗯，看得很清楚。牌号是C打头的，白云的车。”马森说。

刘凯两眼盯着屏幕，在等着赵小平的下文。

“再看时间显示。”

“14点23分。”

“这很可能就是搭载梅晔的车。后厢左右车窗都拉了帘子，无论怎么放大，也看不清里面的状况。不过，根据车牌号，找到的车主，跟梅晔可是太亲近了。”赵小平放下鼠标，站起身，看着她的两位前辈，“梅吉达。”

“什么情况!”马森惊呼道。

以稳重著称的刘凯也差点儿跳起来。即使耳边突然响起一声炸雷，对他的震撼力也不过如此了。

“有戏了。”震惊之余，马森握了握拳头。

“小赵，干得不错!”刘凯由衷地说。

“我的眼睛都快瞅瞎啦！组长。”赵小平仍忘不了抱怨几句。

“那就再表扬一次!”马森说。

三人禁不住都笑了。

“给田玉打电话，让她马上过来一趟。是例行问话，必须到场。”刘凯对马森说。

这回轮到赵小平吃惊了：“为什么不是梅吉达?”

“因为车是田玉的。恐怕开车人也是田玉。梅吉达当局长时有专车伺候，年近七十的他不可能持有驾照。”

“要去问询室吗?”马森问。

“就在这里谈，就近取材。你做个笔录吧。”

问话由刘凯一人主导，马森记录，赵小平仍在一旁看监控录像。

问话开始时，刘凯先讲了几句客套话：“不好意思，田女士，让你跑一趟。我们本想再去家里访问，考虑到老局长身体和情绪，本着法律规定，每个公民都有协助执法机关办案、作证的义务，就请你来这儿了。”

田玉不理不睬。

“那么，我们就开始吧！”刘凯的语调听起来平和自然。

“你开车过来的吗，田女士？”

“心情不好，朋友送我过来的。”

“你会开车吗？”

“当然。”

“你经常开车外出吗？”

“我从不坐公交车。”

“那么，你开车出过远途吗？”

“有过。”

“你开车去过古风山吗？”

“去过。”

“去过几次？”

“一次。去安葬我姑姑的骨灰。”

“是哪年去的？”

“去年六月，是个周末，天下着大雨。”

“我们想知道你五月二十五号、确切地说是上午十点到晚上七点之间，也就是梅晔失踪的那天，你人在哪里？”

“我在医院陪床，这你们知道。”毫无征兆的，田玉突然蹦了起来，火冒三丈地用手指着刘凯，“你这是什么意思？你是在暗示我把梅晔关进了山洞？还有别的解释吗？就因为梅局长说了我和梅晔不和，你就拿屎盆子往我头上扣？”

从未见过这阵势的赵小平紧张地盯着田玉，她在想，如果这女人敢动组长一个指头，我就立刻扑上去把她拿下。

对田玉的蛮横无理生气，马森不得不努力克制着自己的情绪。从警以来，在与案件有关的人员问话时，常有人愤愤不平，觉得受了天大的委屈，但像田玉这般泼妇骂街，还是少数。

刘凯从对面站起身，走到她面前，仍是和颜悦色地：“田女士，我想请你看样东西。”说着，他又扭头对赵小平说，“小赵，让田女士看看那段卡口录像。”

不明就里的田玉几乎是冲到了赵小平的电脑前，她确实很认真地看了那段录像，也没做出任何恼羞成怒的举动，令人意外的是，她也并没像泄了气的皮球那样垮下来。她依然高昂着头，坐回到原来的座位上。

“过卡口的是你的车吗？”

“是又怎样？”

“那就证明你说了谎，田女士。”

“我是说了谎，可我说谎是有理由的。”

“那就说说你的理由吧。”

“我不想说。”

“说吧，田女士，如果你说不出理由，就得在这里留宿了。”马森终于找到了泻火的机会。也暗自为刘凯的“就地取材”叫好。

留宿，不就是拘留的代名词吗？即使对田玉这样的强势女人，也还是很有震慑力的。她微微低下头，不去看任何人，只是自顾自地说了下去：“我承认我去了古风山那边，是趁梅局长午睡偷偷赶过去的。我的目的地是古风山庄，是为了找梅晔。结果，白辛苦一趟。”

“有人能证明你去过山庄吗？”

“恐怕没有。山庄管理松懈，我直奔208房间，敲开门，却被一个老年妇女呵斥了一顿。”

“你那么确定她在古风山庄？”

“这也正是我不同意梅局长报警的原因——去年六月的那个周末，我参加完我姑姑的安葬仪式，返程时下起了暴雨，就想到山庄住一夜再走。我把车开到停车场，熄了火，打开车门准备下车时，猛地，一对男女搂在一起，大笑着，就像两个在雨中嬉耍的孩子，擦着我的车门朝山庄前门跑去。虽然雨很大，雨丝很密集，但我还是一眼就认出了女的是梅晔。我重新发动车子，离开了山庄。后来，我打听到梅晔周末经常去山庄，背着她在新校区上班、不常回家的丈夫，和别的男人幽会，每次都住山庄最好的208房间。二十五号我辛苦地赶去找她，就是害怕梅局长报警，丑闻曝光，会让他颜面全失，备受打击。”说到这里，田玉复又抬起头，脸上重现好斗的模样。

“梅晔有外遇，你都告诉了谁？”还是刘凯在问。

“她丈夫。后来，为了阻止报警，又告诉了梅局长。”

“哦，明白了。谢谢你的配合，田女士！”刘凯彬彬有礼地说。

“组长，我是不是又白干了？”看着田玉走出大门，赵小平懊恼地问。

刘凯若有所思地：“不，你干得很好！”

马森也心领神会地：“你的确干得很好。”

赵小平却是一脸迷惑地看着他俩，意思是能解释一下吗？

好脾气的刘凯补上一句：“你找到的是一条看不见的阵线，一条把系列人物串联在一起的阵线，也是一条把梅晔逼上死路的阵线。”

“什么呀？”赵小平似懂非懂地扮了个鬼脸，又回到电脑前。

“你相信田玉的话？”马森问。

“有部分合理性。”

六、山顶洞画廊

她把车子停在老地方，打开后门，放走了吉米。

“去吧，去吧！好孩子，你想上哪儿玩都可以。”

她也说不清为什么还要来这里。可这是她半年的心血所在，她剩下的所有，都盘根错节地扎根在这里。

昨晚她睡得很不好，噩梦连着噩梦，惊魂迭着惊魂。毕竟，她下山时和警察有了擦肩而过的接触，一种大难临头的危机感正在步步逼近。接下来会发生什么，她不知道，只是心情糟透了，脑海里一片混乱。

也许她不该还留在古风镇外，奶奶那片沉睡在废墟上的老宅。诚然，人、车和狗在那洞穴里藏匿，警察不可能找到，可如影相随的恐惧和孤独，却像毒蛇般死死缠绕着她。

只有这里，离山洞最近的地方——一个人待在驾驶室，她可以静静地梳理思绪，静静地回忆往事。

——噩梦是伴着噩耗同时袭来的，就像翻滚的巨浪，将那些美好的日子，还有回忆吞没殆尽。

先是丈夫在高速路上车毁人亡。接着，她又收到了一袋特殊的“礼物”。潘多拉的匣子就那么突兀地打开了……

葬礼之后，梅晔来了。梅晔说她是从马大姐那里听说了程佳的事，问她为什么不早点儿电话告知。

她微笑着：我不想让你分担痛苦。

梅晔哭着：可我分享了你那么多的幸福……

她大笑着：你哭什么呀？车毁人亡，是他的命。眼泪救不了任何人。

梅晔惊讶地看着她。

她没做任何解释。只说，我要出远门了。工厂的一个朋友让我去南方他的老家散心。

梅晔问她要去多久。

她讳莫如深地又笑了：你知道我是自由人，没有时间限制。

回来后，我会给你打电话。我保证。

随后，她卖掉了海产加工厂，封闭了别墅的门窗。

数月后，梅晔接到了她的电话：我发现了一个山洞，古老的山洞，里面有绵延一公里长的壁画。先别跟人讲，这是我们俩的秘密。等你鉴赏后，再公之于众。

梅晔大喜过望，民间艺术研究会虽然是个比较松散的单位，没有规定必须完成的硬指标，可梅晔想做出成绩，想一鸣惊人。

能告诉我山洞的具体位置吗？梅晔问。

她说你来了就知道了。我会带你去看。记住，一定要保密哟。

过了一天，她又打来电话：我明天去白云办事，顺便接你过来。我住丽海酒店，你十点钟能准时到吗？

当然可以。再好不过。

结果，她把车开到了附近的小巷，她知道酒店有监控。她做的每一件事都是那么万全周密。

汽车在山道上颠颠簸簸地前行。间或，路边的杂树丛中会露出一两间破败的屋顶，却听不到些许的人畜喧嚣声。汽车绕过一条S形弯道，又直着开了约一公里，一个小小的乡镇出现在前方。

她放慢车速，问梅晔，古风镇，你以前来过这里吗？

没有。

我还以为你们采风的不会放过穷乡僻壤呢。它太不起眼，是不是？不过，很清静，很隐蔽，是个幽会的好地方。古风镇只有一个叫古风山庄的小旅馆，从楼上208号房间，可以看到古风山的全景，美极了。下山后，如果天晚了，咱们就在山庄住宿。

梅晔突然有点儿急，那可不行，今晚无论如何我也要回去。

家里不就你一个人吗？好吧，好吧。我送你回去，不管多晚。

车子在老地方停下。

梅晔跳下车问：到了？

不是到了，只是汽车开不上去了。她用手指指山顶：还有一段最艰难的路要走。

梅晔顺着她的手指望去，陡坡龇牙咧嘴地横在面前，除了被雨水冲得泛白、像狼齿一样狰狞的岩石，就是夹在石缝中艰难度日的茅草，找不到半点儿行人留下的足迹。梅晔不由倒抽一口冷气。

你害怕了？

怎么会。

艺术在深山。套用你常说的“艺术在民间”。想想看，如果通往山洞哪怕有条羊肠小道，壁画也早就被人发现了。

你说得很有道理。只是，你是怎么找到这里的？

你忘了，我是从这里的山沟沟走出去的孩子呀。不过，发现那个山洞，功劳应该算在我家吉米头上。那天，我带它重访旧地，它一时来了兴致，冲上山去，我就这么跟在它的身后，一路走到了山洞里。

这真是个奇迹，太有故事了。一旦考证出那些壁画很有艺术价值，你家吉米就该上电视了。

拜你所赐。我相信吉米会出大名的。

两人都笑了。

那个五月末的正午，两个女人背着背包、肩包，迎着明媚的阳光，习习的山风，朝着山顶勇敢地进发。

哈，真累惨了。要不是那些壁画，你拿枪逼着我，我也爬不到这里。站在被藤蔓遮掩的洞口，气喘吁吁的梅晔又说，哇，这里可真静啊，简直是一种旷世的孤寂。

像是害怕惊扰这片远古洪荒的土地，她在梅晔耳边悄声问，你喜欢这里吗？

喜欢。

喜欢就好。进洞前，你不想看看山南的风景吗？这跟山北大相径庭呢。吉米都被迷住了。

我想等回头再看。先进洞吧，我都等不及了。

梅晔从手袋里取出手机，想看看有没有短信。

她很自然地拿过梅晔的手机说，放我包里吧，洞里没有信号，也很潮湿。

她蹲在草地上，整理登山包，顺手把手电筒递给梅晔，然后躬起身子，站在山洞的一侧，两手撩开一缕缕藤蔓，让梅晔先进去。

梅晔拿着手电筒，急不可耐却又有点儿胆怯地往洞的深处走去。

当她相当轻巧地将洞口早已悬空的巨石，推进狭窄的洞内时，她没有半点儿惊慌，有的只是惊喜，顺利完成任务的惊喜。

洞内传出一声惊叫，啊——我被堵住了！我要怎么出去？

她说，你就在里面待着吧。

你开什么玩笑？

不是玩笑。我用了半年的时间来设计这个画廊。

你……设计画廊？我不明白你的意思。

我只想告诉你一件事，梅晔，我知道了你和程佳的丑事。

你瞎说什么呀？

我有一信袋你俩在山庄208室床上的照片，各种姿势。

沉默。少顷。

你雇了私人侦探？

这不关你的事。

那只是……请你听我解释。

你是该给我解释清楚。你为什么要这样做？

要我说实话吗？

随你。

简单地说，是心理失衡。你奢华的生活让我嫉妒，人人都称赞我聪明美丽，可我却不得不面对贫穷——我丈夫在河北农村的家就像一个无底洞，即使我们把每月的工资都填补进去，也堵不上那个黑窟窿。你也看到了，我们甚至连一辆十万元的汽车都买不起。与其低三下四地接受你的施舍，倒不如拿走你一部分心爱的东西。这样，面对你的时候，我就不再感到低你一等了。其实，面对你时，我也很自责，只是我身不由己。你能原谅我吗，小桂？

当然不能。这算什么理由？

求你想办法救我出去。我会补偿你的。

你以为我还会相信你吗？都过去了，梅晔，我曾经多么的崇拜你，爱你……背叛，这是世界上最可耻的人做出的最可耻的事。我要走了，梅晔。洞里有充足的食物和水，你独自享用吧。现在，我俩终于对等了——一样的孤寂。今晚，愿你在这旷世的孤寂中，做个好梦。

别走，求你！

是惊心动魄的尖叫。她用手捂住了耳朵。她不要听，她担心自己会心软。

这是对你的惩罚！十天，就十天，到时我会放你出来。我受不了你的哀号，但我会让吉米上山陪你。她在心里说着，就踉跄着走下山去。

七、完美的代价

在阳光佳园蹲守的第三天清晨，李源终于露面了。

“组长，他回来了。”曲石杰打来电话说，“李源背着双肩包，很疲惫的样子，像是出了远门。”

“我们马上过去。等我们到达，你和小吴就可以撤了，回去抓紧睡个好觉。”

出乎刘凯意料的是，他和马森还走在路上，李源的电话就打来了：“我有麻烦了，请你们帮帮我。”

他站在门里，面色苍白，眼窝深陷，本就瘦削的脸颊变得更窄更长了。他的左手像是怕冷似的，插在肥大的运动裤袋里，右手则一遍又一遍地扶着脸上的眼镜架，仿佛一失手就会掉下来。

他们在客厅坐下来，没说任何客套话，马森就单刀直入地：“你去哪儿了？”

“我回了趟河北老家看儿子。”

刘凯狠狠地瞪了他一眼：“你找我们帮忙……”

他张了张嘴，像是有难言之隐。

“说吧！”马森催促着。

“从头说？”

“随便你。”

李源偷眼看看刘凯，又看看马森，犹豫了片刻，才问：“你、你们都知道了？”

马森反问：“你指的是什么？”

“关于我妻子梅晔……我们之间……”

刘凯抢过话头：“我们知道些什么，与你无关。我们只想听你说。”

“唉——”李源突然长叹了一声，“现在说什么都晚了。当然，我并不后悔自己做的事，走出这一步，是因为梅晔她太……完美了。”

这话听起来前后矛盾，没必要打断他，且听他分解吧。

“我是从岳母那里听说了梅晔出轨的事。一开始，我还将信将疑，岳母和梅晔关系紧张，其中有没有捕风捉影的成分？神差鬼使，暑假里，我第一次去了古风镇，并住进镇上唯一的旅馆——古风山庄。服务员来打扫房间时，我把梅晔的照片拿给她看，她惊讶地问我怎么认识这位姐姐，我扯谎说跟照片上的女人有生意往来，正在追债。服务员吃了一惊说，那位姐姐的丈夫很有钱啊，怎么会欠债？趁服务台没人，我查看了极不正规的旅客登记簿，八月第一个周末的那晚，住在 208 房间的客人是一个叫禾土的男人和一个叫木华的女人。离开山庄前，我和古灵精怪的服务员做了一笔交易，一是让她帮我查清男人的真名实姓，二是帮我拍几张那对夫妻的照片，一个月后我来取，按每张 50 元酬劳计算。服务员二话没说就答应了。自那时起，我的生活就偏离了原来的轨道，我再也不是从前的我了。我第二次去了古风山庄，在我住宿的房间，服务员告诉我男人身份证上的名字是程佳，并交给我二十张照片。

“事情本该到此结束，夺人之美的男人死了，对我来说，生活应该重回正常。令人称奇的是梅晔，让我难以释怀的也是梅晔。仿佛什么事情也没发生，偷情、失去情人，她没有任何改变，她仍是我在大学校园里认识的那个聪明美丽、热情活泼、魅力四射，纯洁如天使般的梅晔。难道是我弄错了？一个背叛了自己丈夫的女人，怎么可能依然故我？一个人不能这么完美，这样的完美实则是对另一个人莫大的羞辱，极大的漠视。你和他人有了不洁的恋情，对你的丈夫就没有半点儿愧疚？你做了不道德的事，根本就没有理由活得这么快乐，这么自信？我已很少回家了，也有了离婚的想法。然而，有时还会怀着复杂的心情回来，巴望着她的忏悔，哪怕她能在我面前流下两滴眼泪，无论是为谁，让我看到她的柔弱，看到她的软肋，当然，我会原谅她的，痛打落水狗不是我的秉性，何况，我一直这么痛苦地爱着她。我把那二十张照片摆在桌上反复地看，越看越气，就想要和梅晔摊牌，要把照片摔到她面前，告诉她我对她所做的丑事一清二楚，然后，看看她还能不能继续完美。可悲的是，完美的梅晔根本不给我发泄的机会，面对如此完美的妻子，我根本说不出口，伸不出手。

“我到底迈出了危险的一步。我上网搜程佳这个名字。上天助我，有关程佳的信息如此之多，第一条是他在高速路上车毁人亡，第二条就是坐落在D市郊外的海产加工厂图片。接下来事情就变得简单多了。一个周末，我去了D市。戴着大口罩的我，径直找到程佳的家，出来应门的是个黑黑瘦瘦的年轻女人。证实了她程佳遗孀的身份后，我小声对她说：女士，我有个东西给你。然后，不待她反应过来，就把装着照片的梅晔单位公用信袋塞进她手里。”滔滔不绝地说到此，李源陡然打住了话头。

“完了？”刘凯问。

“没有。”李源的神情愈加沮丧，“这只是起因，可怕的是后果。我之所以把照片交给那个女人，是想通过她来曝光丑闻，无论是到梅晔的单位还是两个女人当众撕扯在街市上。我知道女人一旦妒意大发，能做出任何超出你想象的事。从D市回来，我整个身心都沉浸在一种难以言表的亢奋中，我坚信事情马上就会出现转机。然而，很快的，我又寝食难安了。问题是D市那个女人毫无动静，一个月过去，又一个月过去，及至冬去春来。我再也熬不下去了，出国前，我重返D市，先去海产加工厂，工厂早已易主，再去她家，也是人去楼空。站在那栋死气沉沉的别墅前，我简直是欲哭无泪，难道我煞费苦心设计的一切，将变成竹篮打水、付之东流？一想到梅晔将继续完美下去，我就五内俱焚。可我又能怎样？茫茫人海，我去哪里寻找可以代我泄愤的那个女人——直到我岳父打来国际长途，我霍然明白，是她出手了。

“但我要的不是这些。对天发誓，我还是爱梅晔的……”李源摘下眼镜，用手背拭着眼角，“上次我声称自己有外遇，只是想撇清这理不清的乱麻。”

马森冷冷地瞪着他。

李源趁重新戴上眼镜的机会，瞟了刘凯一眼，对方鄙视的神情让他不寒而栗：“你们不理解我？”他战战兢兢地说。

“我们怎么可能理解你？你没有勇气当面和妻子对质，却挖空心思、借他人之手，狠狠地捅她一刀，以置她于死地。你不觉得自己太卑鄙吗？”刘凯的嗓门越来越高，连他自己都惊讶怎么会情绪失控，这在他从警多年来是极少有的。

“这……这真的不是我想要的结果。那个女人疯了，是真的疯了。”李源低着头，小声嗫嚅着。

“这不就是你想要的吗？你不是一直在等待那女人做出超常的事吗？”刘凯忍不住又吼了起来。

“求你……求你别发火……我请你们来，还有更重要的事。”李源顿了一下，见刘凯没有理睬，才大着胆子一鼓作气地说了出来，“就在刚才，那个女人用梅晔的手机打来电话，说她很孤独，说要去河北带我儿子过来和她同住……”

“什么？”马森噌地跳了起来，“你为什么现在才说？”

“她要抢走我儿子……”李源拖着哭腔，“她已失去理智，求你们帮帮我！”

不待他把话说完，刘凯就拨通了技侦室的电话：“快说号码。”他急切地问李源，然后复述一遍“给这部手机定位！马上！”

八、活着不需要理由

车子仍然停在老地方。她熄了火，等吉米下车后，就抓起一块山石，猛地朝着车窗砸去。“去你妈的！”伴着她恶声恶气的咒骂，车窗玻璃像盛开的菊花一样层层爆裂。

吉米吓坏了，用探寻的眼神看着癫狂的女主人：“它犯错了吗？没有它，我们怎么下山呢？”

她明白吉米的心思，拍拍吉米的背说：“我们不下山了。我们要住到山顶洞里，到时你还会有一个小玩伴。来吧，好孩子，歇会儿，妈妈跟你一起上山！”

吉米依偎着她，坐下来。

她从衣袋里掏出梅晔的手机，手指慢慢划动着，翻看一张张梅晔儿子的照片。

“你喜欢他吗？”她问吉米，“瞧，他很可爱是不是？等我们在山洞里安顿好，就去找他，这里有他的地址……”

就在这时，她又听见了吉普车轮胎压在土路上熟悉而又陌生的声音，声音越来越近。她一跃而起，打开后备厢，从登山包中抽出那把她从家里带出来的菜刀，以防万一的菜刀——她知道是他们来了！

刘凯、马森、肖建国和曾帆带着乖虎从山下包抄上来时，她已站到了早就选好的制高点，一手晃动着菜刀，一手揪着吉米的耳朵，大声嚷着："别过来，你们敢过来，我就杀了它。"

刘凯让大家停下："你们站在这儿别动，我来跟她谈。"

"我和你一起去。"马森说。

"不行！你没那份耐性，会激怒她。"面对手持菜刀的疯癫女人，刘凯宁愿伤马森的自尊，也不想让他亲临危险。

"可是……她很危险……她的确是疯了。"

"她不会怎么样的，相信我！"

乖虎跃跃欲试。肖建国赶紧摸摸它的头，让它趴下。

"你不会杀它的。"刘凯往前走了几步，迎着她凶巴巴的目光说。

"我会的！"她狂乱地重复着，"我会的！"她不由松开吉米的耳朵，两手比画着砍杀的动作。

刘凯又往前走了几步，趁她紧盯自己的当儿，高声朝吉米喊着："狗狗快跑！狗狗快跑！"

刘凯身后的所有人，目光都集中在吉米身上。乖虎也狂吠起来，要助老对手一臂之力。遗憾的是吉米不但没有跑，反而趴下来，更紧地依偎着她的两腿，像是在保护她不受伤害，又像是在对她说，别怕，我不会离开你，永远！

莫名的，刘凯的眼睛湿润了。他几近哽咽地说："你怎么忍心杀它？它对你忠心耿耿，宁愿被你杀死，也不愿离开你。"

她蓦地软了下来，开始用深情的目光看着吉米，嗓音放低了："我也爱它。我想跟它一块儿死。"

爱和忠诚，将她从精神崩溃的边缘拉了回来，她的理智渐渐地复苏了。

"为什么要死呢？"刘凯柔声问。

她哭了起来："我用全部身心爱着的两个人，都背叛了我。

上天惩罚了我的丈夫……我要惩罚梅晔，要用幽禁来折磨她，我没想到她会自杀……我只是为了惩罚……我本想当面揭穿她，可就是办不到，她是个表演完美的天才，完美得天衣无缝，让你无法开口……我想了很久很久，用了半年的时间，设计了山洞幽禁。只有隔着厚厚的石壁，看不到她那张完美的脸，完美的表情，完美的声音，我才有勇气表达自己的愤怒……”她语无伦次地说个不停，“冲动是魔鬼……愤怒让我欲罢不能，我失去了理智……我疯了……”

“我知道。我理解。”刘凯边点头边循循善诱地说，“现在，一切都过去了，生活可以重新再来，不是吗？”

“我没有活着的理由。”

“你有！”刘凯一字一顿地说，“活着的理由其实很简单。诗人是这么说的：生命是卑微的，一棵绿色的小草，一朵盛开的野花，都是我们活着的理由。依我看，活着根本就不需要理由，恰恰相反，结束生命才需要充足的理由。诚然，你爱的人背叛了你，但那不是世界末日，地球仍然在转，太阳照样升起，不是吗？对了，你的爱犬叫什么名字？”

“吉米。”

“吉米，多好听的名字。多可爱的金毛，就为它，为它对你的爱，为它对你的忠诚。活下去！”

菜刀咣当一声掉在山石上。她瘫倒在地，紧紧地抱着吉米的脖子。

四个人一齐围了上来，熟知地形的乖虎，一马当先地冲在最前面。

恶人也有真善美的初始·后记

阿　真

其实，我最初的写作是从纯文学开始的，一个偶然的机会，让我发现了悬疑的魅力。我的第一部长篇小说《女大学生》问世后，收到一封读者来信，他说作品很好读，悬念设置堪比日本女作家樋口一叶。这大大地激发了我对写作侦探推理小说的兴趣。当然，还有一个很重要的因素就是侦探推理小说更能吸引读者眼球，即使在纸质书倍受冷落的今天，为了破解一个欲罢不能的悬念，读者还是会把书读完的。毕竟，我们写书是为了给人看的，如果没有读者，写作的意义何在？能与读者互动，也是我酷爱侦探推理小说写作的一个重要理由。

小说界一般将侦探推理小说归类为通俗读物，而通俗读物则是质量不高、可以粗制滥造的代名词。这真的是一个误区。国外的侦探推理小说天地广阔，精品不断，比纯文学拥有更多的读者。在我看来，无论哪类作品，只要作者良心还在，都会把真善美作为创作的唯一宗旨。而侦探推理小说中的警察形象，本来就是正义的化身。我在多部长中篇小说中塑造的两位警官刘凯和马森，就是我心目中的大英雄，是寄托我惩恶扬善的使者。他们外貌俊朗，温文尔雅，对弱者怀有悲悯之心，决不暴戾，更不肆虐，也不说教。我总是用浓墨细腻地去刻画他们的内心世界，他们的情感悲欢，使正义之剑凌厉且富有人情味。

将侦探推理小说写得唯美唯善唯真，一直是我追求的目标。表现恶就是为了挖掘灵魂深处的善。侦探推理小说反映的也是现实社会生活，讴歌的也是真善美。即使对那些凶犯，我也是从“善”开始切入。人之初，性本善。我笔下的所有凶犯都有过真善美的初始，都曾经有过高贵和尊严。以收入本集的《妖猫》、《妖狐》、《妖狼》为例，像猫咪一样可爱的黎晴，像伶狐一样妩媚聪慧的韩福梅以及那个帅气智勇的警察秦力，他们都有着可悲的人生际遇，假如黎晴有一个美好的童年；假如韩福梅有一个温馨的家庭；假如秦力心底一片光明……但人生没有假如，残酷的命运终使他们变成了妖猫、妖狐、妖狼。正是他们曾经有过的善和美，让刘凯和马森为之叹息，我心亦然。

我酷爱侦探推理小说的写作，当我坐在电脑前去完成一个故事时，俨然成了警官刘凯和马森的替身，紧紧盯住些微的蛛丝马迹，抽丝剥茧，环环推演，直到真相露出水面，那种感觉真是妙不可言。所以，我对我的两位无处不在的主人公——刑侦警官刘凯和马森，心中充满感激，是他们用敏锐和机警，以及锲而不舍的职业精神，为我编织这些引人入胜的故事提供了丰富的源泉。

在《妖之舞》结集成书之际，我的内心充满了暖意，还想写几句感谢的话。感谢《啄木鸟》杂志社多年来对我一如既往的关注和提携。感谢《啄木鸟》杂志社我的责编张小红女士，因为她多年的鼓励和支持，使我在创作侦探推理小说的道路上，有了更多的自信和勇气。感谢群众出版社出版我多部侦探小说作品。

最后，感谢每一位喜欢我小说的读者朋友。